反向演化

第二屆「島田莊司推理小說獎」
決選入圍作品

冷言——著

關於「島田莊司推理小說獎」

華文世界近年來掀起了一股推理小說的閱讀風潮，大量日本、歐美的推理作品被譯介出版，也深受讀者喜愛，但以華文創作的推理小說相對來說卻仍然偏少。皇冠文化集團為了鼓勵華文推理創作，並加深一般大眾對推理文學的討論與重視，特別徵得日本本格派推理大師島田莊司先生的同意與支持，舉辦兩年一屆的「島田莊司推理小說獎」。

第一屆「島田莊司推理小說獎」已於二〇〇九年九月圓滿落幕，並獲得日本、台灣、中國大陸、東南亞等各地讀者和媒體的高度重視，成功地將華文推理創作推向另一個新的里程碑。而二〇一一年的第二屆「島田莊司推理小說獎」，我們更將合作的觸角擴展到了歐洲，也使得這項小說獎成為亞洲推理文壇空前未有的盛事。

誠如島田大師的期待：「向來以日本人才為中心的推理小說文學領域，勢必將交棒給華文的才能之士，我可以感覺到這個時代已經來臨！」我們也希望透過這項小說獎的舉辦，發掘更多年輕一代深具潛力的推理作家，並將華文推理創作推廣到世界各個角落。

推薦序——《反向演化》解說

日本名推理評論家／**玉田誠**

榮獲決選入圍第二屆島田莊司推理小說獎的冷言最新作品《反向演化》，創造了獨特的謎團和嶄新的架構，積極的創作精神為現代本格推理逐漸陷入定型化和類型化的嚴峻狀況，提示了一個有效的發展方向。

當然，並非所有現代本格推理作品都走進了定型化的窄路，然而，不需要以運用敘述性詭計的眾多傑作為例，就可以發現，許多作家在努力跳脫「謎團——推理——真相」這種本格推理框架的同時，更進一步發展前輩作家所設計的各種技巧，這的確成為日本本格推理領域的一種現象。然而，有時候因為過度著重技巧，使這種「前進本格」逐漸遺忘了傳統偵探小說特有的「豐富的故事情節」所帶來的閱讀享受。

除了「前進本格」以外，還有所謂的「後退本格」，約翰・狄克森・卡爾（John Dickson Carr）所代表的哥德式小說世界中，只要有密室、不可能的犯罪及熟悉的詭計，且完全遵循本格推理黃金時期的風格，就稱為「後退本格」。在「後退本格」中感受不到想要創造獨創故事的氣概，在創作中，只追求新的詭計，支持密室和不可能的犯罪等定型化的謎團。這種「後退本格」中也缺乏以前那些偵探小說中所具備的「豐富的故事情節」。

《反向演化》採取了既非「前進本格」，也不是「後退本格」的新手法，努力找回「豐富的故事情節」。佔據本作品的大部分篇幅，宛如在無人島上冒險的創作風格，忍不住令人回想起將小說分為推理、科幻、奇幻等不同類型之前的時代，只覺得超級好看的那些偵探小說。

前面也曾提到，本作品並非只是在懷念以前的美好時代，而是在掌握本格推理的歷史中，得到充分鑽研的技法基礎上，大膽地進行「返祖歸宗（反向演化）」。曾經看過《上帝禁區》等長篇小說的讀者應該很清楚，冷言擅長將日據時代的歷史在本格推理的故事中，勾勒出光和影的鮮明對比。在《反向演化》中，作家想像力的翅膀從台灣和日本的亞洲地區，大膽地飛向了世界。作者冷言藉由將各種歷史故事交錯，並多層次地加以敘述，擺脫了只是交代詭計的「定型」，努力找回傳統偵探小說的氣勢磅礴。

在故事的前段，出現了一封匪夷所思的恐嚇信和一張詭異的照片，作者將充滿離奇的「定型」呈現在讀者面前，然而，這只是工具而已，只是為了襯托一般本格推理形式中，將衍生出謎團的「事件」。本作品中最大的謎團，巧妙地隱藏在這些工具的背後。當作品中敘述的歷史故事真相大白的同時，必須藉由邏輯進行推理的真實事件的謎團，和隱藏的異形之謎也將成功地翻轉。

希望讀者在閱讀本作品之前，首先捨棄「事件」和「不可能犯罪」等定型的思考，才能充分感受到作者的大膽嘗試，感受作品中大格局的謎團。在推理、科幻和奇幻小說等小說尚未分類的混沌愉悅時代所埋下的故事種子，將在讀者的腦海中開出鮮豔的異形之花。

目次

序章

在我人生最紛亂的時期，這張難以形容的詭異照片就這麼闖入了我的生活中。

照片的顏色已經褪得差不多，是相當有歷史的一張照片。大小是3×5，拍的是一處海岸邊的岩洞。直立照片的右半邊以及左下角是平靜無浪的海面，左上角看起來像是岩岸的局部。岩石下方有一處岩洞，洞口向著右邊的海。相機的鏡頭是從岩洞的側方拍攝，所以看起來像是岩石間的裂縫。照片中景物的顏色已經無從分辨了，看起來像是深淺不同的黃色。

「這張照片是……」我看起來應該是滿臉的疑惑。

「這是我爸爸給我的。」

眼前這名女孩來到我租賃的公寓時，大約是下午三點。

「雖然是我爸爸給我的照片，不過這不是我爸爸的照片。」

女孩的年紀看起來應該比我小，大約二十出頭。她一頭烏黑的長直髮，頭上戴著黑底繡有金色圖案的網帽。在她拿出「相對論偵探事務所」的名片前，我差點以為這名穿著吊帶短裙的女孩是跑錯錄影地點的歌星。

「照片是我爺爺給我爸爸，然後我爸爸再給我，所以一開始算是我爺爺擁有的照片。」

大略了解照片的來龍去脈，但還是不知道女孩來訪的目的。

基於禮貌，我先招待女孩到屋裡坐。公寓只有一房一廳，客廳擺了一張矮桌，是唯一可以好好談話的地方。在沒有任何東西可以招待客人的情況下，我只好把還沒完全結冰的冰塊加在礦泉水裡，端給盤腿坐在地板上的客人。

女孩來之前，我才剛把論文研究資料統統拿出來，準備花點時間整理一下。因為這個突發事件，只得把分類到一半的參考論文統統再收回檔案櫃裡。

不知道為什麼，我覺得眼前這名女孩非常眼熟。

我幫自己倒了一杯不加冰的礦泉水，隔著矮桌在女孩對面坐下。才剛坐好就發現女孩的水杯已經空了，只好又起身去拿礦泉水。其實我剛剛就發現女孩進門時滿頭大汗、呼吸急促。

「謝謝，不過整瓶給我可能比較快。」她在我打算為她倒第二杯水的時候這麼說。

接下來的談話，就在她大口灌著礦泉水的奇妙畫面下繼續。

「對了，我還沒自我介紹，我叫做關野夜。」

「關野夜？」我好像有點印象，「是那個電視明星嗎？」

「你認識我啊！我還以為我在日本比較有名氣呢！」

難怪我會覺得她眼熟。

「關小姐，妳拿這張照片來找我有什麼事情？」

「叫我小夜就可以了。」她喝光寶特瓶裡的礦泉水後，好像比較沒那麼喘了。「是小冰推薦我找『相對論偵探事務所』。小冰就是梁羽冰，她是我表姊。」

原來是小冰的表妹啊！

「我必須先說明，這張照片絕對沒有作假，別把它當合成的靈異照片來看。」

「問題不是這個，」我說，「我想知道的是……」

「你先聽我說完嘛！我是逃出來的，也許等一下就有人破門而入把我帶回去。」

「請問現在是電視台的整人節目嗎？」

她似乎沒聽到最後這句話。

根據關野夜的說明，照片是她當漁夫的祖父在某次出海時拍攝的。拍攝時間大約是四十年前，地點應該是在琉球群島當中的一個小島。

「那應該是個無人島。」她這麼說。

如果實際拿地圖來對照她所說的位置，島應該是位於日本領海內，在台灣和日本連線的島群當中。那次她祖父心血來潮，將漁船駛離平常捕魚的海域，往更北邊的地方開，不知不覺開入了日本領海。照片就是在那次出海時拍攝的，本來他還想登陸島上一探究竟，但是日本的軍艦已經發出警告驅趕，只好趕緊駛離。於是，這張詭異的照片就這樣困擾了關野夜的祖父四十年。

「所以這張照片是在船上拍攝的？」我問。

「是的。我來找你就是為了這張照片。」她說，「我在日本主持一個電視節目，製作單位打算做一個無人島特輯。經過我大力爭取後，決定到照片裡的這座無人島進行節目拍攝。我希望你可以一起前往那座島，幫助我解開照片裡的謎團。」

「原來是這樣啊……」

我將視線集中在照片左上角的岩洞，努力想分辨這個從岩洞中探出半個頭的東西究竟是生物還是鬼魂。

「我想知道岩洞裡有什麼東西。」關野夜說。

由於照片引起我極大的興趣，甚至忘了問她為什麼會拿著「相對論偵探事務所」的名片來找我？畢竟名片上負責人的名字是「施田」不是「冷言」啊！

第一部

洞穴生物

1

這是冷言第一次乘坐國際線的頭等艙，如果不是關野夜幫忙打點，他不知道什麼時候才有機會坐到頭等艙的座位。不知道是不是心理作用，冷言總覺得頭等艙的座位似乎特別舒服，冷氣也特別冷。

能夠帶著如此愉快的心情出發，似乎是個好兆頭。

這次的目的地是被稱作「鬼雪島」的一座無人島嶼。冷言和關野夜等人從台灣桃園機場出發，先到日本東京成田機場。在東京和電視台的人會合後，隔天搭乘日本國內線航空從東京羽田機場飛往沖繩機場。目的地鬼雪島必須從沖繩搭乘私人船前往，電視台方面已經安排好船隻接送。順利的話，明天傍晚以前就可以到達。

飛機剛起飛不久，冷言舒服地靠在椅背上閱讀資料。這些是冷言根據和關野夜的對話，從網路上臨時找來的資料。雖然部分資料的可信度令人懷疑，不過至少讓冷言對這次的任務有個粗略的了解。

「關於那張照片……」坐在冷言旁邊的關野夜突然發問，「你有什麼看法？」

冷言是這兩天和關野夜接觸後，才對她有比較深入的認識。從台灣到日本發展的女星中，關野夜算是最成功的例子。她兩年前在台灣發行第一張專輯後，受到日本音樂製作人的注意，和日本唱片公司簽約到日本發展。兩年間，關野夜發行了四首日文單曲都有很好的銷售成績。第一張個人日文專輯剛發行不到一個月，銷售量已經是年度冠軍，唱片公司預估應該還可以再破幾個紀錄。

關野夜回台灣就是為了宣傳她這次的日文專輯，通告行程可以說是滿檔。昨天她好不容易才找到時間，在趕電視台通告的途中溜走。所以她和冷言見面的時候，才會說自己是逃出來的。

「還沒有什麼具體的想法，不過我作了幾個假設。」冷言說，「妳說照片是妳的爺爺出海時拍的，我想知道他為什麼會帶著相機出海？」

「他那次駕漁船出海其實是為了釣魚。」

「釣魚？」

「對，他有時候會駕著漁船出海進行海釣。因為海裡常常會釣到體積很大的魚，帶相機是為了拍攝釣上來的魚。」

「也就是說照片確實是妳爺爺拍攝的。」

「是啊。」

「另外還有一個問題。妳認為照片有沒有可能是造假的？」

「說真的我曾經這樣想過，所以一再向爺爺求證。不過從他的反應來看，照片應該是真的。」

「向妳爺爺求證？他不是已經……」

「已經怎樣？」

「我以為他已經過世了……」

「誰說他過世啦！」

「對不起，因為妳說照片是妳爺爺傳給妳父親再傳給妳，我才會以為……」

「我先聲明一點喔，我父親也還尚在人間。」

冷言不好意思地搔了搔頭。

「總之我以照片非造假為前提，作了幾項假設。」

話題引起了關野夜的興趣，坐直身子往冷言的方向靠過來。這個動作讓冷言有點不太自在，不過身為大明星的關野夜似乎不以為意。她拿出照片，擺在兩人都可以看得到的位置。

「因為照片很不清楚，又是黑白照片，實在判斷不出從洞穴裡的是什麼東西。」冷言再仔細看了一次照片後還是這麼覺得。

從照片只能大概判斷有個東西從海岸邊的洞穴探出半個頭，這還是比較具有想像力的說法。如果要說那是洗照片時出現的瑕疵，或者因為照片年代久遠而掉色似乎也說得通。但是這張照片有一種魔力，讓人願意相信那可能是某種「東西」。至少冷言願意相信，所以才接受關野夜的邀請。他看著照片，覺得山洞裡那直徑不到一公分的小白點似乎也盯著他看。

「目前有幾種可能。」冷言繼續說道，「假設照片裡的東西是某種生物，可以分成洞穴外來的生物或是洞穴內部的生物。以洞穴外生物來看，首先是穴居動物的說法。在那座無人島上可能有熊或者其他大型動物居住在洞穴裡，照片拍攝到的可能是某種動物剛好從洞穴裡探出頭來。另一種解釋也是類似的看法，可能有人類剛好到這座島上，在洞穴裡被拍攝到了。」

「這兩種可能性我都考慮過了，不過從照片看來，那實在不像是熊或人類那種有毛髮的頭部。雖然照片上沒有比例尺可以判斷大小，不過這東西如果是生物的話，感覺上也比人類要小得多。」關野夜說。

冷言點了點頭表示認同。

「我起初也是這麼想，不過照片這麼模糊，還是不能忽略這兩種可能。」

「其他的假設呢？」

「還有另外兩種假設，或者說是猜測比較正確。這兩種假設認為生物是從洞穴內部來的，一種比較有科學根據，另一種就有點類似傳說。」

這時空服小姐送來了飲料，冷言喝了一口熱茶繼續說：「有一門學問專門研究洞穴生物，叫做洞穴生物學。」

「你接下來要說的事感覺好像很難懂。」

「那怎麼辦，要繼續嗎？」

「當然要啊，我會努力聽懂的。」

「應該不難理解，我會用簡單一點的方式來解釋。」冷言說，「洞穴是一個獨立的生態系。對於洞穴生態，人類所知還很有限。洞穴內部因為和外界隔絕，缺乏陽光、氧氣不足、食物來源不穩定，生物為了適應這樣的環境，會演化出和外面世界完全不同的物種。」

冷言說到這裡停頓了一下，看看關野夜的反應。關野夜比了個ＯＫ的手勢表示沒問題，於是冷言繼續他的說明。

「動物為了居住在洞穴內，在演化上會有幾個傾向。第一，因為洞穴內部黑暗，洞穴動物視力會退化，也沒有用來防紫外線的色素。但是對於氣壓、氣溫、聲音以及氣味的感覺神經相對會變得更靈敏。第二，因為空氣停滯、含氧量低，食物來源不穩定。許多洞穴動物的新陳代謝非常緩慢，生命因而變長，甚至可以長達幾百年。同時為了避免不必要的消耗，身體也變得比較小。

「我所說的洞穴動物是指完全生活在黑暗的洞穴之中，終其一生，或說世世代代都不曾和外界接觸的生物。這類生物在生物學上稱作真洞穴生物。剛才我們說到的熊與人類，雖然都會居住在洞穴裡，但是大部分時間其實還是生活在洞穴之外，所以不算是洞穴動物。到這裡為止還聽得懂嗎？」

「可以，你的說明很容易懂。」

「太好了，那我們繼續。」冷言接著說明，「前面說的是目前對於真洞穴動物的通論，也就是屬於比較常識的部分。在洞穴深處和洞穴入口之間有一個過渡地帶。這個過渡地帶的生存條件介於洞穴深處和洞穴外的環境，生存在這個地帶的生物稱作嗜洞穴生物。我推測照片裡可能是某一種嗜洞穴生物，當然這是以影像是某種生物為前提。」

「為什麼不是真洞穴生物，而是嗜洞穴生物？」

「主要是體積大小的問題。目前所知最大的真洞穴動物是一種長約三十公分的蠑螈，除非是未知的更大型真洞穴動物，否則三十公分的生物從照片上應該看不到。」

「所以你認為是生活在洞穴比較外層的嗜洞穴生物。」

「對，從體積上來看嗜洞穴生物比較有可能。當然我認為世界上一定還有很多尚未被發現的真洞穴生物，其中也許有體積相當大的也說不定。」

「嗯，洞穴生物的看法很有趣。」關野夜把外套脫掉，露出白皙的上臂。

這班飛機的頭等艙座位幾乎全被日本電視台的人員包下。為了應付接下來的工作，大部分的人都放棄享受頭等艙的服務，把握時間補充睡眠。因為艙裡過於安靜，讓冷言和關野夜兩人都不自覺壓低交談時的音量。

不過有另外兩個人倒是完全不辜負頭等艙的票價。

「小姐，再給我一杯紅酒。對了，有沒有牛排？我聽人家說頭等艙連牛排也有。我要六分熟。」

「我要綠茶。我自己有保溫壺，幫我裝在保溫壺裡，我晚上還想喝。」

在頭等艙裡大聲喧嘩的這兩個人是坐在冷言和關野夜座位後面的施田以及吳瑞祥。

這裡稍微介紹一下兩人的來歷。

施田是一名退休刑警，雖然將近七十歲，不過感覺起來還相當硬朗。施田和冷言是在四年前雙子村的案件當中認識的。那次案件之後，施田成立了「相對論偵探事務所」。這是家沒有正式登記的無牌偵探社，所以根本沒有委託人找上門。他成立這家偵探社的目的，是希望重新調查在他退休前無法偵破的懸案。因為有時候需要找當年的關係人進行調查，有張名片比較方便行事。冷言因為在雙子村的案件中表現得很活躍，施田成立偵探社以來便經常找他幫忙調查案件。

這次關野夜委託調查無人島謎樣的照片也是如此。關野夜透過表姊梁羽冰的介紹找上施田，在電話中聽過委託內容後，施田乾脆直接把冷言的地址給時間緊迫、只排得出一次會面時間的關野夜。

吳瑞祥會出現在這次的旅途中是比較令人意外的一件事。

吳瑞祥是大學的物理學教授，今年四十多歲，在物理學的領域小有名氣，兩年前因為鎧甲館的案件和冷言、施田等人熟識。這次日本電視台製作的無人島特輯邀請了幾位不同領域的學者參與，為了增加節目噱頭，特別透過日本東京大學的關係邀請到台灣的學者吳瑞祥。冷言和施田是今天到了機場才知道吳瑞祥也受邀前往無人島。

「還有多久才到東京啊？我菸癮又犯了，再不快點到我可能會死在這裡。」

這是施田第一次搭飛機。和大部分不搭飛機的人不同，他不搭飛機是因為飛機上禁菸，而不是害怕這種高空中的交通工具失事。

「施警官，下次經費多一點的時候，我會請公司包機。到時設個吸菸區，我也可以解解菸癮。」關野夜聽了施田的抱怨，回頭對他這麼說。

「對嘛！還是菸友才能了解那種痛苦。」

這時候空服小姐送來餐點，轉移了施田的注意力。

「妳也……」冷言對著關野夜比了個抽菸的手勢。

關野夜吐了一下舌尖，沒有正面回應。

兩人回到剛才的話題。

「除了洞穴生物之外，你剛剛說另一種比較沒有根據的假設是什麼？」

「也不能說是完全沒有根據，而是比較類似傳說或是神話一類的說法。」

「這個聽起來也很有趣。」

「我們這次的目的不是為了調查那張照片的真相嗎？怎麼妳反而對沒有科學根據的說法這麼有興趣？」

「人類本來就是好奇心很重的生物啊。先不管這些，最後一種假設是什麼？」

「在南美委內瑞拉的圭亞那高原上，當地人民有一種傳說。」冷言從手中的資料裡找出一份文件，「當地有一種綠皮膚、紅頭髮，生活在地下洞穴的地底人。」

「地底人？」

冷言打算接著說明，不過這時機上廣播響起，飛機已經抵達日本上空，準備降落成田機場了。

「已經到了啊！可是我好想聽地底人的事喔。」

「反正到東京以後還有一些時間，我再找機會告訴妳。」

「這樣吧，晚上我到飯店找你。」

「好啊。」

不過當晚關野夜和電視台的工作人員開會到深夜，實在抽不出時間去找冷言。兩人再度見面是在沖繩的機場大廳，飛機上中斷的話題也一直到抵達鬼雪島才有機會繼續。

2

鬼雪島位於沖繩島西南方，從沖繩島搭私人漁船出發前往鬼雪島大約需要一個小時。這次前往鬼雪島的工作人員以及節目邀請的幾位專家共二十多人，分成兩批從沖繩島搭船前往。

第一批大部分是電視台的工作人員，昨天就前往島上進行準備工作。今天出發的包括了關野夜、冷言等人，以及節目預計邀請的幾位專家。

「電視台平常出外景都是這麼多人嗎？」冷言問。

「比較大型的節目會有，不過大部分不會這麼多人。」關野夜說，「電視台這次為我新開的節目，是以解開大自然的謎團為中心思想，不過內容還是以介紹自然生態為主。這是我第一次主持節目，希望可以走比較精緻的路線，所以才會找了這麼多專家來。」

冷言等人目前在前往鬼雪島的船上。漁船的引擎聲音聽起來有點拖泥帶水，好像隨時會停止。

「對了，剛好專家們都在船上，我來幫你介紹一下。」

關野夜和冷言站在船頭離其他人有點距離的位置。因為只是艘小型漁船，沒有多餘的房間用來載客，所以大家都在甲板上席地而坐。

「有沒有看到那邊兩個帶著超大背包的人。」關野夜用下巴指了指人群中離他們最遠的兩人。

「穿背心那兩個嗎？」

「是啊，他們是洞穴探勘專家，一般稱作探穴人，大部分時間都在美國進行洞穴探勘。」

冷言看著那兩名肩上扛著超大型背包的男子。

「你們特別從美國邀請他們來的嗎？」

「其實是他們剛好在日本，我們透過大學的研究機構和他們搭上線。旁邊那個金髮美女也是和他們一起的，是洞穴生物學專家。聽說他們三個目前在幫日本研究機構進行洞穴探勘，主要範圍就是這附近的群島。」關野夜說，「我們簽了約，有什麼學術上的發現必須交給他們第一手發表。」

「那名金髮女子是日本人嗎？」

「看起來不像吧！她是美國人，叫做茱蒂，目前在哈佛攻讀生物學博士。順便介紹那兩個探穴人，留著落腮鬍那個叫做方力，長頭髮那個叫做劉宏翔。」

「是台灣人嗎？」冷言聽了兩人的名字，感到有點意外。

「他們彼此之間交談是用台語，不過國籍好像是美國，我不知道這樣算是哪裡人。」

冷言點了點頭，沒表示意見。他注意到旁邊有兩名年紀比較大，穿著短袖襯衫、寬鬆西裝褲的老人。

「那兩個老伯是什麼人？」

「他們是節目企劃找來的『目擊者』。」

「目擊者？」

「嗯，聽說他們曾經目擊到類似我那張照片上的生物，不過他們說那是鬼。」

「鬼啊，這可是在我假設之外的答案呢。」冷言說。

「不過卻是平常人第一個會想到的答案。」

關野夜說完笑著吐了吐舌尖，冷言發現她似乎很喜歡做吐舌尖的動作。

「我突然覺得自己好像是多餘的。」

這時候剛好一名電視台的工作人員過來找關野夜，她就跟著那名工作人員離開，所以最後這句話冷言也不知道關野夜是不是聽見了。

一直運轉得有氣無力的引擎終於正式停止了，眼前這座島嶼就是此行的目的地鬼雪島。船停在距離岸邊有一小段距離的地方，有人駕著手划槳的小船靠近。

「太接近海岸深度不夠，船會擱淺。」

關野夜不知何時又回來了，剛才提到那兩名「目擊者」其中之一也跟著關野夜一起過來。

「昨天有一些工作人員先到島上，等一下會划小船來接我們。」關野夜說，「這位是剛剛提到的目擊者，渡邊川先生。」

「初次見面，請多指教。」渡邊川用日語問候冷言，不諳日語的冷言一下子不知該如何回應，只好拚命點頭。

渡邊川看起來大約五十多歲，髮色以灰白居多，整齊地分邊梳理。

「小船接駁需要花點時間，你如果有問題想問他，我可以幫你翻譯。」關野夜說。

「可以請他說明一下目擊當時的情形嗎？」

關野夜把冷言的問題轉達給渡邊川，順便也問了其他幾個問題。從渡邊川的回覆，大致可以對鬼雪島有個概念。

鬼雪島的形狀介於圓形和方形之間，在島的中央是一座丘陵，海拔高度不超過一百公尺。丘陵上長滿了樹，不過因為蟲害的關係，樹枝上幾乎沒有葉子，樹幹和樹枝本身也都變成白色。從遠處看，整座丘陵像是覆上一層白雪。這座無人島本身所在的緯度，即使是冬天也不至於下雪。所以像是被白雪覆蓋的這座島嶼，附近島上的居民便稱作鬼雪島。

渡邊川的老家在大阪，他任職的漁船是遠洋漁船，一年當中有四分之三的時間都在海上。有一年，漁船回日本的時間比預定提早了一星期，於是他打算帶個特別的禮物回大阪給剛上小學的女兒。他聽同船的漁夫說，有人在鬼雪島海岸釣到一種很特別的白魚，他也想去找找看。

他一大早就抵達鬼雪島，在海岸邊垂釣一整天。到了傍晚的時候，他雖然已經釣到不少魚，不過連一條白色的魚都沒有，更別說其他人口中的那種「特別的白魚」了。眼看太陽就快要下山，如果再不回去，入夜後就很難在海上辨識方向。

雖然心中有點失望，不過渡邊川還是收拾了釣具，準備划船回去。他先將釣到的魚留在原地，把釣具拿回船上放好。船停泊的位置距離他垂釣的地點只有三、四十步的距離。等他放置好釣具，回頭想把魚帶走的時候，卻發現原本放魚的桶子不見了！

他擔心是不是自己記錯位置，四處找了一下。不過，原本應該在這裡的魚確實消失了。他聽說鬼雪島是個無人島，照理說魚應該不會被別人拿走。渡邊川已經在海上奮鬥二十多年，聽過不少海上傳說。這時他心中浮現了一個幾年前聽過，但是早已經淡忘的傳說：船難死者的鬼魂會在無人島上徘徊。

原本他打算再找一下，但是想起這件以前聽過的說法，平時就相當迷信的渡邊川決定放棄那些魚，趕緊划船回去。就在打算回船上的時候，他看見一條白色的影子很快地從他的船邊閃過。

這讓渡邊川整個頭皮發麻，不知該不該回船上去。

他的船用繩子綁在一處凸出來的岩石上，那個白影好像閃到岩石後面去了。他在心中暗自祈禱是自己眼花看錯，或者是有其他人剛好也到這座島上。從垂釣地點到船之間的距離感覺起來突然變得很遙遠。天色已經越來越暗，總不能在這座島上過夜，還是得趕緊駕船回去。

下定決心之後，渡邊川用最快的速度衝向船，解開岩石上的繩索。跳上船時他發現剛才四處都找不到的桶子好端端放在船裡，不過桶子裡的魚都不見了。

「正當我準備划船離開的時候，突然從背後被人推了一把。」渡邊川說，關野夜把這句話翻譯給冷言聽。

小船上已經是最後一批人員，載眾人前來鬼雪島的漁船船長等最後一個人上了接駁船後，就將漁船掉頭駛回沖繩島。在最後一趟的接駁船上，冷言、關野夜和渡邊川持續剛才的話題。

「我從船上跌了出來，摔進海裡。因為當時船已經離開淺灘，我立刻游回船邊，費了一番工夫才爬上船。」渡邊川說到這裡突然激動了起來，「我拚命划槳，船很快就離岸邊有一段距離。當我鬆了口氣，放慢速度回頭再看一眼鬼雪島時……」

渡邊川像是要製造緊張感，突然把話停住。冷言和關野夜也非常配合地瞪大眼睛，專注於渡邊川接下來要說的事。

「我發現有一顆白色的人頭浮在不遠處的海面上，兩眼兇狠地盯著我看！」

關野夜將這句話翻譯給冷言了解後，冷言露出了驚訝的表情。

「浮在海面上的白色人頭？」

「沒錯，渡邊先生是這麼說的。」關野夜回答。

「看得清楚那顆頭的長相嗎？」關野夜轉達了冷言的問題。

渡邊川說當時天色已經有點暗，只能隱約看出是個人頭。既然看不清楚，是從哪一點判斷是人頭，渡邊川也說不上來。不過他說確實感受到從人頭射出的兇狠眼神，那種毛骨悚然的感覺至今都還無法忘記。

最後一趟接駁船抵達鬼雪島後，工作人員合力將船推上岸。這裡的海岸地勢比較平坦，距離海邊較遠處已經搭起好幾個帳篷。工作人員走來走去的忙碌景象，實在很難讓人聯想到這是座無人島。

這座島的地形很單純。正中央是一座丘陵地，北、西、南三面是岩岸，要從這三面登陸島上較困難。東面有一處海岸線約一百公尺左右的淺灘，冷言等人就是從此處登陸。

關野夜帶著冷言先到帳篷區放置行李，冷言和施田、吳瑞祥分配在同一座帳篷。

「冷言，你先休息一下，晚餐好了我會派人來通知你。」關野夜說，「施田前輩和吳教授不知道跑哪裡去了，麻煩你幫我通知他們。」

「好的，關小姐。」

「叫我小夜就好了啦，我的年紀可是比你小好幾歲，不用這麼客氣。」關野夜突然露出不懷好意的笑容，「你不是都叫表姊小冰嗎，我也要比照辦理。」

關野夜說的是梁羽冰，也是在雙子村案件裡和冷言認識的一名女警員。

「我等一下會去錄影，有什麼事可以直接告訴我的助理。她也是台灣人，你直接用中文和她交談就可以了。」

「等一下太陽就下山了，不用等到明天嗎？」

「有一些景特別要在傍晚拍，導播說這樣拍起來比較有氣氛。」關野夜說，「剛才渡邊先生在船上說的故事也是等一下要拍。」

「為什麼要拍渡邊先生的故事？」

「這樣節目才會逼真啊。你想想看，有照片、又有真人真事佐證，再加上這麼多專家的分析。這次『鬼雪島的地底人傳說』特輯，收視率一定飆的。」

「鬼雪島的地底人傳說？」冷言對關野夜突然說出的這些話感到疑惑。

「哎呀！不小心說溜嘴了。」關野夜習慣性做出吐舌尖的動作。
「這是怎麼回事呢？你們一開始就設定要來這裡找地底人嗎？」
這時候關野夜的助理走了過來。
「小夜，導播請妳過去，好像要錄開場了。」
「好，我馬上過去。湘湘，幫我招呼一下我們的大偵探，有什麼問題都盡量回答他。」
「喔。」
關野夜丟下一頭霧水的冷言逕自跑開了。
「大偵探你好，我叫做趙紫湘，是小夜的助理。你可以叫我趙紫湘或湘湘，不過不要叫我紙箱。」
趙紫湘說這番話時的表情非常嚴肅，很難判斷她是不是故意開自己名字的玩笑。
「妳……妳好，我並不是什麼大偵探……」冷言對自己突然被稱為大偵探有點不習慣。
「我聽小夜說過你的事了。昨天晚上我讀了你的兩本小說，對雙子村和鎧甲館的案子大致上有個了解。稱呼你大偵探我覺得還算恰當。」
「妳一個晚上就讀完那兩本書？」
「正確來說是三小時，身為一名助理這是最基本的要求。」
趙紫湘伸手推了推有點滑落的膠框眼鏡。趙紫湘的皮膚相當白皙，黑色的膠框眼鏡在她臉上成了非常顯眼的配件。仔細觀察會發現她的五官長得很精緻，用精緻來形容可能有點抽象，不過實際看到的人應該都不會反對這個說法。因為皮膚白的關係，包括碎鑽耳環、銀製項鍊等配件都更引人注意，反而是她這個人讓人覺得好像是刻意隱藏在這些配件之下。
「你有什麼問題想問？」趙紫湘把對話拉回剛剛冷言和關野夜的話題。

「剛剛關小姐說的地底人傳說是怎麼回事？」

「那是這次節目的主題，你知道小夜主持的是旅遊性質的節目吧？」

「大概知道，不過節目的細節我不清楚。」

「她主持的節目叫做『小夜的調查報告』。節目每次會以日本國內一個地方的傳說為主軸，在追尋傳說真實性的過程中介紹當地的風土人情。開播特別企劃就是『鬼雪島的地底人傳說』，因為是特別企劃，預備做成三集共四小時播出。」趙紫湘的回答像是背台詞般流暢，「你如果想問我為什麼回答得這麼順，因為節目企劃是我寫的。」

「我就是想問『鬼雪島的地底人傳說』是怎麼回事？」

趙紫湘又習慣性推了推眼鏡，面無表情看著冷言。

「你知道小夜主持的是旅遊性質的節目吧？」趙紫湘回答。

「大概知道，不過……」

冷言突然發覺如果講完這句話，眼前這位助理很可能會讓兩人的對話進入一種無限的輪迴，於是他決定改變一下自己的問題。

「應該說我想知道鬼雪島的地底人是個什麼樣的傳說？」

「你剛剛為什麼不問清楚。」

「對、對不起。」

經過趙紫湘的說明，冷言總算是對整個鬼雪島的特別企劃有比較完整的了解。

其實追溯到節目企劃的源頭，還是關野夜的那張照片。關野夜和趙紫湘從對照片中影像的猜測開始，在討論中漸漸描繪出節目的輪廓。鬼雪島的地底人傳說，是關野夜在沖繩島拍攝第二張單曲的ＭＶ時，偶然從當地漁夫口中聽說的。

令人意外的是聽過這說法的當地人並不多，真正親眼看到地底人的人更是難找。這次兩名目擊者也是工作人員好不容易才找到的。

「其實那張照片真正的拍攝地點並不清楚，小夜的爺爺只記得當時船從台灣北方海域一直朝北航行，只能大概推測是在鬼雪島這一帶。不過這附近太多大大小小的島嶼了，根本無法確定照片上的地點是不是鬼雪島。只是在台灣和日本沖繩竟然有類似的目擊情報，很難不將兩者聯想在一起。」趙紫湘說。

「妳提到關小姐的爺爺我才想到，為什麼節目沒有邀請他？」

「有啊，我們回台灣其中一項任務就是去拜訪小夜的爺爺，不然你以為這麼多工作人員跟去台灣幹嘛，他的部分在台灣就已經錄好了。」

「原來是這樣……」

其實冷言心中最大的疑問是，既然節目企劃一開始就把照片的影像設定為地底人進行調查，為什麼關野夜沒有告訴他，還特地把他從台灣找來協助調查。在飛機上談到照片的時候，關野夜也沒有提到有關地底人的事，反而是自己談到了委內瑞拉的地底人。

感覺上這次的調查萬事俱備，民間傳說、目擊證人、科技專家都到齊了，自己的存在似乎相當多餘。雖然心中有這些想法，卻不知道怎麼開口問起。

「你還有其他問題嗎？如果沒有，我還有事要忙。」

「暫時沒有，謝謝妳。」

趙紫湘離開後，冷言揹起行李，懷著滿腹的疑問進入帳篷內休息。

3

隔天一早，冷言就被帳篷外的聲音吵醒。他醒過來的時候全身痠痛，看了手錶發現才早上五點多。大概是不習慣睡帳篷，昨晚睡得很不安穩。身邊的施田和吳瑞祥似乎完全沒有被聲音所影響，兩人頻率一致地發出鼾聲，當然這也是造成冷言睡不安穩的原因之一。

來到帳篷外，天色還朦朦朧朧。本來在帳篷內還有點熱，一出來立刻就感覺到涼意。天空看起來很陰鬱，如果持續這樣下去，今天就算不下雨，大概也不會是個晴朗的好天氣。

冷言穿上立領針織外套，把拉鍊往上拉到底。本來以為帳篷外的聲音是電視台工作人員在準備今天的拍攝工作。不過從大家一臉睡眼惺忪的模樣來看，比較像是有什麼突發事件發生的騷動。

冷言從在帳篷區穿梭的工作人員當中找到了趙紫湘，趁著她和其他人談話的空檔，抓住機會和她說話。

「趙小姐，請問是不是發生了什麼事？」

「好像是放在外面的食物不見了。」

「什麼食物？」

「一些乾糧、麵包，原本放在負責飲食的工作人員帳篷外。早上工作人員準備早餐的時候，發現有一部分食物不見了。」

「會不會是其他人拿走了。」

「好像不是，至少目前沒有人承認。」

「難道是被島上的野生動物叼走了……」

「工作人員也是這麼說，還說如果發現叼走食物的動物就只好把牠當成替代食物來料理。」

冷言還是分不清楚這句話只是單純的轉述，或者趙紫湘其實是在開玩笑。即使是玩笑，看到趙紫湘一板一眼的態度，還是令人難以發笑。

在帳篷區穿梭的工作人員當中，冷言發現一名老人突兀地站在烹煮稀飯的大鍋旁，一動也不動。老人口中唸唸有詞，仔細一看，是闞野夜提到的目擊者之一。昨天透過闞野夜翻譯和冷言談話的是渡邊川，眼前這個老人是另一名目擊者。

「那個人在說什麼？」冷言問趙紫湘。

趙紫湘習慣性推了一下眼鏡。

「他說的是日文，意思是：和那個時候一樣。」

「『和那個時候一樣』。什麼意思呢？」

「意思就是和那個時候一樣。」趙紫湘說。

「我的意思是他為什麼要說『和那時候一樣』。」

「你問問題為什麼老是不問清楚。」趙紫湘嘴裡這麼說，不過她還是朝著那老人的方向走去。

趙紫湘過去和那名老人攀談約莫五分鐘，五分鐘後她再度回到冷言這裡。

「那個人叫做尾田平次，是製作單位找來的目擊者之一。」趙紫湘說，「他是二次大戰沖繩島戰役中存活下來的沖繩島居民，你知道『沖繩集體自絕』事件嗎？」

冷言曾經讀過這段歷史，沖繩島戰役是第二次世界大戰太平洋戰場中最大規模的登陸作戰，發生在一九四五年三月底至六月，盟軍目標是進攻日本沖繩島。「沖繩集體自絕」是當時戰役中發生，日軍向沖繩島當地居民發放手榴彈，強迫當地居民自絕殉國的一段歷史。

「所以他是集體自絕事件裡存活下來的居民。」

「對，他說當時和兩、三個親人駕著小船逃到這座島上來，就是那時候目擊地底人。」

「他說的『和那個時候一樣』，是指那次逃到島上嗎？」

「對，他說那時候也是因為食物不見，才發現這座島上可能有其他人。不過他不知道什麼地底人，他說那是白色的幽靈。」

「渡邊川先生也說那是船難死者的鬼魂。」

「老人家遇上這種事，你以為他們還能想到什麼，當然一律當作鬧鬼啊。」

「既然這樣，為什麼電視台的企劃內容是來尋找地底人，而不是尋找鬼？」

「我們又不是靈異節目，當然是找地底人聽起來比較科學啊。」

「這麼說來，鬼雪島其實沒有地底人傳說，而是電視台的節目企劃自己捏造出來的。」

「別隨便誣賴我。」趙紫湘這時還是面無表情，看不出是不是在生氣。「我可是有憑有據才提出地底人企劃的。」

聽到趙紫湘這麼說，冷言才想起這次的節目企劃是她寫的。

「不、不，我沒這個意思。只不過節目找來的兩名目擊者都認為自己看到的是鬼，所以才會有這種聯想。」

「你忘記那張照片了嗎？小夜的爺爺也是目擊者之一喔。」

「不，我沒忘記……」

冷言就是因為看了那張照片，才答應關野夜的委託，只不過後來事情完全朝他意想不到的方向發展。原本對照片所作的假設當中，自己認為最沒有根據、最不可能的假設，竟然是電視台一開始就設定的調查方向。而關野夜似乎也隱瞞了某些事，讓這次鬼雪島之旅充滿令他不快的氣氛。

「我要再次澄清一點。」趙紫湘難得地摘下眼鏡，從外套口袋裡拿出一塊布擦拭鏡片。「鬼雪島的地底人傳說絕對不是我造假的。」

「對不起，是我失言。」

「會有這種疑惑不能全怪你，我會把整個企劃的來龍去脈詳細告訴你。還有，也差不多該讓你知道小夜找你來鬼雪島的真正目的了。」

冷言的預感果然沒錯，這趟旅程不是只有拍攝電視節目這麼單純。即使心中早有這種預感，冷言卻想不通究竟是什麼樣的內幕。

「我們找個地方坐下來吧，說明這件事需要一點時間。」趙紫湘說，「我看就直接進你帳篷談好了，外面有點冷。」

於是兩人進入冷言的帳篷裡繼續剛才的話題。

「會找你來主要是因為小夜收到一封恐嚇信。」

趙紫湘直接切入主題，突然地讓冷言有點不知該如何反應。不過回想起昨晚以及剛才的對話，這樣的方式倒是滿符合她給冷言的印象。

話題從關野夜第一次聽到地底人傳說開始……

4

「這封恐嚇信是什麼時候收到的？」說話的是施田。

「應該是今年六月的時候吧，現在是十月，已經是四個月前了。」

雖然闗野夜本人也在，不過出面回答問題的還是趙紫湘。

帳篷裡除了原本的冷言和趙紫湘，梳洗完畢返回帳篷的施田、吳瑞祥，以及趁著拍攝前空檔加入的闗野夜都在。五個人把帳篷擠得連移動一下位置都有困難，不過卻沒有人提議要到帳篷外面進行討論。

針對恐嚇信進行的調查，由辦案經驗豐富的施田進行詢問。冷言則拿出隨身攜帶的筆記本做個簡單的紀錄，帳篷內部儼然成為犯罪調查本部，氣氛隨之凝重了起來。

闗野夜收到恐嚇信的時間大約是在六月中，那時企劃已經開始進行，節目開播的特輯地點也已經決定在鬼雪島。這個節目的籌備過程算是比較隱密，完全了解整個節目企劃內容的人不多，知道開播特輯地點在鬼雪島的人更少。

恐嚇信是被犯人直接放入闗野夜公寓的信箱中，沒有郵戳，應該是犯人直接投遞。收到恐嚇信後，闗野夜曾經向公寓管理員調閱監視器的影像調查，發現一名應該就是投遞恐嚇信的可疑人物。不過此人選擇在深夜投遞，而且穿著過大的黑色連帽運動外套，單從監視器的影像根本無法判斷犯人的身材、性別。即使是身高，也只能大致推斷出一個範圍。

讓施田感到比較有興趣的訊息，是收到恐嚇信的時間點。那時候，節目開播特輯的地點才剛決定在鬼雪島不久。當時只決定了地點，並未向節目參與人員說明調查內容。也就是說，兇手是一名一開始就知道鬼雪島有地底人傳說的人。

「如果我們一一去詢問工作人員，什麼時候開始得知地底人傳說，是不是就可以過濾出犯人。」關野夜問。

「妳認為犯人會照實回答嗎？」施田反駁了關野夜的想法。

此外，更令人感到奇怪的一點，就是恐嚇信的內容是中文這件事。

恐嚇信用一個白色信封袋裝著，信本身是一張普通常見的Ａ４大小列印用紙。用來排列成恐嚇字眼的字大概是犯人從報紙、雜誌上到處去剪來的。從字體和紙質來看，有幾個字還很可能是在舊書店裡買來的中文舊書裡剪下來的。雖然字體大小不一，不過倒是很整齊地排列在信紙中央。

請不要打擾我們平靜的生活
否則將會受到地底人的恐怖詛咒

「這信上寫的地底人是什麼東西啊？」施田和吳瑞祥只聽說了恐嚇信的事，還沒人向他們說明地底人是怎麼回事。

於是，還有一點時間的關野夜說明了這次邀請冷言和施田（吳瑞祥是由製作單位邀請）來鬼雪島的真正理由，以及當初隱瞞恐嚇信的原因。

時間要追溯到去年二月，關野夜到沖繩島拍攝第二張單曲MV的時候。單曲名稱叫做〈洞穴生物〉，歌詞內容是描寫發生在南方海邊年輕男女的戀情。偶然邂逅男主角的女子比喻自己像是洞穴生物，只敢躲在陰暗的洞穴中觀望像太陽般發光的男主角。

因為需要到海邊取景，可能的話，導演還希望拍攝女子單獨在山洞裡的畫面。由於第一張單曲大賣而對關野夜信心十足的唱片公司，決定大手筆將拍攝場景拉到位於日本南方的離島沖繩島。除了可以拍攝到MV所需的景色，公司也打算未來單曲發行時，特別強調MV拍攝地點，將歌曲和地點的連結當作宣傳重點。

因為需要山洞的場景，工作人員找了一名沖繩島的當地人協助尋找適合的地點。這名當地人就是尾田平次，也就是剛才在烹煮稀飯的大鍋旁唸唸有詞的老人。

拍攝MV期間，關野夜得知尾田平次是「沖繩集體自絕事件」中存活下來的居民，並且聽他說了當時發生的事情。於是關野夜將當年爺爺拍攝的那張照片拿給尾田平次看。尾田平次看了照片，認為照片上的地點很像鬼雪島，而且照片上的不明物體和他當年看到的「東西」也很相似。

關野夜離開沖繩島後沒多久，電視台就向她提出主持旅遊節目的想法。

「我那時候和湘湘討論了很久，決定做形態比較不一樣的旅遊節目，就想到了爺爺給我的那張照片和鬼雪島。於是我和湘湘又跑了一趟沖繩，這次我們調查到鬼雪島上可能有地底人這件事情。」

提供這個消息的是沖繩一名退休的考古學教授。

這名考古學教授主要的研究是琉球群島的歷史。他發現琉球群島有許多類似的民間傳說流傳，大概是集中在十七世紀以後，一直到二十一世紀都還有類似的傳說出現。如果把這些民間傳說整理起來，可以發現本來以為是完全不同的傳說，其實本質上卻有很大程度的相似。

這些傳說的相同點都是有人目擊到無人島上出現亡魂，或者用科學一點的說法是不明生物體。雖然有著類似的目擊說法，不過隨著時間的演變，竟也有著奇妙的不同。

十七、十八世紀的傳說多是漁民或船員駕船行經無人島時，看見島上有亡魂遊蕩，甚至是對著他們招手。當時把這個現象解釋成船難或是被海盜殺害船員的鬼魂，因為在大海中找不到回家的方向，最後都漂流到無人島上。因此原本就無人居住的島嶼就令人更加不敢靠近。

那個時期比較廣為人知的民間故事是一個抓鬼師的故事。在中國的清朝時期，有一名抓鬼師在中國沿海靠著替人驅鬼維生。此人自稱抓鬼師，是為了和法師、道士或其他與宗教相關的神職人員有所區分。他宣稱自己驅鬼的方法是靠著對各種鬼的了解對症下藥，而非依靠宗教的力量。這名抓鬼師多在清朝東方沿海一帶活動，大部分對付的是所謂「冤魂」一類的鬼。有一次，這名抓鬼師接受委託，搭船前往海上抓鬼。這次的目標是往來於琉球群島和中國沿海船員口中所謂船難死者的冤魂。故事的結尾有很多不同的說法，有的說這次出航並沒有找到什麼鬼魂，無功而返。有的則是說船難死者的鬼魂怨念太過強大，這名抓鬼師無法對付，最後死於船難，自己反倒成了無人島上的冤魂之一。這時候調查到的傳說，地點都只知道是位於琉球群島中的無人島，並沒有比較詳細的地理位置。

到了十九、二十世紀，可能因為科學比較發達，開始可以解釋很多以前認為奇怪或不可思議的現象。所以這類的目擊傳說漸漸演變成無人島上有奇怪的生物存在，會襲擊登陸島上的人類。為了送女兒白色的魚，而來到無人島垂釣的渡邊川和另一名目擊者尾田平次的親身經歷都算是這一類。這一類的傳說可能因為時間接近近代，有些目擊者甚至還活著，所以開始比較能夠知道無人島可能的地理位置。

但是要印證這類的民間傳說並不是簡單的事。就拿這次的鬼雪島來說，即使有渡邊川和尾田平次兩個在鬼雪島上目擊奇怪生物的人，不過兩人都一致認為那是鬼魂。而且也無法證明鬼雪島就是十七、十八世紀傳說裡提到的無人島。

這名考古學家在研究琉球群島歷史的過程，發現了這些同質性很高的民間傳說，很有興趣地蒐集研讀了這些資料。他把蒐集到的資料，對照到世界上其他國家，看看是不是有類似的傳說故事。

世界上關於鬼魂的故事多如繁星，但是有一件事引起了考古學家的注意。他發現琉球群島的這些民間傳說中，都不約而同提到「無人島」這個算不上地點的地點。琉球群島總共有一百六十一個小島，有人居住的小島只有四十四個。也就是說至少有一百個以上的小島無人居住。在這些傳說中描述的鬼魂，甚至是渡邊川和尾田平次口中所說的鬼魂，都相當具有行動力，反而比較像是具有實體的妖怪。即使把鬼魂當成有奇怪的生物居住在島上，解釋了鬼魂具有行動力這件事。但是後來的說法裡頭，還是把這些地點當成是無人島，並沒有因此而認為這些生物可能是在島上居住的人類。

於是這名考古學家開始思考，在什麼情況下有人居住的島嶼會被當成無人島？他在法國小說家裘爾・維納的小說《地心探險記》當中得到了靈感，提出也許在民間傳說中提到的無人島上有地底人出沒這個假設。

「那位退休的考古學家因為年紀已經很大了，此次無法同行。他大概在十多年前提出琉球群島的無人島上可能有地底人出沒這個說法，比較詳細的內容刊登在日本國內一本考古學雜誌上。不過因為雜誌社已經倒閉，而且這個假設並未引起太多學者注意，所以後來他自己也漸漸對這件事失去了興趣。」

在關野夜講述這段故事期間，趙紫湘離開帳篷去把那本雜誌拿來。不過因為內容是日文，所以冷言等人只有大致從標題的漢字和圖片得知大概是講述琉球群島和地底人的文章。

「不過你們怎麼知道那些傳說裡的無人島就是鬼雪島？」冷言提出了問題。

「這是我和那名考古學家討論過後，勉強把鬼雪島和傳說裡提到的無人島兜在一起的。」關野夜說，「電視台不可能花那麼多時間一一去調查琉球群島裡的無人島。現在既然有我爺爺的照片、渡邊和尾田老人的目擊情報、考古學家的論文報告，把鬼雪島當成目標來調查其實也不能算是勉強。」

「萬一什麼都找不到呢？」

「這就要看電視台方面打算怎麼辦了。最糟糕的情況就是找工作人員假扮地底人，然後拍一些不太清楚的影像。」關野夜說，「希望不會走上這條路。」

「這麼說來，這封恐嚇信的內容就有點奇怪了。」施田說，「既然根本不知道鬼雪島上有沒有地底人，為什麼寄這封恐嚇信的人好像確定地底人就在鬼雪島上，還要妳別去打擾地底人平靜的生活。」

「前輩，其實你仔細看這封信裡並沒有提到鬼雪島這個地點。我在想兇手也許只是希望電視台取消這個的計畫，和地點在哪裡無關。」冷言說，「不過這麼推想的話，兇手的目的又更加不明朗了。」

「既然妳找我們來是為了調查恐嚇信，為什麼一開始要隱瞞？」施田問。

「這件事除了我和湘湘之外，其他工作人員都不知道。一開始瞞著你們也是因為怕恐嚇信的事曝光。」

「為什麼不讓其他人知道？」

「我怕被電視台的人知道了，會取消節目的拍攝計畫。」關野夜說，「我好不容易才能夠在日本主持節目，而且我和湘湘真的花了很多時間在這個節目上。光是剛才告訴你們的那些事，就花了好幾個月進行調查，我不希望因為一封恐嚇信就被迫中斷。」

關野夜說這些話的時候，眼神露出從未見過的落寞神情。

「本來我打算不理會這封恐嚇信，不過湘湘擔心真的會出事。之前聽小冰表姊說過你們的事，剛好我要回台灣一趟，湘湘就提議要不要找你們來幫忙。沒有一開始就告訴你們詳情，其實是怕過程中消息走漏出去。」

「會找我們有一部分是因為我們不懂日語吧。」冷言說。

關野夜吐了吐舌尖，沒有回答。

帳篷裡的幾人本來還打算繼續討論關於恐嚇信的事，不過工作人員來通知關野夜要開始進行拍攝，這次的討論只好暫時中斷。

5

「我們的外景隊特別來到傳說中的鬼雪島。這個傳說中的無人小島……」關野夜用流暢的日語對著攝影機的鏡頭說著話。看見關野夜面對攝影機時的模樣，冷言才真正感受到眼前這個人是在日本演藝圈裡闖出一片天空的台灣大明星。

冷言和施田坐在海灘上看著錄影工作進行，吳瑞祥則是被邀請去和其他專家們進行會議，討論接下來幾天即將在島上展開的探勘行動。

「冷言，關於恐嚇信的事你怎麼看？」

「我很在意恐嚇信出現的時間點和犯人的目的，我認為有必要深入調查這個節目企劃進行的流程。還有恐嚇信使用的文字是中文也令人覺得奇怪。」

「我曾經辦過幾件恐嚇信的案子，其實會選擇寄送恐嚇信的犯人，大部分並不敢真的犯罪。不過這些犯人寄發恐嚇信的目的通常相當明確，不像這次給人曖昧不明的感覺。」施田說，「而且關小姐沒有理會信中的警告，我比較擔心接下來真的會發生什麼事。」

「犯人的目的究竟是什麼呢……」

冷言抬頭看著天空。因為小島附近空氣污染不嚴重，抬頭看見的天空是藍色的。遠方的海平面上有一艘船，不過因為距離太遠，看不出船前進的方向。沙灘上的沙很乾淨，不像被規劃成海水浴場的沙灘，永遠可以看見被埋在沙裡的汽水空罐。

在海邊的工作人員還繼續忙碌著。冷言發現原本在鏡頭前神色自若的關野夜樣子似乎不太對勁，其他人看起來也不像正在進行拍攝工作。

「前輩，那邊好像發生了什麼事。」
「過去看看。」
冷言和施田兩個人起身拍掉褲子上的沙，朝著海邊走去。來到距離拍攝地點不到十步的位置，一旁的工作人員發現兩人，趕緊用日語吆喝著，試圖阻止兩人繼續前進。冷言聽懂那句日語的意思是要兩人等一下，於是拉住施田停止前進。原本站在一旁的趙紫湘看見兩人，也跑上前來關心。
「你們跑來拍攝現場做什麼？」趙紫湘看起來也是一副神色緊張的模樣，先前精明的形象這時已經看不到了。
「是不是發生什麼事了？大家的樣子好像都很緊張。」冷言說。
「你們先跟我過來這邊。」
趙紫湘帶著兩人往後退，確定不會干擾拍攝後才停下來。
「你們看那邊的沙灘上。」
冷言和施田循著趙紫湘手指的方向看過去。被海水打濕的沙顏色比較深，工作人員踩在沙上留下的腳印相當凌亂。海水持續拍上沙灘，舊的腳印被海水拍打幾次後就消失，然後工作人員再踩出新的腳印。除了消失又出現的腳印之外，沙灘上另外還有一個令人怵目驚心的東西。
那是一顆人類的頭骨！
空洞的眼窩正好朝向三人所在的方向。即使冷言是醫學院畢業的學生，在沒有心理準備的情況下突然看到人類的頭骨，也被嚇了一跳。
「那是拍攝用的道具嗎？」冷言問。
「不是。」趙紫湘說，「那是剛剛隨著海浪被打上岸的。」

「所以大家是因為那顆頭骨才會這麼緊張？」趙紫湘點點頭。

冷言轉頭看了看闕野夜，她的樣子看起來稍微恢復了鎮定，不過依然對著攝影機鏡頭說著話。

「拍攝沒有中斷嗎？」

「剛才稍微中斷了一下，不過導播決定繼續拍攝，所以攝影機並沒有停下來。」

「發現頭骨為什麼還繼續拍攝，應該先報警才對吧。」施田不解地問。

「剛發現有頭骨的時候大家也是嚇了一跳。不過頭骨隨著海浪飄上岸可是千載難逢的鏡頭，我可以理解導播繼續拍攝的決定，剛剛還臨時修改腳本。況且這裡是無人島，要怎麼報警啊。」

「就算不能報警，發現人類頭骨還能若無其事繼續拍攝也太奇怪了吧，我幹了一輩子警察也沒聽過這種事。」

「並不是若無其事，你看不出來大家都很緊張嗎。」

「前輩、趙小姐，現在先別在這個問題上爭辯，我擔心這個頭骨和恐嚇信有關。」冷言說，「趙小姐，拍攝大概何時會告一段落？」

「這個鏡頭應該快要結束了。」

「前輩，我們先在這裡等到拍攝結束，和闕小姐談過之後再決定接下來的行動。」冷言說。

「你是擔心恐嚇信的事情曝光？」施田問。

「如果闕小姐還是堅持不希望恐嚇信的事情曝光，我想應該尊重她的意願。除非警方正式介入調查，那時我覺得就不應該再隱瞞恐嚇信的事。」冷言說。

「就按照你的意思，小姐，委屈妳陪我們在這裡等一下吧。」

這時有一名工作人員朝頭骨的方向走過去。他雙手各套了一個塑膠袋，戰戰兢兢地捧起頭骨。可以感覺出他雙手發抖，塑膠袋因此發出令人不悅的聲音。他按照導播的指示，將頭骨放在距離海水比較遠的沙灘上，應該是為了避免被海水捲走。確定頭骨擺放的是導播要的位置後，他立刻脫下塑膠袋甩在沙灘上，朝著沙灘後方的樹林狂奔而去。從冷言這個位置可以看到那名工作人員蹲在一棵樹旁嘔吐。

看到這一幕，冷言才比較能夠體會為什麼大家會認同繼續拍攝這個決定。

「有醫療人員在嗎？」冷言問。

「有一個隨隊醫生，已經去請他過來了。」趙紫湘回答。

拍攝工作持續進行著，不過並不像趙紫湘說的那樣快結束了。從冷言等人決定等待拍攝結束後已經又過了一個小時。雖然並非全部都是關野夜的鏡頭，不過就算她休息時冷言等人也找不到空檔和她談話。隨隊醫生也在一旁等了很久，索性搬張躺椅打起瞌睡來。

「還是你們先回帳篷，等拍攝結束我會和小夜過去找你們。」

「也好，老人家有點累了，先回去睡個回籠覺。」施田說。

於是冷言和施田決定回帳篷等待。

回到帳篷時，吳瑞祥也剛開完會回來，三人就站在帳篷外聊了起來。

「教授，我是冷言。」

「我知道啦，難道你會是關野夜嗎？」

冷言會急於表明自己的身分是有原因的。因為吳瑞祥在一次意外中腦部受了傷，患有「臉孔失辨症」。這是指一種視覺的辨識能力缺乏症，患者即使對常見的熟悉臉孔都無法辨認。因為患者無法靠著臉孔來辨識其他人，只能利用聲音或是其他特徵來進行辨識。

「會議進行得如何？」冷言問。

「還算順利。這次會議主要是想找出關野夜提供那張照片上的地點。照片看起來應該是在鬼雪島北、西、南三面的岩岸地區，已經組成兩隊搜查隊分別從北、南兩面開始搜查，然後在西面會合。我的工作要等真的找到照片上的地點後才開始，所以現在很閒。」

「你還沒聽說頭骨的事情吧。」

「什麼頭骨？」

冷言把事情告訴吳瑞祥。

「怎麼會有頭骨被海水打上岸？太恐怖了吧。」

「更恐怖的是到現在拍攝還是繼續進行。」施田忍不住插嘴，「我看就算死了人，那些電視台的神經病也不會在乎吧。」

施田對這件事的偏執在其他人看起來可能有點過頭，不過對他的個性還算了解的冷言倒是不顯得意外。

「不如我們進帳篷再聊。」冷言提議。

於是三個人先後進入帳篷，盤腿坐下來繼續剛剛的話題。

「要不要來根巧克力棒？」吳瑞祥從隨身的背包裡翻出三根巧克力棒，將其中兩根分別遞給冷言和施田。

「你怎麼有這個？」

施田撕開藍色包裝，大口吃了起來。

「你們出來郊遊都不隨身攜帶零食的嗎？」

「原來教授把這次當成是郊遊啊。」冷言說。

「因為我只是被邀請來當節目的特別來賓，沒什麼壓力。況且找不找得到照片上的地點還是個問題。我聽說最早到的一批人，已經先在島上稍微找過一次。和照片看起來相似的岩岸很多，不過沒有找到山洞。」

「既然這樣，為什麼還要組成搜查隊？」施田問，「還有沒有巧克力棒？這是什麼牌子的，味道還真不錯。」

「巧克力棒沒有了，不過有洋芋片。」

吳瑞祥又從背包裡翻出罐裝洋芋片給施田。冷言不可置信地看著眼前這兩個老男人開心吃著零食。

「因為最早到的那批人都是電視台工作人員，只是在島上隨意勘查地形。比較詳細的調查，還是要讓正式的搜查隊進行。」吳瑞祥說，「而且人家電視台為了這次的企劃砸那麼多錢，不可能空手而回，死也要找個東西出來。」

「我看就算找不到山洞，他們也會想辦法挖一個出來吧。」施田因為頭骨的事，對電視台的做事方法有了很深的成見。

「搜查什麼時候開始？」冷言問。

「現在可能已經開始了。因為四、五點左右就會天黑，所以搜查隊的人想把握時間。」

「我看就算太陽下山，他們也會想辦法生一顆太陽出來。」施田說。

冷言和吳瑞祥兩人因為知道施田的脾氣，只能苦笑。

三人在帳篷內又待了一小時，聊著對這次電視台鬼雪島企劃的看法。因為有吳瑞祥提供的零食，即使時間已經接近中午，三人也都不覺得餓。

大約十二點左右，吳瑞祥有事離開。正好趙紫湘和關野夜兩人結束早上的拍攝，過來找冷言和施田。

「對不起、對不起，我聽湘湘說你們等了我很久，真是不好意思。」

冷言和施田走到帳篷外，關野夜劈頭就是一陣道歉。

「吃午餐了沒，要不要邊吃邊談？」冷言問，「我們想問一下頭骨的事。」

「我還有事要忙，小夜妳先和他們兩個談，我去幫妳安排一下下午的拍攝細節。」趙紫湘說。

「我們過去沙灘那邊聊，湘湘，等一下請工作人員幫我們把食物拿過去。」

「好，如果食物沒像早上那樣被偷的話。」

說完，趙紫湘推了推眼鏡，臉上依然沒有什麼表情。原本以為她是在開玩笑的冷言，又再度猶豫是不是該笑。

「你們別看湘湘平常一副撲克臉，她其實很喜歡開玩笑。」

趙紫湘離開後，關野夜替她這麼解釋。於是冷言昨天以來的疑慮總算一掃而空。

「果然是在開玩笑啊，那表情不像呢。」

「冷言，你說什麼？」關野夜問。

「沒什麼啦，我們過去沙灘那裡吧。」

關野夜帶著兩人來到沙灘一處工作人員架設好的休息區，坐在休息區的椅子上可以看到剛剛那顆頭骨還擺在沙灘上。

「剛剛隨隊醫師檢查了那顆頭骨，他說應該是成年女性的頭骨。但是更詳細的資料，譬如死亡時間、死亡原因他就不清楚了。」

三人一坐下，關野夜立刻切入主題。

現在大概是太陽最大的時候，氣溫和清晨時相比高了許多。雖然不至於到炎熱的地步，不過穿著外套還是足以讓人汗流浹背。關野夜脫掉拍攝時的長袖襯衫，只穿著一件貼身的黑色細肩帶小可愛。

「我想也是，只從一個頭骨能夠得知的情報還是有限。」冷言說，「不過應該不是最近死亡的吧？」

「隨隊醫師說大概死了很久，不過他說的很久是多久我就不清楚了。」關野夜說。

「你們打算通知警方嗎？」施田還是對報警這件事相當執著。

「我想可能會等拍攝工作告一段落再說吧。」關野夜說，「我知道你們可能很難接受這樣的做法，不過其實我自己也是這麼希望。這次的企劃無論如何都要成功，萬一警察現在介入調查，拍攝很可能會被迫中斷。」

「我比較擔心的是頭骨和恐嚇信有關。可能的話，希望可以進行調查。但是我怕調查過程中，恐嚇信的事會不小心洩漏出去。」冷言說。

「那顆頭骨是偶然漂上岸的，我想兩者應該不相關。即使有關係，恐嚇信的事我還是希望暫時可以保密。」關野夜說。

「在通知警方之前，你們打算如何處理頭骨？還要繼續用來拍攝嗎？」

「因為人類頭骨漂上岸的畫面實在太難得了，所以導演才會決定在那上面大作文章。我聽湘湘說你們不太能接受這種做法。不過請放心，之後頭骨會由隨隊醫師暫時保管，不會再用來拍攝了。」

「前輩，還是我們過去隨隊醫師那裡問問頭骨的事。」

「也好，這樣應該不至於讓恐嚇信的事曝光吧。」施田說。

「等一下湘湘過來，我叫她陪你們一起去當翻譯。」

「差點忘了我們在這裡是語言不通的人。」施田說。

「好像不知不覺查起案了呢……」冷言說。

中午過後天空變得比較灰，風也開始大了起來。空氣聞著有一股潮濕的味道，感覺似乎會下一場大雨。鬼雪島上的白色樹林在風的吹拂下，枯枝有如殘燭般搖搖晃晃。如果從遠方的海上看過來，一定很像正下著雪吧！

6

冷言踏進隨隊醫師帳篷內時，一團紙團迎面飛來，剛好打在他的額頭上。

「對不起、對不起……」

原本坐在帳篷最深處，丟出紙團的「元兇」藤木醫師立刻起身用日語不斷道歉。

「沒關係、沒關係……」

「沒關係」是冷言懂的少數幾個日文單字，沒想到這麼快就用上。跟在冷言身後進入帳篷的趙紫湘看見這一幕，難得的笑了出來。

「這位就是隨隊醫師藤木醫師。藤木醫師，這兩位是節目的來賓。」

趙紫湘分別用中、日語介紹雙方認識。說到最後，當她目光瞥見掉在地上的紙團時，又忍不住笑了出來。這樣的反應才讓冷言終於覺得她沒有想像中嚴肅，在心中反而感謝起剛才砸中他的那團紙。

因為需要趙紫湘居中翻譯，雖然溝通上沒有那麼順暢，也還算可以了解彼此的意思。

「初次見面，請多指教。剛才真的是很不好意思，我沒想到會突然有人走進來，才會把垃圾用丟的，結果還丟不準。」藤木醫師鞠了個九十度的躬。

「真的沒關係，一點都不會痛。」不太懂日本人禮節的冷言見狀也急忙跟著鞠躬，淨說些不合時宜的話。

隨隊醫師的帳篷和冷言等人不同，並非一般的露營帳篷，而是有金屬骨架組合起來的大型帳篷。帳篷內除了一些基本的醫療器材，還擺了一張簡單的病床。

「藤木醫師，剛才在海灘上發現的那顆頭骨呢？」趙紫湘問，「他們想看一下。」

「想看頭骨啊……」藤木醫師似乎對這個要求感到有些為難。

「沒關係的，他們除了是節目邀請的來賓之外，還是小夜的朋友。因為沒看過人類的頭骨，所以好奇想看一下，不會給你添太多麻煩的。」

「好吧，等我一下。」

藤木醫師說完，走回他原本坐的地方，從手提袋裡把用紙包著的頭骨拿出。他拿著頭骨走到病床前，把頭骨放在病床上小心翼翼將紙打開。

「就是這個。」藤木醫師說。

冷言以前讀醫學院的時候修過大體解剖學，那是他唯一一次接觸真實的人類頭骨。那時的頭骨是學校保存著，供學生學習用。因為年代久遠，而且有很多學生接觸過，頭骨變成有點深的褐色。眼前這顆頭骨顏色沒有那麼深，表面也沒有因為很多人觸摸過而產生的光滑感。和學生時期接觸的頭骨相比，冷言覺得眼前這顆頭骨多了幾分陰森的感覺。

眾人先是沉默了一會兒，最後由施田開口問：「藤木醫師，可以大約判斷出這顆頭骨的死亡時間嗎？」

「不行，以這顆頭顱的情況而言，需要更精密的儀器進行分析。」

「年齡、性別或是其他資料呢？」

「一般的醫師可能沒辦法再告訴你們更多資訊，不過啊……」藤木醫師此時的表情顯得有點得意，「因為我唸研究所時的研究主題剛好和人類頭骨有關，所以這方面可以提供一些意見喔。」

藤木醫師說著從醫師服口袋裡拿出一張紙條。

「其實我剛剛把頭骨拿回來的時候，自己稍微作了一些推測。反正閒著也是閒著嘛……」紙條上寫著一些日文，藤木醫師把紙條交給趙紫湘，請她翻譯。

藤木準今年三十五歲，是東京某醫學大學附設醫院的主治醫師。因為是院內比較年輕的主治醫師，所以當電視台向醫院申請派遣醫師隨隊時，這份工作很自然就落在他頭上。其實如果是隨隊前往法國或是美國這種平常要自己花錢才能去的地方，大概就輪不到他。不過因為是前往日本國內的無人島，其他資深醫師都避之唯恐不及，最後才會由相較之下資歷較淺且個性溫和的藤木準接任。

再回頭來看看紙條上所寫的內容。

經由藤木醫師的推測，這顆頭骨可能是年紀約三、四十歲的亞洲女性。從上顎殘留牙齒所裝置的假牙來看，應該可以判斷是上個世紀前半的人。也就是生活在西元一九〇〇至一九五〇年之間的人。

「而且我發現一件很特別的事。」

藤木醫師戴上乳膠手套，將頭骨的後腦部分展示給其他人看。

「你們看，後腦枕骨這裡有裂痕，應該是曾經被硬物敲擊過。」

在枕骨中央偏高的位置確實有幾道成放射狀的裂痕。不知道是不是年代久遠的關係，其實不仔細看很難發現。

「這個看起來很像是被石頭重擊的傷痕，說不定……」藤木醫師突然改變了口氣，用陰沉的語調說，「這個頭骨的主人是被謀殺的。」

趙紫湘將這句話翻譯給冷言和施田聽之後，兩人的臉色都凝重了起來。

藤木醫師見狀，趕緊恢復先前輕鬆的語調解釋他只是在開玩笑。

「雖然藤木醫師這樣說，不過頭顱後腦曾經遭受強烈撞擊應該沒有疑問吧？」冷言問。

藤木醫師點點頭。

「不過要從頭骨現有的傷痕判斷是不是致命傷，還是冒險了點。」

「其實從藤木醫師提供的資訊，已經可以大約推算出死亡的時間。」冷言說，「這名女性年紀約略三、四十歲，生活在西元一九〇〇至一九五〇年之間。推算一下，死亡時間大概是介於一九三〇至一九九〇年之間。今年是二〇〇九年，即使前後多抓一些誤差的時間，應該也不是最近才死亡的。」

「不過我是以日本的牙科醫療來推斷這名女性生活的年代。如果她是生活在牙科醫療水準比較落後的地區，可能就不準確。」藤木醫師說。

「還有什麼事情想問嗎？」趙紫湘說。

「暫時沒有了。」冷言說。

「藤木醫師，謝謝你的幫忙。這個頭骨對他們而言應該是個難得的體驗。」

「不、不，沒幫上什麼忙。對了，剛才真的很抱歉。」

藤木醫師又向冷言鞠了個九十度的躬，冷言也趕快鞠躬回禮。三人又和藤木醫師寒暄幾句後，離開了帳篷。

現在是下午四點，天空卻已經變得灰灰暗暗的，風似乎也比先前更大了一些。才剛有這樣的感覺，雨就開始滴下來了。雨很快就大到不是能夠悠閒散步的局面，三人趕緊雙手抱頭衝回自己的帳篷。

幸虧跑得夠快，冷言和施田躲進帳篷的時候只稍微被淋濕了頭髮。原本就在帳篷內的吳瑞祥見到兩人的狼狽模樣，大笑了起來。

「哈！哈！你們兩個是去雨中散步嗎？」

「我們是分別和不同的小姑娘去雨中散步！」施田硬是回了吳瑞祥這句話。

冷言撥落身上和頭髮上的雨水，覺得施田那種嘴上絕不認輸的個性很有趣。一方面他也考慮到年齡的因素，如果這樣的個性出現在二十多歲的小夥子身上，大概只會讓人覺得討厭吧。這麼說來，施田前輩年輕的時候也許還滿……

「冷言，你在發什麼呆啊？」

被施田突然這麼一問，冷言心虛地傻笑了一陣。

「說實在的，你們兩個下午在忙些什麼事？」

吳瑞祥笑歸笑，還是找了毛巾給兩人擦拭身體。

「我們去調查了頭骨。」施田回答。

「漂到沙灘上那個頭骨嗎？結果怎麼樣了？」

施田把剛才從藤木醫師那裡得到的消息告訴吳瑞祥。

「也就是說頭骨主人被謀殺的可能性很高囉。」

吳瑞祥聽完之後下了這個結論。

「不過應該和恐嚇信無關。」冷言說，「至於頭骨是不是牽涉到謀殺案，可能就要等警方介入才能深入調查了。」

冷言語畢驚覺自己不該提起「警方」這個話題，果然施田立刻開始抱怨起電視台。

「說到這個我就有氣……」

「對了，吳教授，我一直有個問題想問你。」冷言趕緊打斷施田的話，「為什麼電視台會邀請你來鬼雪島？」

「因為我是有名的物理學家啊。」

「這個我知道。」冷言難掩表情的尷尬，「只是我實在想不到這個節目哪裡可以用得上物理學。」

「不會是要叫你用科學實驗證明島上有鬼存在吧？」施田決定放棄抱怨電視台，加入討論。

「聽說電視台還真的找了科學家來證明島上有沒有鬼，不過不是我。」吳瑞祥說，「他們會找我來主要是因為這個東西。」

吳瑞祥從背包裡翻出一台灰色的小型機器。機器有一個大小約三、四吋的液晶螢幕，螢幕上方有一個像是接收器的東西，螢幕下方有個把手可以單手握住。把手靠近螢幕一端有兩個旋鈕，中央以及下端有幾個按鈕。

「這是什麼？我看一下。」

施田伸手要把機器從吳瑞祥手中接過去。

「等一下！等一下！」

吳瑞祥看到施田的動作，趕緊抓著機器逃開。

「這台機器要幾十萬，先等我說明過再給你看。」

「要幾十萬！裡面是鑲鑽石嗎？還是說你被詐騙集團騙了。」施田一臉不可置信地說，原本打算搶機器的雙手也安分地縮了回去。

「什麼被詐騙集團騙，這台機器可是我發明的專利產品，正準備在亞洲地區開始販賣。」吳瑞祥說。

「原來你才是詐騙集團的人。」

「這跟詐騙集團沒有關係啦！」

這時冷言開口制止了兩老繼續互虧的局面。

「吳教授，麻煩你說明一下機器的用途吧。」

「還是冷言比較好溝通。」吳瑞祥說，「這台機器的正式名稱還沒定案，暫時就先叫做聲納地形探測儀吧。」

「聲納地形探測儀？是用來做什麼的？」

「這台機器的功能有點像是蝙蝠的聲納定位系統，我本來有想過一個名字叫做蝙蝠機，不錯吧。」

「與其幫機器取名字，不如先告訴我聲納定位是什麼東西吧。」施田說。

「那是確保蝙蝠在黑暗中飛行不會撞牆的一種生物機制。」吳瑞祥放棄了繼續討論機器命名的事，「他們在黑暗中飛行時會發出一種人類聽不到的超音波，通過口、鼻向外發射。音波碰到障礙物成為回音反射，蝙蝠便能由接收到的回音判斷物體的距離和大小。這台機器就是利用類似的原理，從機器發射出聲納，然後接收反彈回來的聲納。經過辨識後，可以從螢幕顯示出周圍的地形狀況。」

「原來如此。找了洞穴探勘專家，又找了聲納地形探測儀，電視台方面大概是預計進行洞穴探索吧。」冷言總算了解電視台的打算，「不過萬一鬼雪島上沒有找到任何洞穴怎麼辦？」

「他們不是找來兩個洞穴探勘專家嗎？他們接受日本政府的委託，在這一帶的群島進行洞穴探勘，聽說已經在附近幾個無人島上找到了小型洞穴。萬一這裡找不到的話，電視台打算到其中一個已經找到小型洞穴的島進行拍攝。」

冷言聽了吳瑞祥的說明後，似乎稍微能夠體會關野夜在這個節目上下了多大的賭注。怪不得即使收到恐嚇信、海灘上出現頭骨，關野夜還是希望節目可以繼續拍攝。冷言不禁在心中暗自替關野夜祈禱一切拍攝可以順利。

大雨已經持續好一陣了，雨滴打在帳篷上的聲音非常嘈雜。即便如此，施田和吳瑞祥在無事可做的情況下，還是在雨聲的包圍下睡著了。

冷言本來也跟著打了個小盹兒，不過心裡總感覺莫名的煩躁，漸漸就失去了睡意。看施田和吳瑞祥兩人似乎睡得很沉，冷言索性拿出橫溝正史的《八墓村》來讀。《八墓村》是名偵探金田一耕助相當著名的一個探案，以第一人稱的方式敘述發生在「八墓村」的連續毒殺事件，故事裡有很多描寫鐘乳石洞穴的場景。如果對洞穴學稍微了解的人，可以發現橫溝正史在洞穴景觀的描寫上其實算是講究。

冷言自從開始寫作推理小說以來，對小說寫實性這點的感觸相當深。即使是他自己實際經歷過的「雙子村」、「鎧甲館」兩件案子，真正要轉換成小說的時候，有些部分的描寫還是不得不偏離現實。

有個學長曾經告訴他：「沒有一種寫法會讓所有人滿意的。」冷言覺得這句話在不同的寫作階段聽起來有不同的感觸，是句很有哲理的話。

《八墓村》其實冷言讀了第三次了，每次讀都還是忍不住衷心佩服橫溝正史這位一代大師。當他讀到故事的最高潮，主角被追殺他的村民逼入絕境的時候，趙紫湘掀開帳篷，探頭進來說話：「發生事情了！」

「怎麼了？」

冷言放下手中的書，這時他才注意到外面的雨不知何時已經停了。

「好像有人失蹤了！」

這是繼頭骨的事件後，冷言第二次見到趙紫湘驚慌失措的表情。

7

現在並非適合在島上進行大規模搜尋的時間，大概所有參加搜尋會議的人都會同意這一點。

天色已經暗得必須使用手電筒才能勉強在樹林外圍行走，而且才停了一會兒的雨，現在又毫不客氣地下了起來，海浪也隨著風漸漸增加高度。

除了失蹤的臨時助理高恩煥之外，其他人全都集合在會議用的大型帳篷內。高恩煥是關野夜從台灣聘請的臨時助理，當然也是趁著這次回台灣的機會，由趙紫湘從關野夜的台灣後援會裡找的，雇用期只有來鬼雪島進行節目拍攝這段時間。會從台灣找臨時助理，主要是考量到薪水較低。比起日本打工族，台灣打工族大約只需支付不到一半的薪水。高恩煥本身也懂得一些日語，大學時期還擔任過登山社社長，有豐富野外求生經驗，是相當適合擔任這次拍攝的臨時助理。

因為天色以及風雨的關係，不管是島上的探勘或節目拍攝都無法進行，因此導演要求所有人員出席這個搜尋會議。會議由電視台請來的野外求生專家藤原清吾主持，由於會議是以日語進行，所以趙紫湘一直待在冷言、施田和吳瑞祥身邊進行翻譯。

高恩煥的失蹤必須從下午展開的探勘說起。參加探勘的人員共十人，目的是找尋鬼雪島上是否有洞穴入口。全部人員分成兩隊，分別從島的北邊和南邊展開搜尋。高恩煥因為關野夜這邊暫時沒有事情需要幫忙，趙紫湘便請他也加入探勘。高恩煥被分配到由洞穴探勘專家方力率領的隊伍，從島的北邊展開搜尋。

先前提過，鬼雪島北、西、南三面是岩岸，方力將隊伍五人又分成兩小隊，兩人從島的北方沿著岸邊進行搜尋，其餘三人往南進入島中央的樹林進行搜尋。高恩煥和方力一組，沿著岸邊尋找洞穴入口。

根據方力的描述，島的北邊有一處凸出於海面上的岩石懸崖。崖上到海面的高度大約十幾公尺，約四、五層樓高，崖上無法看到位於海面的岩石底部。他和高恩煥先是沿著岸邊尋找立足點，想要看看岩石底部是否有洞穴。但因為岩石懸崖是單獨凸出於海上，從側面或其他地方完全看不到岩石底部。除了駕船從海上看之外，唯一的方法只有從懸崖上直接懸吊下去才能看到。不管是駕船或懸吊，都必須等到和其他人會合才能進行。於是兩人暫時略過岩石懸崖，繼續沿著岸邊尋找。

方力說兩人沿著岸邊前進時，高恩煥頻頻回頭看著懸崖。有幾次還跑回懸崖上張望，方力並未多加干涉。不久發現高恩煥突然不見人影，他以為高恩煥跑到別的地方進行搜尋，沒再多想。

下午下了一場雨，搜尋行動也因為這場雨中斷了一個多小時。雨停之後，天色漸漸變暗，兩小隊在約定的時間集合，唯獨高恩煥遲遲卻沒有出現。原本為了尋找洞穴入口而組成的探勘隊，臨時將尋找目標改為高恩煥。趁著完全天黑之前的空檔，在岩石懸崖附近進行搜尋。最後在那塊凸出於海面的岩石上，找到一雙高恩煥的鞋。

接下來的問題是，把鞋留在岩石上的高恩煥到哪裡去了？工作人員之間有兩種看法：一種認為高恩煥很可能在岩石上失足跌下懸崖，另一種則認為高恩煥是自己跳入海中。當然跳入海中並非當成自殺看待，而是認為高恩煥可能對跳水有自信，所以跳入海中打算檢查岩石底下是否有洞穴。目前自行跳海的看法佔多數，主要是因為留在岩石上那雙鞋的關係。從鞋的擺放方式來看，比較像是高恩煥自己脫下來擺著。但是持失足看法一派的人則認為如果要跳海勘查，應該會連衣褲都脫下留在岩石上。

「湘湘，他們接下來打算怎麼辦？」冷言不自覺地將對趙紫湘的稱呼由「趙小姐」改為「湘湘」。

「導演說等雨停了要派幾個人搭小船繞到那塊岩石下找找看，其他人則是繼續在島上搜尋。不過我想你們應該也看得出來，導演非常不爽。」

「這也難怪，讓這麼多人進行搜尋，拍攝進度一定會嚴重落後。」

「看來你也漸漸了解電視人的價值觀和邏輯了。」

「為了要調查恐嚇信，不好好深入了解關係人的想法是不行的。」

「話說回來，大偵探，你認為高恩煥有可能是被人推下懸崖的嗎？」

突然被叫大偵探，冷言感到有點不自在。

「我認為可能性不高，不過留在懸崖上的那雙鞋我實在想不通。」冷言說，「就像他們推測的那樣，如果是失足跌下懸崖，鞋的擺放方式應該不會這麼整齊，特別是其間又下了一場雨。如果是自己跳下懸崖，就算不脫下褲子，至少也會留下上衣。」

「有沒有可能其實他根本沒有跳入海中，還留在島上。」吳瑞祥說，「例如說……他也許找到了洞穴入口，沒有告訴大家就自己進入洞穴了。」

「但是他為什麼把鞋子留在懸崖上呢？」冷言問。

「也許有原因讓他無法穿著鞋子進入洞穴。」

「也不是不可能，不過……」冷言認為這個說法的說服力還是不太夠。

會議在導演起身離開帳篷之後結束，工作人員們也紛紛離去。

結果雨一直下到深夜，原本預計在雨停之後展開的搜索行動決定等到天亮後再進行。得知這個消息，本來打算跟著一起進行搜索的施田和冷言決定先就寢。吳瑞祥因為一開始就不打算加入搜索，會議結束後早早就先睡了。

這夜的睡眠感覺起來比實際時間來得短，冷言覺得好像才剛閉上眼睛沒多久就被叫醒。看了看錶，還差幾分鐘才六點。身旁的施田和吳瑞祥都還沉浸在夢鄉。

搖醒冷言的是關野夜。一覺醒來，當紅女明星就眨著大眼睛出現在面前大概是許多男人的夢想。不過真的遇到這樣的狀況，冷言倒是有點不知所措。

「你眼睛還睜得開嗎？」關野夜刻意壓低了音量。

冷言認出是關野夜，勉強撐著睜開雙眼，在一片朦朧中模模糊糊回了句連自己都不記得是什麼的話。

「我睡不著，你可以陪我聊天嗎？」

關野夜說這句話的時候，冷言的意識總算清醒了點，微笑著點了點頭。

為了避免吵醒熟睡的施田和吳瑞祥，兩人躡手躡腳摸出帳篷外。外頭雨剛停沒多久，又是清晨，空氣異常清新，是長期居住在都市的兩人從來沒有呼吸過的味道。

兩人並肩緩步走向沙灘。清晨氣溫還很低，即使穿著薄外套也不免感覺到寒意。冷言注意到關野夜只穿著一件輕薄的短上衣，便回帳篷拿了件外套披在關野夜身上。

「謝謝，我正覺得冷呢。」關野夜回給冷言一個微笑。

「妳整晚都沒睡嗎？」

關野夜搖了搖頭。

「我工作的時候經常好幾天沒闔眼。昨晚搜索會議前我以為大概又沒得睡，所以喝了一杯超濃的黑咖啡，現在亢奮得很。倒是硬把你拖出來陪我，你應該不會生氣吧？」

「不會，我趕論文的時候也經常熬夜。」說不會其實有一點點違心之論。

「對不起，打擾你睡覺還要你看我卸妝後的醜樣子。」

其實剛剛冷言把外套披在關野夜肩上時就發現她卸了妝，不過並不如她所說的醜樣子，這句話讓人覺得是對自己很有自信的人會說的話。卸妝之後的關野夜少了明星的豔麗，卻多一份鄰家大姐的氣息。實際上關野夜比冷言還小幾歲，大概是長期在娛樂圈打滾，讓她感覺起來很成熟。

「不會，妳卸了妝還是很漂亮。」

關野夜突然停下腳步，轉頭盯著冷言看。冷言從來沒有被女性這樣盯著看過，沒幾秒鐘眼神就開始飄移，最後竟然不自覺將頭低了下來。

「你很體貼。」

關野夜說這句話的時候，兩人已經繼續往海灘的方向走。

「我並不是因為體貼才這麼說的。」

「我不單是指卸妝這件事。從第一次和你接觸我就覺得你是個很體貼的人，很會替別人著想。從一開始到你家委託你調查、飛機上和你討論照片、昨天討論恐嚇信，還有……這件外套也是。」

兩人走到沙灘，關野夜直接坐在沙灘上。冷言見關野夜如此隨興，平常有輕微潔癖的他也只好跟著席地而坐。沙灘因為正好向著東邊，已經可以見到被日出的光輝染成橘色的海平面。現在的海面相當平靜，往遠處眺望還可以看見其他幾座無人島嶼。

「昨天發生了好多事情呢。」關野夜說。

「會影響到拍攝進度嗎？」

「昨天預定的進度是達成了，不過我猜今天開始應該會漸漸落後。」

「萬一找不到失蹤的高恩煥，節目還是會繼續拍攝嗎？」

關野夜沒有馬上回答。她把掛在上衣領口的墨鏡拿起來戴上，靜靜看著天空幾隻盤旋的海鷗。兩人都沉默了幾分鐘，關野夜才像回過神來回答了冷言的問題：「如果是以我的立場而言，我會希望繼續拍攝。」

冷言了解關野夜的意思。頭骨的事情短時間還可以壓得下來。但現在是工作人員失蹤了，即便是導演也不可能當作沒事繼續拍攝節目。關野夜這樣回答表示她也很清楚拍攝可能會中斷，只不過她心中還是希望可以繼續進行。

「其實對這個節目最執著的人似乎是導演。」

「你不只體貼，觀察力也很敏銳，小冰表姊真的是沒介紹錯人。」關野夜說，「你怎麼看出來的？」

「我只是這麼覺得，發現頭骨那時候也是導演堅持繼續拍攝的不是嗎？妳雖然是站在導演那一邊，但是其實妳並沒有辦法決定拍攝是不是繼續。」

「我告訴你一個秘密，你可不可以幫我保密，包括小冰表姊和施田都不能講。」

「那妳還是別說吧，我不敢保證可以幫妳守密多久。」

「一般人在這種情況下通常都會答應吧。」

「我也很想答應妳，不過我真的不擅長替別人保守秘密。」

「其實你這樣的人口風反而很緊，萬一你剛才答應了，我還真不知道該不該告訴你。」

關野夜轉頭看了看四周，確定周圍沒有其他人之後接著說：「我和導演正在交往，我們打算這次鬼雪島的企劃完成後就秘密結婚。」

冷言平常並不是喜歡聽八卦消息的人，不過當紅女明星當著自己的面承認戀情還是讓他嚇了一跳。

「為什麼突然告訴我這個？」

「因為導演本身就是這個節目的製作人兼金主，他把所有家當都投進去了。如果這個節目失敗，他不但一無所有，還要背負龐大的債務。我能做的只有好好扮演我的角色，然後給他最大程度的支持。」

「我懂妳的意思，其實妳不需要特別向我解釋這些的。」

冷言知道關野夜告訴他這番話，是怕被誤會她這麼堅持要繼續拍攝節目是為了自己。

「我不希望你以為我是個自私的人。」關野夜停頓了一下，「不知道為什麼，我就是不希望你對我有所誤會。」

這段話反而讓冷言搞不懂她的意思。

「關小姐，妳這麼說反倒是讓我覺得妳是不是對我有所誤會。如果不是特別的情況，我不會隨便猜測別人心中的想法。不過妳願意對我坦白，我覺得很榮幸。」

「被你這麼一講，我好像以小人之心度君子之腹了。」

「沒這麼嚴重，而且我也不是什麼君子。」冷言說，「不過萬一真的找不到高恩煥，導演打算怎麼辦？」

「這次大概會和警方聯絡吧，不過我想他還是會在警方介入之下想辦法完成拍攝。」

這時兩人注意到帳篷區已經開始有人在走動。

「時間差不多了，吃完早餐大概就要開始找人。」

「我也想幫點忙，妳請工作人員也把我編入搜索隊當中吧。」

「嗯，等一下我會告訴湘湘，你要不要回去再睡一下？」

「不了，現在睡大概會睡過頭。」

冷言說著從沙灘起身，拍了拍褲子上的沙。

關野夜跟著站起來，笑著對冷言說：「謝謝你。」說完，她突然在冷言臉上吻了一下。

「謝謝你犧牲睡眠陪我，外套我晚一點再還給你。」關野夜說，「還有，剛剛那個別告訴我男友喔！」

語畢，關野夜小步往帳篷區跑去。沙灘上只留下滿臉通紅、不知所措的「名偵探」。

8

原本接駁用的手划船載著五個人從鬼雪島東邊的沙灘出發，往懸崖下方的海域前進。領隊是昨天和高恩煥一起進行搜尋的方力。他向導演表示因為是自己的疏忽造成人員失蹤，希望可以由他負起責任找人。

從海灘划出的船很快就到達懸崖下。方力帶著無線電和在懸崖上的導演進行聯繫，回報搜索的結果。與導演一起留在懸崖上的除了另外兩名工作人員之外，還有冷言和趙紫湘。

導演手上的無線電傳來「滋、滋」的雜訊，船上的人透過無線電通報初步搜索的結果。

「好像沒找到什麼東西。」趙紫湘聽到報告後翻譯給冷言聽，「懸崖下是一整面岩石，沒有可以立足的地方，也沒發現可能是高恩煥的物品。」

「有發現洞穴入口嗎？」冷言問。

「沒有，目前沒有發現。他們還會在附近找一找，不過暫時是一無所獲。」

冷言看得出導演的神色隨著報告愈顯沉重。

搜索隊搭小船出發前，冷言聽關野夜說導演已經決定好接下來的計畫。找得到高恩煥當然是最好的結果，到時安排將他先送回沖繩，再視情況送往東京或是台灣的醫院進行治療。如果找不到人，只好先和沖繩方面聯絡，請當地的警方派人協助進行搜尋。到時導演打算和警方交涉，看節目是不是可以繼續在鬼雪島上拍攝。萬一無法拍攝，導演打算讓整組人馬移師至最近的無人島上拍攝。屆時節目內容勢必有所調整，不過總比節目開天窗來得好。

原本預定的備案是到方力和劉宏翔已經找到洞穴的無人島上拍攝洞穴內部的場景，甚至是直接在日本國內找適合的洞穴拍攝。洞穴以外的場景就必須找適合的地點，有洞穴的島嶼不一定適合拍攝。只是如此一來，整個節目內容修修剪剪，真實度大打折扣，也違背最初製作這個節目的初衷。

冷言先前和關野夜討論時曾經談到，最差的情況就是找工作人員假扮地底人。從目前的情勢看來，也許這是機率最高的一個結果。

「另一個適合拍攝的無人島有這麼容易找嗎？」

先前聽關野夜說完導演的計畫，冷言對這一點產生了疑問。

「如果只是要找無人島的話應該不難，這附近的海域其實有很多大大小小的無人島。當初我們會找到鬼雪島也是因為有目擊者帶領。只是換到其他島上的話，節目腳本可能要做些修改，地底人傳說的真實性會大打折扣。」關野夜這麼回答。

導演的第一個目標就在北方，距離鬼雪島最近的一座無人島。站在懸崖上可以看見那座島，划船過去大約是三十分鐘。實際上為了把握時間，由方力帶隊的這艘船如果找不到高恩煥，就會先到北方那座島進行探勘，聯絡沖繩警方的事就由鬼雪島上的人進行。當然，鬼雪島這邊還是持續搜尋高恩煥以及洞穴入口。拍攝也會按照預定進度進行。導演這樣的安排可說是相當完善。

無線電持續傳來令人無法開心的消息，最後導演和船上的人都死了心。按照預定計畫，船會先回沙灘將一些必要的器材和食物搬上船，然後前往北方的無人島。

另一組人馬由劉宏翔帶領，早餐過後就開始在島上進行搜索。一直到船回到沙灘，將器材、食物搬上船的時候都還沒有好消息。

預備搭船前往北方無人島的除了原本在船上的五人，吳瑞祥也隨隊出發。他會跟著前往北方無人島，主要是因為他的專利發明「蝙蝠機」。留在鬼雪島上的人，有幾個已經學會操作蝙蝠機。況且目前鬼雪島上還沒有找到任何洞穴，蝙蝠機暫時還用不上。所以吳瑞祥決定跟著前往北方的島嶼探勘，如果真的找到洞穴，他自己可以操作蝙蝠機先進行洞穴的勘查。

大約上午八點鐘，方力帶領著船上另外五名成員出發。他們用無線電和鬼雪島這邊保持聯繫，一有發現，立刻通知島上的人。此外，和沖繩島的警局也已經取得聯繫。鬼雪島上沒有設置通訊設備，所以也是以無線電進行聯絡。警方會先和日本本島取得聯繫，請本島方面派出救援用的直升機和搜救人員。

導演帶著劇組的人繼續進行節目的拍攝。雖然這個新節目定位成旅遊性質的節目，不過為了加強地方傳說考證和目擊者自述的真實性，加入了很多戲劇的拍攝方式，利用故事和真實場景交替的方式來完成。這麼做是希望觀眾能夠透過影像來了解地方傳說的內容，而非以文字敘述的方式來交代。導演希望拍攝成故事的場景和現實中是一致的，只是沒想到這麼做比想像中困難許多。

冷言在離開懸崖之後，就加入島上的搜索行列，一直到下午兩點鐘左右都沒有什麼發現。這時島上又開始下起雨來，搜索行動再度被迫中斷。稍早，沖繩警局來消息說日本本島目前有颱風靠近，暫時無法派出救援直升機。不過會先用船載幾名醫護、救難人員過來島上幫忙，大約四點左右可以到達。

下雨這段期間，冷言回帳篷補充了一下睡眠。雨下到四點多才停。載著醫護、救難人員的船比預期早到，這場雨增加了人員登陸的困難度，不過最後都順利登上鬼雪島。船直接回頭開回沖繩島，只留下登陸用的兩艘小型橡皮艇。

雖然人員順利抵達，不過卻帶來壞消息。侵襲日本本島的颱風路徑有些偏移，原本預測颱風會從沖繩島東方海面往北直接撲向東京，暴風圈並不會影響沖繩島。但是實際的颱風路徑比預測更往西邊，沖繩島會先受到颱風侵襲。從颱風目前的路徑和範圍來看，位於沖繩島西南方的鬼雪島也會受到外圍環流影響。

從中午過後就可以感覺到島上的風勢越來越強勁。工作人員出發前其實也密切在注意這個颱風的消息，不過因為颱風範圍小，又是個輕颱，而且從預測的路徑來看本以為應該不會影響到鬼雪島，所以還是按照預定行程出發。

萬一開始颳起強風、下起大雨，不只搜索和拍攝都要停擺，連待在島上說不定都會有危險。得知颱風路徑改變的消息後，導演立刻下令補強帳篷、確認發電設備的安全，也通知划船前往北方島嶼的人員要自己看情況回來。

冷言想把握颱風登陸之前的時間，再到懸崖上調查一下。他獨自來到懸崖邊，懸崖是凹凸不平，表面非常粗糙的灰色岩石。岩石上到處都長著薄薄的一層青苔，即使如此粗糙的表面，有些地方不小心點還是會滑倒。

冷言小心地站在懸崖邊緣往下看，海水撲上懸崖底部岩石，激起白色的浪。他試著用趴的方式將上半身伸出懸崖邊緣，他推測高恩煥可能也是用這樣的姿勢往下看。冷言發現這個姿勢，胸口會和懸崖邊緣的岩石發生摩擦。由於岩石相當粗糙，所以只隔著一件上衣和皮膚產生摩擦很不舒服。

「說不定高恩煥把鞋脫下來是為了墊在胸口避免和岩石摩擦。」冷言自言自語說道。

他也把鞋子脫下墊在胸口，這麼做確實可以避免胸口直接和岩石摩擦。如果真是這樣，高恩煥跌下懸崖的可能性就更高了。用鞋子墊著雖然可以避免摩擦，但相對的萬一在將上半身往懸崖外伸的過程鞋底打滑，很可能會跌下去。

因此，冷言格外小心。他用手扶著岩石，將上半身探出邊緣往下看。懸崖正下方的岩石底部確定看不到，事實上大概到一半的地方懸崖就開始往內縮。但是往左邊一點，有一處岩石和海面交接的地方可以從懸崖上勉強看到。在起伏的浪濤中，冷言隱約從浪花間看見可能是高恩煥也看見，並且促使他在懸崖邊不斷逗留的東西。

「那個該不會是……」

照理說如果從懸崖上可以看見，今天早上的搜索船應該也會發現。如果說有什麼原因導致早上整船五個人都沒發現這東西的話，冷言心中推測大概就只有一種可能。他認為現在應該趕緊回去向大家報告這件事，也許可以趕在颱風之前前往確認一下。

冷言回到帳篷區把他的發現告訴關野夜，得知消息的關野夜相當興奮。很快地，帳篷區所有人員都因為這個消息而活絡起來。

導演立刻決定要派船再度前往，不過唯一的船早上已經載著方力的隊伍離開鬼雪島。目前島上剩下兩艘由前來支援的醫護人員帶來的橡皮艇，但是現在海面上風浪越來越大，派出橡皮艇很可能會在海上翻覆。

這次颱風的行進速度很快，鬼雪島脫離暴風圈大約是明天早晨，到時候派船出去會比較安全。而且那時也許方力的船已經回來，能夠支援的人力也比較充足。

只不過任誰都看得出來，導演一點也不想等到那個時候。正當他猶豫不決時，劉宏翔提出了一個建議：如果只是想先確定的話，可以利用垂降的方式從懸崖上直接下去看。

這個提議打動了導演，他透過關野夜和冷言再次確定他看到的東西。

「導演想再確認一下你是不是很確定你看到了？」

「我想應該沒錯，在懸崖下面有一個洞穴入口。」冷言說，「海面上只能看到洞穴的上部，早上大概因為是漲潮時間，海水淹沒了洞口，所以船上的人才會沒發現。現在應該是退潮的時間，昨天高恩煥可能也是因為在懸崖上隱約看到洞穴，才會一直駐足在懸崖上想要確定。」

再次確定之後，導演帶了幾個工作人員親自和劉宏翔前往懸崖。

劉宏翔是洞穴探勘的垂降專家，有些開口在地面上的垂直洞穴會需要用到垂降技術，這對劉宏翔而言是家常便飯。劉宏翔率隊來到懸崖上，此時又開始下起細雨。他默默地準備垂降需要的器材，導演則是站在懸崖邊頻頻探頭往下看。發現者冷言當然也必須到場。他比手畫腳說明洞穴的位置，劉宏翔根據他的說明將器材架設好。

一切準備就緒。劉宏翔背對崖邊往下跳，他用很快的速度下降到距離海面不到三公尺的高度。海浪越來越強，有幾次浪直接撲在劉宏翔身上，幾乎要將他拍到懸崖壁上。看著繩索末端的劉宏翔像鐘擺似的搖來晃去，懸崖上的人都不禁為他捏把冷汗。

劉宏翔透過無線電傳來的聲音相當興奮，看來冷言的判斷是正確的。在懸崖底下確實有一個洞穴，不過只有在浪退下去的時候，才能看到洞穴上部約五、六十公分的高度，其他則是淹沒在海面下。

既然確定有洞穴，劉宏翔表示要先回崖上再說。此時雨已經開始大了起來，風的強度也漸漸讓人無法站穩。生長在台灣的冷言幾乎每年都會經歷颱風，從天氣狀況來看，鬼雪島大概已經在暴風圈之中了。

劉宏翔花了比垂降下去多很多的時間才爬上來。當大家幫忙把他拉上懸崖邊的時候，一名工作人員冒雨帶著無線電來找導演。這台無線電的接收範圍比較廣，用來和方力的小隊進行聯繫用。先前得知颱風路徑改變，可能影響鬼雪島的時候曾經和方力聯絡過。不過方力表示既然已經到了另一座島上，一起來的成員都希望可以有點收穫。而且島上有可以暫時躲避的地方，應該沒有問題。

這通無線電是由方力那邊主動聯絡的，從工作人員的表情來看似乎在另一座島上發生了什麼事。

因為雨勢越來越大，導演接過無線電之後匆匆說了幾句話就先切斷通訊。在懸崖邊的幾人用最快的速度衝回帳篷區，冷言也跑回自己的帳篷把一身濕透的衣服換掉。

帳篷經過工作人員強化，在強風的吹襲下還可以撐得住。幸虧這次只是輕颱，風力沒有強到可以將樹木連根拔起的程度。話雖如此，待在像冷言他們這樣的小型帳篷裡，外頭的風雨感受起來相當真切，讓人難以安心。

冷言換好衣服，來到開會用的大型帳篷內。有幾名工作人員直接坐在地上吃起泡麵，其他人也都一臉無聊地做著自己的事。冷言看到關野夜和趙紫湘坐在角落的地方說話，朝兩人走了過去。

「我聽說找到洞穴了！」關野夜看到冷言走來，轉而和他談起這個話題。

「希望對拍攝會有所幫助。」

「謝謝你，幸虧當初有找你來。」

「只是運氣好，剛好被我發現罷了。」冷言說，「對了，另外那個島上的人剛才好像和導演聯絡了，是不是有什麼發現？」

「也是個好消息喔！」關野夜的表情掩不住興奮，「他們在另一座島上也找到洞穴了。而且……」關野夜故意不一口氣說完。

「而且怎麼了，別吊我胃口啦！」

「而且聽說洞穴裡有人類活動過的痕跡。」

「為什麼這麼確定是人類而不是其他生物？」
「你認為還有其他生物的頭骨長得和人類一樣嗎？」
闕野夜說完，給了冷言一個登陸鬼雪島以來最燦爛的笑容。

尾田平次的一九四五年

一顆美軍戰鬥機投射的炸彈在戰壕前方不到十公尺的地方爆炸，揚起的沙土像雨水般灑落在吉川拓也以及其他同樣躲在戰壕裡的讀谷村民身上。美軍的轟炸已經持續幾個小時了，躲在戰壕裡的讀谷村民身上早就覆滿厚厚的一層沙土，看起來就像是一整隊的兵馬俑。

沖繩島戰役是二次大戰太平洋戰場中最大規模的登陸作戰，盟國計畫利用沖繩島作為入侵日本本土行動的跳板。這場戰役始於一九四五年三月，美軍第七十七步兵師於三月二十六日登陸慶良間群島。此處距離沖繩島十五英里，慶良間群島的戰事維持了五天。

四月一日，美軍成功登陸沖繩島，並在距離讀谷村不遠的地方駐紮了下來。讀谷村村民先前已經分批躲進大水溝般的戰壕中，吉川拓也和妻子美緒、兒子龍太郎也跟隨村民們一起躲進戰壕。

吉川拓也是個漁夫，二次大戰爆發前和村長的女兒美緒結婚，生下龍太郎。龍太郎今年剛好滿十歲，和同年齡的小孩子比起來，龍太郎的發育算是比較快的。他六歲的時候體重就超過三十公斤，臉形、身體都圓圓胖胖的。滿十歲的現在，體重更是早就突破了四十大關。因為身材胖碩的緣故，龍太郎成為同村小孩作弄嘲笑的對象。其中最常帶頭作弄他的，是和龍太郎有親戚關係的尾田平次。平次是美緒哥哥的兒子，年紀比龍太郎大，算是龍太郎的表哥。

平次和其他村裡小男孩會用樹枝挑起狗的糞便，躲在草叢裡等龍太郎經過，再突然把糞便甩到他身上。龍太郎雖然身材胖碩，但是卻很膽小。每次發生類似的事情，最後都只能哭著跑回家。拓也和美緒都是性情溫和的人，看龍太郎這樣子，也只能盡力安慰他。

平次會這樣肆無忌憚作弄龍太郎，多少和家庭因素有關。當漁夫的拓也雙親早逝，沒有留下什麼財產。當年美緒打算嫁給拓也的時候，遭到村長家中的極力反對。美緒的哥哥在美緒出嫁後，再也沒給過她好臉色。家族對美緒的冷漠對待影響了平次，才連帶讓平次瞧不起龍太郎這個表弟。

從剛才的爆炸之後，美軍的空襲突然停止了，躲在戰壕裡的村民總算有個喘息的空檔。這時候，戰壕裡突然起了騷動。有個退伍的老兵在距離拓也一家人不遠處，把帶進戰壕裡的棉被點燃了。起初拓也還不知道發生了什麼事，仔細聽老兵和周圍村民爭吵的內容，才知道老兵打算點燃棉被讓大家一起窒息殉國。得知老兵的意圖，周圍的村民趕緊合力把火撲滅。

從棉被裡竄起的煙霧在火撲滅後還持續了一陣子，但是騷動的村民已經漸漸安靜下來。這時已經接近傍晚，再過一段時間天就要黑了。剛才試圖點燃棉被殉國的老兵突然自顧自地說起話來。

「剛剛如果讓我點燃棉被，大家也許會死得舒服點。萬一成為美軍的俘虜，女人就會被強姦，男人會被直接刺死。就算苟延殘喘，最後也會被綁起來丟在地上，用坦克車輾過去。」

老兵說完，發瘋似的笑了起來。戰壕裡原本就瀰漫著一股死亡的氣氛，同樣的話在日軍將村民趕進戰壕時就已經說過。此時再聽了老兵的話，村民面臨死亡的情緒一口氣爆發開來，頓時哭喊聲、爭吵聲、咒罵聲四起，戰壕彷彿成了囚禁死犯的監獄。

拓也將美緒和龍太郎緊緊抱在懷裡，強忍住不讓戰壕裡的氣氛所影響。其實拓也心中早就有所盤算，一直在等待夜晚的來臨。

深夜兩點鐘，戰壕裡鴉雀無聲。村民被日軍趕進戰壕前，家中糧食全部被強制徵收。就算偷偷挾帶了乾糧，現在也早就吃光了。經過一夜的哭喊，又餓又累的村民大多在哭泣中漸漸入睡。拓也把藏在褲子裡的饅頭拿出來，和美緒、龍太郎分著吃完。等村民大部分都睡著，拓也才準備進行他的計畫。

「美緒、龍太郎，等一下動作一定要快，爬出戰壕後立刻往村子後面的樹林跑。我把小船藏在海邊的山洞裡，離開樹林後你們兩個直接往海邊跑，我去山洞把船推出來。」

「拓也，可以帶大哥他們一家人一起逃走嗎？」

「不行，船沒有辦法容納那麼多人。而且萬一把其他人吵醒了，連我們也逃不了。」

「可是……」

「美緒，現在考慮不了這麼多。明天美軍一定會繼續攻擊，到時候我們不是被炸死就是像白天一樣被濃煙嗆死。我們先逃到其他島上，等戰爭結束再說。」

美緒還想說些什麼，但是看見身邊的龍太郎，還是決定按照丈夫拓也的計畫進行。拓也先當作踏板讓美緒和龍太郎爬出戰壕，自己也隨後爬了出去。戰壕後方有日軍的衛兵在巡邏，三人壓低身體，趁著衛兵轉身的空檔跑向樹林。其實直接從戰壕跑向海邊比較快，但是拓也選擇繞路先進入樹林，是怕萬一被發現，樹林裡還有拓也事先準備好的藏匿場所。

為什麼拓也這麼執著於逃走呢？故事繼續之前，必須先回頭來看看這段沖繩島的歷史。

沖繩島戰役是第二次世界大戰以美國為首的盟軍和日軍所發生的登陸作戰，盟軍的目標是進攻日本沖繩島。沖繩島是琉球群島中最大的島嶼，位於台灣和日本之間的海域。琉球群島總共有一百六十一個小島，有人居住的小島只有四十四個。群島從南到北綿延一千三百公里，像一條繩子般，當海浪沖來，就像沖著繩子，「沖繩」之名由此而來。

一九四五年三月，美軍開始攻打沖繩島。日軍為了強化居民的反抗意志，戰役開始前就對沖繩居民進行了充分的極端思想宣傳。遍佈全島的日軍上至司令官，下至每一個士兵，都對居民描繪了這樣一個場景：美軍是禽獸不如、姦淫擄掠的兇殘侵略者，對待被俘虜的日本軍民更是異常殘暴。年輕貌美的女子會慘遭強暴然後被殺害，其他人則會被集體屠殺。甚至還有軍人栩栩如生地描述被佔領島嶼的居民被屠殺時，是被集體捆綁，慘遭坦克碾壓而死。

一時之間，與其被殘殺不如選擇自殺的輿論瀰漫沖繩島。為了讓沖繩的居民更迅速地解決自己，日軍將當時極度短缺的手榴彈分發給當地居民，鼓動他們寧可自殺也不可被美軍俘虜。不少人還收到了兩枚手榴彈，讓他們將第一枚扔向敵人，然後用第二枚自殺。

拓也在日軍駐軍讀谷村的時候，就已經打算逃走了。他不希望自殺殉國，也不希望成為美軍的俘虜。拓也除了漁船之外，還有一艘可以載三、四個人的小船，平常都放在海邊一個山洞裡。沖繩島附近有很多無人小島，他經常划著小船帶美緒以及龍太郎到其中一個島上。今晚他就是打算搭乘小船，漏夜逃到那個無人島上。

三人在樹林裡奔跑，一刻也不敢慢下來。龍太郎的速度趕不上，拓也索性將龍太郎扛在肩膀上。雖然龍太郎和其他同年齡的小孩相比是重了些，不過對於漁夫出身的拓也來講，三、四十公斤還算不了什麼。扛著龍太郎的拓也，速度並沒有因此慢了下來。

穿越樹林大約花了十分鐘，美緒已經喘得上氣不接下氣。三人靠近樹林出口時稍微慢了下來。腳步輕了，聲音也靜了，拓也突然發現背後有細微的腳步聲。這時已經來不及躲到事先在樹林裡準備好的藏身處，只好扛著龍太郎和美緒分別找了兩棵樹躲好。

黑暗中，腳步聲漸漸靠近。隨著聲音而來的並不是拓也預期中拿著步槍的軍人，而是一個小小的身影。

「是哥哥的兒子！」美緒看清來者的身分後，忍不住喊出聲音。

拓也作勢要美緒安靜。

「平次怎麼會跟來？」拓也在心中暗自叫苦。他其實擔心的是平次後面還有他的家人，不過看起來似乎只有平次一個人。

拓也放下龍太郎，迅速衝到平次背後摀住他的嘴巴。

「平次，不用緊張，我是拓也姑丈。」

平次先是掙扎了一下，聽見這句話才稍微安靜下來。

「平次，你怎麼跟來了？」

「我睡不著，看見你們爬出大水溝。」年紀還小的平次把戰壕誤以為是大水溝。

「還有其他人嗎？」

「沒有了，只有我一個人。姑丈，你們要去哪？」

「拓也，怎麼辦？」美緒擔心地看著拓也。

這時候美緒和龍太郎也走了過來。

「如果只是多平次一個人的話，船應該還可以載得動。」

「你們搭船要去哪裡？」

「平次，現在沒有時間跟你解釋，先跟我們走再說。」

「我不要！我不要跟你們走！我要回去跟大家說你們逃走了！」

「平次，你安靜一點，萬一被發現我們都會被殺掉的。」

「我不管！我才不會被殺掉！」

就在和平次僵持不下的時候，突然有幾道光線在樹林裡游移。

「糟糕，被發現了！」

就在拓也猶豫該不該把平次丟下的時候，龍太郎突然使勁甩了平次一巴掌。這一掌讓平次整個人呆掉。如果這個巴掌是拓也或者美緒打的，也許平次只會哭得更大聲。不過被平常欺負慣了的「大便男」龍太郎甩這一巴掌，平次反而震驚得說不出話來。

拓也也被龍太郎的舉動嚇了一跳，不過現在不是感嘆兒子有所成長的時候。他吩咐美緒帶著平次和龍太郎直接跑向海邊，自己則到山洞去把船推出來。

拓也把船推到海岸的時候，兩名手持步槍、手電筒的日軍也已經追出樹林了。拓也讓其他三人先上船，自己在一頭推著船進入海中。船上因為已經載了三個人，連拓也也推得相當吃力。眼看兩名日軍就快要追上來了，美緒決定下來幫忙推船。

少一個人的重量，多一個人的力氣，船很快就進入海面。拓也和美緒看海的深度差不多了，跳上船開始奮力划槳。等日軍來到海岸邊的時候，已經無法渡海去追船了。站在岸邊的兩名日軍眼看船就要離開，索性舉起步槍朝著船射擊。由於已經有點距離，步槍的子彈只是零星打在船附近的海面激起水花。沒多久，岸邊出現更多的日軍，每個人都舉起步槍射擊。原本只是零星的水花，一時間此起彼落，槍聲不絕於耳。

雖然拓也不知道為什麼原本應該保護沖繩居民、和美軍對抗的日軍要攻擊他們，不過混亂中卻一點也不敢大意。船一面前進的同時，他要大家把身體壓低，避免被流彈擊中。

船越走越遠，步槍的攻擊也漸漸停了下來。感到安心的同時，也讓船上的人鬆了一口氣。

這時天空還很暗，抬頭可以看見閃爍著白色光芒的星星。拓也找到北極星，確認船前進的方向。航行的方向很完美，只要順著這個方向筆直前進，大約再過一小時就可以到達小島。確定行進方向後，心情放鬆的拓也終於不支倒下。

「拓也，你怎麼了？」

看到拓也突然倒下，美緒暫時放下手中的槳，將拓也扶起。

「美緒，別把槳放下，繼續划。」

聽了拓也的話，美緒重新握起槳。雖然擔心拓也的情況，不過美緒清楚這時候應該先抵達小島再說。看見父親的狀況，龍太郎自動從父親手中接過槳，幫忙母親划船。

「美緒……」拓也喘著氣，這時美緒才發現他背後的衣服暈開了一大片血漬。

「拓也，你……」

原來剛剛的攻擊拓也並不是完全避開了。他因為擔心子彈會射中船上其他三個人，所以一直用身擋著，避免其他人被擊中。但也因此，拓也被兩發子彈從背部射入，停留在肺臟。

「美緒……」拓也喘氣的頻率越來越高，他知道自己大概不行了。「幸好妳……妳和龍太郎……都平安。」

「拓也，你不要再說話了！」

「不行，有……有句話，我……我怕來不及告訴妳。」說到這裡，拓也咳了起來，從嘴角流出來的唾液當中混著一點血絲。

「拓也，你流血了。」

「美緒，妳……妳願意……嫁給我，我真的……很高興。」這時拓也的鼻子也開始流出血來。

「妳……一定……一定要……帶著兩個孩子……活……下去。謝……謝謝妳……美緒。」

這是拓也說的最後一句話。

拓也嚥下最後一口氣，頹然倒在美緒身上。美緒強忍著淚水，讓拓也的屍體躺好，立刻繼續划船。龍太郎眼眶泛紅、緊緊咬著下嘴唇，幾乎可以看見泛白唇間流露出的不甘心。但是他也沒有停止划槳的動作，甚至沒有哭出聲音。

載著三個人和一具屍體的小船在夜色中航行，船槳規律地拍打水面，船身在海面上拖曳出長長的波紋。三月底的沖繩還有點冷。尤其是夜晚與清晨交界的時分，平靜的海面令人感到刺骨的涼意。

平次擦乾臉上的眼淚，拉緊外套，把沾滿泥土的外套領口豎起。

「平次，是不是會冷？來，把姑姑的外套穿上。」

美緒把自己的外套脫下來遞給平次。

「不要，我不會冷。」

「平次聽話，把外套穿上。」

「我說我不冷！」

美緒此時沒有時間安慰平次，她現在只想趕快將船划到小島，然後好好安葬拓也。

小船抵達岸邊後，龍太郎下水幫忙美緒將船推上岸。原本預期會鬧脾氣的平次，竟也出乎意料乖乖幫忙推船。

此時正是夜裡氣溫最低的時候，而今晚的海風又格外冷得刺骨。把船推上岸後，三人已經筋疲力盡。兩個小朋友累得直接倒在沙灘上，沒多久就睡著了。

美緒將自己和拓也的外套脫下蓋在兩個小朋友身上，將拓也的屍體拖到海浪打不到的地方後，自己也躺在沙灘上睡著了。

隔天將近中午的時候，平次被海面上盤旋覓食的海鷗叫聲給吵醒。剛醒過來的平次全身痠痛，頭腦還迷迷糊糊的。在沙灘上坐了一會兒讓腦筋清醒後，他才發現美緒和龍太郎都不在身邊。

也許是去準備食物了吧！

平次想到這個可能性後，肚子開始餓了起來。他在沙灘上大聲叫喚兩人，不過除了海浪的聲音之外，甚至連剛才吵死人的海鷗都像看好戲般突然安靜了下來。

扯開喉嚨叫了一陣子都沒人回應，平次的肚子比剛才更餓了。也許他們兩個人不在附近，才會聽不到自己的聲音。這麼想的平次決定進入沙灘後方的樹林，也許可以找到兩人。

進入樹林後，平次又找了很久，始終沒有找到美緒和龍太郎。平次的肚子這時實在餓得受不了，於是撿起地上已經爛掉、分不出原本是什麼的水果來吃。但是從來沒吃過苦的平次實在無法忍受那種噁心的腐爛味道，剛吞下肚就全部吐出來。原本就沒進食的胃根本沒東西可吐，連胃酸都嘔入了口中。

本來胃就已經餓到有點痛，現在連食道都因為胃酸的關係開始有燒灼感。平次索性坐在地上嚎啕大哭起來，沒多久又因為疲勞而睡著了。

等平次再度醒來，已經是黃昏的時候。他決定走回海灘看看，也許美緒和龍太郎現在正在海灘急著找他。

回到海灘後，平次朝著小船走去。他發現船的旁邊站著一個人，不過因為天色已經有點暗，分不出是美緒還是龍太郎。他用盡最後的力氣朝著船的方向跑過去，途中因為腳步踉蹌而跌倒，腳踝還因此扭傷了。

等他再度爬起來的時候，原本站在船邊的那個人已經消失了。平次拖著步伐來到船邊。他發現美緒的外套放在船上，旁邊還放了幾個蘋果。已經飢腸轆轆的平次顧不得剛才突然消失的人，拿起船上的蘋果大口啃了起來……

第二部

分別的殺戮

北方島嶼（一）

因為後來發生的事在台灣已經是屬於刑事案件的範疇，所以我才決定要將事件記錄下來。如果不是太過複雜，也許我會考慮用口述的方式告訴其他人。總之現在的情況變得很糟，我只好用ＰＤＡ把事情做一下整理，當成備忘錄也好。

本來我打算從白石夏希的腳傷開始寫起。她的腳踝看起來似乎傷得不輕，和我們一起搭船過來的隨隊護士小澤雪用彈性繃帶幫她將腳踝整個固定起來。想從這裡開始寫，是因為白石的腳傷讓我們意外發現到地上這個直徑不到十公分的洞口。

不過寫到一半，我發現這樣講起來有點沒頭沒尾，於是決定從頭開始把事情交代清楚就好。那麼我就從搭船離開鬼雪島開始說起。

早上大約八點左右，我跟著方力的小隊從鬼雪島搭船前往另一座無人島。船出發後，一直朝著北方前進。在鬼雪島北方有另外一座無人島，我們打算前往島上進行勘查。我因為是蝙蝠機的發明人，所以跟著一起前往。

說真的，我一點也不想跟著去做什麼勘查。我都快五十歲了，真的不適合幹這種體力活。更何況同行的都是一些日本人，語言既不通、人也都不認得，難道要我把蝙蝠機當成ＰＳＰ解悶嗎？

只是抱怨歸抱怨、既然已經答應電視台的邀請，錢也都拿了，人家說走還是得乖乖跟著走。至少同船上的人還不錯，沒有叫我幫忙划船。我就拿著蝙蝠機做做樣子，假裝在做調整好了。

越接近小島，船搖晃的幅度也越大，海面似乎漸漸變得不平靜。出發約十五分鐘後，已經可以看見小島。一直到正式登上小島，我想大概又過了十分鐘。

我們運氣還算不錯。島的南面就是沙灘，不用再划船繞著島找登陸地點。我們直接划上沙灘，然後合力將船推上岸。

這個島的景觀和鬼雪島差不多，沙灘上去之後是一片樹林。不過這個島比鬼雪島小很多，從沙灘上就可以看見東、西兩面大部分的海岸線。上岸後，在方力的指示下，大家將船上的設備物資分配好帶著，直接進入樹林內進行勘查。

我們的目的和在鬼雪島上一樣，尋找島上是否有洞穴。本來方力打算將六人分成兩個小隊，不過因為島很小，其他人也都沒什麼經驗。最後決定六人一起行動，用最快的速度將整座島搜尋一次。

一行人除了我和方力之外，還有一開始提到的生物學家白石夏希、隨隊護士小澤雪。兩位女性的皮膚都非常白皙，不知是因為勤於保養還是說日本女性大都如此。另外還有兩名男性，攝影師小林真讓和電視台的工作人員五十嵐力哉。五十嵐因為懂得中文，所以主要工作是當我和方力的翻譯。

我們在島上持續搜尋，大約中午的時候，準備進入樹林找個地方用餐。這時走在我後面的白石突然大叫一聲，回頭看，她已經整個人披頭散髮坐在地上。

護士小澤立刻從隊伍前方跑過來確認發生什麼事。

原來白石被地上的一塊石頭絆倒，扭傷了右腳腳踝。方力了解情形後，決定就地休息。小澤幫白石進行緊急處理，其他人則先行用餐。身材高瘦的攝影師小林真讓先幫忙小澤進行包紮，然後才和兩人一起用餐。

用餐的時候，方力特別走過來旁邊和我閒聊。他除了和翻譯會說中文之外，和其他人都是用台語交談，所以很好認。

「教授你好。」方力臉上的落腮鬍也是個好認的標記。

「你好。」我也用台語回應。不過因為很久沒說了，突然說出口有點不太自然，我擔心方力會誤以為我不懂台語。

「我坐旁邊沒關係吧。」

他在問我之前就已經坐下來了。

我很不會閒聊，希望他找我是為了聊一些學術上的事。

「其實我根本不相信有地底人。」方力開門見山就這樣說，讓我有點不知所措。既然這樣，那我們特地划船來到這裡是在划火大的嗎？

當我還想著要怎麼把心裡的想法用台語來表現的時候，他又接著說：「我實在搞不懂那些日本人在想什麼，竟然願意把錢花在這種地方。」

「也許他們真的相信有地底人吧。」用台語講「地底人」真的很難講，而且聽起來很像是躺在地上的人。

「如果不是阿翔有興趣，我才不會浪費時間在這種事情上。你也知道，我們這種做學術研究的人還是論文最重要。」

他說的阿翔應該就是目前在鬼雪島上的另一位探穴人劉宏翔吧。不過即使是像我這種無法以貌取人的人，也覺得方力的外型和學術研究實在是湊不在一起。

正當我想認真和方力討論學術問題的時候，五十嵐力哉突然用我聽不懂的日語叫喚著。他後來又用中文重複了一次，我才知道原來是叫大家過去看看的意思。

我把剩下的麵包一口塞進嘴裡，跟在方力後面朝五十嵐的位置走過去。五十嵐要大家看的位置好像就是剛才白石被絆倒的地方。

他指著地上要大家看。那是一處落差不到三十公分的小斜坡，上面覆蓋著已經變成褐色的落葉。我們剛才就是要走上斜坡，白石的腳才會扭傷。不過仔細一看，真正絆倒白石的是隱藏在斜坡之中，幾乎被落葉覆蓋的一個小洞。

方力看到斜坡上的小洞，立刻趴在地上把洞口附近的落葉撥開。少了落葉的覆蓋，呈現在眾人眼前的是一個位於泥土夾縫中、直徑不到十公分的洞口。這時方力把五十嵐叫過去低聲交代了幾句話，要他轉達給其他人。我就站在方力身後，所以聽到了他的話。

方力要所有人暫時留在原地不動，因為我們很可能就站在一個巨大的地下洞穴上方。萬一有人走動破壞了此處的地面結構，我們很可能會全部掉進這個未知的洞穴裡。

大家了解方力的意思後，全都瞪大了眼睛。護士小澤和白石兩人就地蹲下，五十嵐和攝影師小林雖然還站著，但是兩腳都不敢隨便移動。我自己也怕會像整人節目那樣突然跌進陷阱裡而不敢輕舉妄動。

大家的眼睛都盯著方力，像在等著他的指令隨時要拔腿而逃。方力看起來則是相當鎮定，專心在檢查洞口。他撿了一顆雞蛋大小的石頭從洞口丟進去，然後立刻將耳朵覆上洞口。這個動作他重複了幾次，我想應該是在測量洞穴的深度。幾次之後，他從背包裡拿出一支小鏟子開始在洞口四周挖掘。五十嵐原本伸手像是要阻止方力挖掘的行為，不過最終還是沒有開口。

「教授。」方力一面挖掘洞口附近的泥土，一面小聲用台語和我交談，「你不用緊張，我是騙他們的，就算我們真的站在大型洞穴上也沒那麼容易坍方。你就假裝害怕，配合我一下。」

五十嵐好像聽不懂台語，所以方力是故意用台語和我交談的。他沒有回頭看我，其他人看見他說話，也只會認為是喃喃自語吧。

「好的。」我說。

於是我也學五十嵐和小林的動作，小心翼翼地站著。

方力雖然說不用緊張，但是他挖掘的動作倒是很小心。沒多久，原本的洞口已經比原來大了一倍以上。把泥土挖開後，可以看出洞口其實是上下兩塊岩石之間的夾縫。大概因為方力停止了挖掘的動作，大家的情緒也比較不緊張的緣故。五十嵐和小林兩人躡手躡腳靠近洞口。小林甚至將錄影機架在身上，開始進行錄影。

方力說這應該是個石灰岩洞穴，所以我們腳底下是岩石基底，可以不用太擔心坍方的問題。雖然如此，他強調大家動作還是要盡量放輕，也許洞穴還有其他開口被泥土掩蓋住。

這麼說完，方力又朝我笑了笑。他的嘴巴幾乎被落腮鬍遮住，只看得到他的鬍子在動，不過我想他應該是又在騙人吧。總之這麼一來就不用擔心腳下的地面會突然坍方，只要配合方力演出緊張的樣子就好。

方力把他帶來的超大型背包立在地上，開始從裡面拿出很多東西來。包括我在內，大家大概都不知道他打算做什麼，所以只能靜靜看著他，幫不上什麼忙。他拿出一條附有扣環的粗繩和一個X形的金屬零件、一個8字形的金屬扣環、還有一個不知該怎麼形容的零件。

「我先進洞穴裡看看，確定一下裡面的情形。」方力說。

五十嵐把方力的話翻譯給其他人聽，大家都點了點頭，肢體動作也沒有剛才那麼僵硬。

方力將剛才拿出來的繩索一頭固定在自己身上，然後找了棵主幹相當粗的樹將另一頭固定上去。他交代我要注意樹幹上的繩結和扣環，然後請五十嵐協助他進入洞穴。

洞穴開口和方力的身體一比較顯得更小，我實在很難想像他擠進洞口的模樣，不過他本人看起來倒是信心十足。除了戴上頭燈之外，方力把身上不必要的裝備卸除，讓身體的截面積盡量減少。一切準備妥當之後，他先趴在洞口把頭探進去試了試。我看他光是把頭擠進洞口就有點困難，正想著他會不會打退堂鼓的時候，他的上半身已經沒入洞穴，只看得到屁股和兩條腿。五十嵐兩隻手頂著方力的屁股，用力將他塞進洞穴裡。沒多久，方力整個人已經消失在洞穴中了。

「真不愧是經驗豐富的探穴人啊！」我不禁在心中如此讚嘆。

綁在樹幹上的繩索因為承受了方力的重量，一下子被拉緊。我想起自己應該注意一下繩結和扣環，趕緊跑到樹幹旁邊看著。

繩索那一端傳來規律的摩擦聲，應該是方力延著繩索下滑到洞穴裡的聲音。五十嵐拿出手電筒往洞穴裡照射，其他人也跟著往洞穴裡看。因為繩結和扣環看起來相當牢固，所以我也過去湊熱鬧。

從洞口往內窺看，一開始還可以清楚看見方力頭燈的光線，沒多久就變得朦朦朧朧的。最後，連原本拉緊的繩索都鬆開，無力地懸垂在洞口。

之後大約過了十分鐘，方力都沒有任何指示，看得出大家的情緒漸漸變得焦躁。方力身上帶著無線電，五十嵐索性利用無線電和方力聯繫。可能是因為他進入地底下，無線電收訊很不好，雜音很多。剛開始方力並沒有回覆，無線電只傳來「滋！滋！」的聲音。五十嵐又試著和方力通了幾次話，終於方力的聲音透過無線電傳了出來。

「是……五十……嵐拿著……無線電嗎？」因為雜訊的關係，方力的話斷斷續續的。

「是的，方力先生，裡面的情形如何？」

「裡面很大……等我……」方力後面說的話模模糊糊的，聽不太清楚。

「方、方力先生，你說等你什麼？」

「等我……啊——」

方力突然大叫，他的無線電好像掉了，傳來很大的撞擊聲。

「方力先生、方力先生！」

五十嵐本來給我的感覺就是個神經質的人，這下子根本就整個人失控了，我實在很怕他不小心讓手上的無線電掉進洞裡。其他人看他這樣，也都跟著緊張起來。

「人……頭、好多……人頭……」

無線電再度傳來方力的聲音，不過這次聲音聽起來很遙遠，應該是掉在地上的無線電收到的聲音。

「什麼人頭？方力先生，你聽得到我嗎？」

五十嵐還是一副驚慌的模樣。我判斷他在這種狀態下，大概無法做出什麼反應，於是上前接過他手中的無線電。本以為他會為無線電的主導權和我僵持不下，沒想到他卻很乾脆地交給我。其實我聽到方力剛才的話也嚇了一跳，不過先把事情搞清楚再慌張也不遲。

「方力、方力先生，你還在嗎？」

我對著無線電說話，語氣盡量保持鎮定。

「滋……滋……」

無線電另一端並沒有回應，只發出「滋！滋！」的聲音。

「方力先生？」

我又叫了一次方力。

「不要叫啦！我在這裡。」

方力的聲音突然清楚了起來，但是並不是從無線電傳來的，而是就在我們身邊的感覺。由於聲音很近，反而讓我不知所措。轉頭一看，方力的頭剛好從洞穴伸出來，正努力擠過洞口要出來。

我趕緊放下無線電上前去，五十嵐也一起過來幫忙，合力將方力從洞口拉出來。

「謝謝。」

方力上來之後，拍了拍身上的塵土，彷彿什麼事都沒發生。剛發現洞穴的時候，方力曾經故意嚇其他人。所以我在想他這次是不是也是故意嚇人。

「剛才發生什麼事了？」五十嵐問，「我好像聽到你說人頭。」

「哈哈，沒什麼事啦，我故意嚇你們的。」

雖然我看不出方力的表情代表什麼，不過他的語氣聽起來倒是十分輕鬆。這麼看來，他果然又是在耍騙人的無聊把戲。

「裡面的情形怎樣？」我問。

「我本來以為可能只是個地面的裂縫，沒想到下去之後空間很大。我想地底下可能有個複雜的洞穴系統。」他說。

這段話如果讓導演聽到，大概會感動到落淚吧。

「既然找到洞穴了，接下來該怎麼辦呢？」

我手中的無線電發出「滋！滋！」的雜音。

「先通知導演他們吧，順便問問他們那邊的情形。」

於是五十嵐拿出通訊範圍較廣的無線電，準備和鬼雪島上的人聯繫。靜下來我才發現風好像變強了，樹枝搖晃得很厲害。仔細感受一下，會發現其實風強得讓人有點站不穩。一直蹲坐在地上休息的白石和小澤頭髮都被吹亂了，兩人頻頻用手整理頭髮。

「哦，風變強了。」方力像是發現什麼似的說。

我沒有答話，而是把注意力放在五十嵐身上。他已經和鬼雪島的人聯絡上，用日語急促地交談著。小林把攝影機放在地上，看起來有點累。

方力大概是看我沒搭理他，獨自走到比較遠的地方拿出菸來抽。我手上的無線電一直發出「滋！滋！」的聲音，我突然覺得這聲音令人感到煩躁，試著想找開關關掉它。

在我找到開關之前，五十嵐結束了和鬼雪島的通訊，並且召集大家。於是我暫時放棄關掉無線電的念頭，讓它繼續發出「滋！滋！」的聲音。

「鬼雪島那邊的人說有颱風會經過，我們剛好在暴風圈外圍，要不要趁風雨還不大的時候回鬼雪島上。」五十嵐先用日文說了一次，又用中文說一次給我和方力聽。

「颱風大約幾點會進來？」方力問。

「聽說是下午的時候，如果我們要回去現在還來得及。」

方力望著地上的洞口，皺眉想了一下。

「我認為最好可以趁颱風登陸之前回去，你幫我問問大家的意願如何？」

五十嵐把方力的意見告訴大家。

討論過後，想要繼續留在島上進行探勘的人居多。於是五十嵐把這個決定告知鬼雪島那邊的人，方力則是趕緊教導大家進入洞穴的基礎知識，希望颱風登陸前可以全員進入洞穴內。

因為必須趕在颱風來之前進入洞穴，所以他先把垂降的技巧教給大家，其餘的部分則是等進入洞穴後再繼續說明。首先必須克服的難題，就是如何讓腳受傷的白石進入洞穴裡。

方力先用小鏟子把入口挖大一點，但因為洞穴結構是岩石，所以能夠擴大的程度有限。最後完成的大小，頂多就是能夠讓白石「稍微」輕鬆一點進入的程度。

第一個進入洞穴的是最年輕力壯的攝影師小林真讓。他以前學過攀岩，所以很容易就進入狀況。第二個進入的是五十嵐力哉。兩位男性先進入洞穴之後，再協力讓兩位女性安全垂降至洞穴內部。雖然白石夏希鑽入洞穴的過程發生了點小插曲，不過最後兩位女性還是平安降落。

白石落地之後，洞穴裡的人拉了拉繩子代表下一位可以準備進去。
「吳教授你先吧，我最後再進去。」方力說。
其實我本來也是這麼打算，如果要我最後一個才進去，我還真不知道要怎麼把扣環扣在身上。
方力幫我把扣環扣好，確定繩索在我身上固定好之後，準備把我塞入洞穴裡。從剛才就一直發出「滋！滋！」聲的無線電現在掛在我腰際，但我還是沒有找到可以關掉它的開關。
就在我準備把頭鑽進洞口的時候，我聽到一個奇怪的聲音。
「卡卡……唧拿……卡唧……」雖然很微弱，但我確實聽見了。
「怎麼了？」
大概是看我遲疑了一下，方力這麼問我。
「沒、沒事。」
因為聲音一下子就消失，我甚至懷疑是不是自己聽錯，所以沒有說出來。
「唧拿……唧唧……」
又聽到了，這應該不是聽錯吧。
「你有沒有聽到什麼聲音？」我問方力。
「你是說像『唧唧』這樣的聲音？那不是你發出來的嗎？」
「不是！」
雖然想追問為什麼認為我會發出這種怪聲音，不過我不想把時間浪費在這種事情上。
「唧唧……」那個聲音又出現了。
「又來了，聽到了嗎？」
「聽到了，好像是從你的無線電發出來的。」方力說。

我拿起掛在腰際的無線電，湊上耳朵去聽。雖然剛才是斷斷續續聽到，不過一把無線電拿近，那個聲音就一直不斷從無線電傳出。雖然聲音時大時小，不過確實是除了「滋！滋！」以外的聲音。

「聽起來好像是有人說話的聲音，你的無線電呢？」我問方力，另一支無線電現在應該在他身上。

「我的無線電剛剛在洞穴的時候掉到岩縫裡了，我沒有拿出來。」

所以先前那個果然是無線電掉落的聲音。這樣的話，現在從我手中無線電傳出的聲音是怎麼回事呢？

「會不會是五十嵐他們說話的聲音？」我問。

「不可能，我掉在離洞口有點距離的地方，應該收不到聲音。」方力說，「而且他們哪來那麼多話說，你聽，現在都還有聲音傳出來。」

那個「唧唧」的聲音確實還在。而且這一調查下來，反而讓我心裡感到毛骨悚然。既然無線電掉在洞穴的岩縫裡，而且收到的又不是剛才下去那些人的聲音……

是誰在無線電的那一端說話呢？

「你要不要問問看對方是誰？」方力的語氣聽起來像是在看好戲。

我知道無線電有時候會收到附近的干擾電波，就像是收音機有時候會收到兩個電台重疊的雜音一樣。問題這裡是位於太平洋上的海上孤島，這又是接收範圍很小的無線電，應該不會有這種現象。

我沒有理會方力的調侃，他看起來好像對於無線電發出的聲音毫不在意，這個態度讓我覺得也許又是他在玩什麼花招。

從洞穴裡傳來催促的聲音，垂降用的繩索也因為底下的人拉扯而晃動著。洞穴好像真的很深，聲音聽起來相當遙遠。這時候風比剛才更強，也開始下起小雨。我決定先進入洞穴，無線電的事暫時不去理會。

再和方力確定一次垂降的技巧後，我也鑽入洞口。

洞穴裡的空氣有一種潮濕的味道，此外還有泥土和食物腐敗的味道，吸第一口氣時有點令人作嘔。洞穴開口對我來說太窄了，好不容易才把上半身擠進去。原本從洞口進入的光線現在完全被我擋住，即使眼睛是睜開的，還是完全看不見東西。

上一次經歷這種黑暗是好久以前的事了。

我在黑暗中使勁讓身體通過洞口，方力也在外面幫忙推。當我被塞進洞穴的時候，原本抓著繩索的手滑了一下，整個身體立刻往下墜落。幸虧身上的扣環發揮作用，讓我沿著繩索下滑一小段之後就停住。扣環固定在肚臍附近，因此墜落的力量讓我的身體以此為支點整個往後甩。我就這樣吊在空中大約十幾秒，除了腎上腺素造成的心跳加速之外，還附贈了接下來可能要持續幾個月的腰傷。

「你沒事吧！」

方力大概從洞穴外看到了我的情況。我進入洞穴後，洞口有少量光線可以照射進來。

「沒事，只是手滑了一下。」

我說這句話的時候，發現洞穴內部好像產生了共鳴，這總算讓我感覺到自己正處於洞穴之中。之前開發蝙蝠機的時候，到過台灣幾處鐘乳石洞進行測試。這裡的感覺讓我想起墾丁一個滿大型的洞穴，聽說那個洞穴目前也還在進行探勘。

我重新握好繩子，慢慢垂降至地面。小林和五十嵐幫忙接住我，把我身上的扣環解開。他們已經把大型照明燈具打開，頭上也都戴著頭燈，所以這裡還不算太暗。

方力接著把包括攝影機在內的大型行李一件一件垂吊下來，最後他也跟著下來。這麼一來，所有人都進入洞穴裡了。

「我們全部都進來了，到時候要怎麼上去？」

方力一落地，五十嵐就提出這個疑問。

「放心吧，我下來之前在另一棵樹上又多留了一條繩索。只要颱風沒有強到能夠把樹連根拔起，我們是不會被困在這裡的。」

「萬一颱風真的把樹連根拔起呢？」

「那我們就被困住了。」

真是個簡潔的答案！

反正我是帶著既來之則安之的心態來的，而且鬼雪島上的人也知道我們來這裡了。就算真的被困在這裡，總不至於沒人來救吧。

「這裡無線電收得到嗎？」我問五十嵐，「我是指可以和鬼雪島聯絡的那支。」

「我試試看。」

五十嵐拿起無線電試著聯絡鬼雪島上的人。沒多久，對方的聲音透過無線電傳了出來，看來至少在這個位置的通訊上是沒有問題的。

看著五十嵐透過無線電交談，我想起剛剛手上無線電收到奇怪的聲音這件事。

「你說你的無線電掉到哪裡了？」我問。

「喔，你說無線電啊，在那裡。」方力手指向黑暗的深處，「我第一次下來的時候，四處看了一下，走到那裡的時候弄掉的。」

方力手指的地方像是塗滿墨汁般的漆黑。我拿起手電筒照射，大致看得出前方是一個開口越來越窄的隧道。不對，「隧道」聽起來像是人造的，這裡也許用「岩石間的縫隙」來形容更為恰當。

我當初研發蝙蝠機就是為了在這種時候派上用場。不過現在所有人都忙著把我們垂降的地點佈置成營地，紛紛將睡袋、照明燈具、食物等東西從背包裡搬出來。因此我暫時放棄使用蝙蝠機記錄地形以及找尋另一支無線電的想法，先幫忙大家。

我們一共帶了三台大型的照明燈。因為洞穴裡真的相當黑暗，本來攝影師小林真讓把三台照明燈都打開，還把所有手電筒都拿出來準備使用。這項舉動立刻遭到方力的阻止。

「我現在幫你們上第一堂洞穴入門課。」方力說，「不要以為石灰岩洞像你家一樣便利。」說完，他關掉兩台照明燈，只剩唯一的光線照著營地中央。睡袋、罐頭散置一地，不知道是不是因為聽到方力要上課的關係，大家很自然地圍坐成一圈。這讓我想起以前大學時參加營隊，晚上圍坐在營火旁說鬼故事的情形。

「首先告訴大家的事情是，我完全沒有想到在這裡會有一個這樣的洞窟存在，所以這次帶來的裝備我也不知道夠不夠。但是請大家放心，洞窟探索最重要的就是確保生命安全，我會在這個前提下帶著大家前進。」

真是一段不錯的開場白，方力大概是個不錯的演說者。

「進入洞窟之後，必須先確保幾樣東西：光源、保暖、食物、飲水。因為我只把這次的探索設定成簡單的基本探索，所以只要求確認這些東西。只要發現缺少其中任何一樣，立刻要從洞窟裡退出來，回到這個據點等待支援。到這裡為止，有什麼疑問可以提出來。」

沒有人提出問題。

「那接下來就來確認每個人背包裡的物品。」

我們準備的行李當中，有一個專門為了洞穴探勘用的背包。這個背包是圓筒狀，外表平滑，沒有容易勾到東西的拉鍊或縫合痕跡。根據方力的說法，這是為了在通過狹窄通道或匍匐前進時比較方便。

大家把背包拿出來，按照方力的指示將必備物品放進背包裡。

「我們一樣一樣來確定。」方力也拿出自己的背包，「先確定照明用具：大型手電筒兩支、筆型手電筒一支、頭燈、備用電池、蠟燭、打火機和火柴。」

「照明用具就佔掉一半背包了。」五十嵐邊確認邊碎碎唸。

「如果你必須在這個洞窟裡待上一星期，你會感謝我的。」方力說，「不信的話，你試試看進入洞窟後把燈全部關掉，看你可以撐得了多久。」

「我只是覺得奇怪……」

「總之進入洞窟之後我就是專家，我不會故意害你，所以就好好聽我的安排不要害自己。」方力說。

他的語氣變得相當嚴肅，這番話甚至算得上責備，和剛才開玩笑的語氣完全不同。說不定他真的感覺到這個洞穴的危險，才會變得這麼認真。我看必須先摒除對他的成見，在這裡還是乖乖聽他的安排，即使是捉弄也罷。

「如果沒有其他問題的話，我們接著確定背包裡的物品。」方力接著說，「接下來是禦寒衣物、飲水和口糧。」

方力說進入洞穴深處後，溫度會變得很低，因此必須帶著禦寒外套。食物和飲水因為我們並不打算太深入洞穴，所以準備兩天左右的最低份量。預計要進入洞穴的只有我們四個男人，護士小澤和腳受傷的白石會留在據點這裡待命。

大致上準備就緒後，我拿出蝙蝠機來準備記錄地形。其實說穿了，這部機器就是經過改良的小型雷達，只不過人類科技的發展一直以來就是朝著將機器體積縮小、功能增加。據我所知這部機器是目前類似的機器當中體積最小的，不過功能上還有一點缺陷，目前正在想辦法克服。

「吳博士，這部機器可以把記錄下來的資料轉換成立體圖像嗎？」方力會這麼問，大概是因為用過類似的機器吧。

「可以啊，我有特別研發一套軟體可以把影像資料立體化。而且透過對聲波的分析，還可以計算出洞穴岩石組成的成分。」

我邊回答邊記錄目前所在地的地形。因為電腦沒有帶過來，所以要利用軟體畫出整個洞穴的立體圖，必須等到回鬼雪島後才能進行，目前只能透過蝙蝠機的螢幕看平面資料。

從取得的影像資料來看，我們目前的所在地是個不規則的穴室，大概十公尺見方，算是滿大的洞穴。剛剛提到有個開口漸窄的岩石縫隙位於南面，除了通往地面的開口之外，那是這個洞穴唯一的通道。

另外值得一提的，是我們所在的這個位置到岩石縫隙之間，在岩石縫隙的前方有另一道位於地面上的深溝。方力剛剛帶下來的無線電好像就是掉在那裡。

「如果沒什麼問題，我們就準備出發。」方力說，「護士小姐妳留在這裡照顧傷患，每隔一段時間就和鬼雪島上的人聯繫。我們會透過無線電把洞窟內的情況告訴妳，有需要的話也會派人回來這裡。」

「你們如果採集到生物，記得先帶回來給我進行分析。」受傷的白石沒有忘記自己此行的工作。

「說到無線電，你剛才帶進來的無線電掉在哪裡？」我問方力。

「就掉在那個深溝裡面，需要有人幫忙才拿得到。」

「我來幫忙吧。」五十嵐說。

五十嵐從剛剛和鬼雪島方面聯絡過後就開始表現得很積極，一副好像小孩子要揹著背包去遠足的模樣。雖然因為抱怨照明用具的問題遭到責備，似乎並沒有影響到他的心情。對了，有件事一直忘了提，聽說鬼雪島那邊也找到洞穴了。大概是這個因素，五十嵐才會這麼興奮吧。

這麼一來，兩座島都找到洞穴，這算是意料之外的收穫吧。接下來就算找不到地底人，應該也可以拍到不錯的畫面。不過這個想法在接下來的事情發生後，就再也沒出現過。

五十嵐主動說要幫忙方力，所以我乾脆就閃到一旁。從蝙蝠機的資料來看，那道溝寬度還不到五十公分，確實的深度測不出來。這就是我剛剛提到蝙蝠機的缺陷，因為聲波能夠進入這種岩石縫隙的深度有限，所以無法測出很精確的深度。

五十嵐趴在深溝旁，方力用繩索綁在他身上，萬一不小心掉進溝裡可以將他拉起來。和方力確定位置後，五十嵐把上半身探進溝裡，伸手在溝裡撈。這些動作都只在一支手電筒的光線下進行。我看五十嵐在溝裡撈了半天，忍不住拿出自己的手電筒幫他照明。

小林大概因為看到我的行動，也拿出手電筒過來幫忙。我們各自將手電筒的光線照向深溝，兩道光束交錯下最先看到的是五十嵐的手掌。他的手掌還在亂揮，完全沒有搆到任何東西。第二樣映入視網膜的是那支掉落的無線電，大概在距離五十嵐的手還有二、三十公分的距離。因為我們只帶了兩支島上通訊用的無線電，所以非得把這支無線電撿起來不可。不過這件事現在卻成了令人抗拒，迷信一點的人甚至可能認為會招來重大厄運的事。

因為第三樣出現在視線內的，是圍繞在無線電四周，彷彿將無線電簇擁包圍著的大量人類頭骨！

不知為何，應該要感到無比震驚的我，此刻竟然想起要注意一下腰上的無線電是不是還持續發出「唧拿……唧唧……」的聲音。

從外面的風勢和雨勢看起來，現在如果勉強將傷患送回島上，可能會造成更大的傷害，所以藤木醫師決定直接在洞穴內對高恩煥進行急救處理。

高恩煥被發現的時候雖然還有呼吸心跳，但不知已昏迷了多久。他身上有多處輕微的挫傷和擦傷，出血狀況也還好，造成他昏迷的原因應該是失溫以及體力透支。

冷言和關野夜幫忙藤木醫師換下高恩煥身上濕透的衣物，用毯子包裹保暖。本來只是帶著預備的點滴也派上用場，架在簡易的點滴架上，讓高恩煥補充營養。洞穴內除了藤木醫師、冷言和關野夜之外，其他四人在劉宏翔的指揮下，正在準備探穴所需的裝備。

這個位於海岸懸崖的洞穴經劉宏翔的判斷，應該是屬於海蝕洞。所謂的海蝕洞是指岩石經海水長期侵蝕所形成的洞穴，和石灰岩地層內碳酸鈣被水溶解所形成的石灰岩洞成因不同。洞穴內相當寬敞，海水從洞穴正中央穿過，像一條河流通往洞穴深處。河流兩岸是被海侵蝕過的灰黑色岩石，岩石表面坑坑洞洞、崎嶇不堪。岩石包圍之下偶有一、兩處平坦的地面，高恩煥被發現時就躺在其中一塊平地。不知是不是剛好，此處被岩石所遮蔽，海浪即使越過岩石也不會直接打在這裡。

現在正值退潮時間，是洞穴開口最大的時候。也因此，強風直接灌入，在洞穴形成的天然共鳴腔內發出類似人類嘶吼的聲音。唯一值得慶幸的，大概只有不會淋到雨這件事了吧。洞穴外的雨看起來非常大，或者應該說洞穴外只看得到雨，大海或天空這些原本存在的景色完全被雨幕遮蔽了。

若不是導演佐伯涼介的堅持，原本這樣的天氣實在是不應該冒險到洞穴來。不過也因為他的堅持，才能救回生命垂危的高恩煥。只要能夠確保高恩煥的體溫，他應該很快就能甦醒。

載著大家來的橡皮艇用繩子固定在洞穴內一處岩石上，但是外面海相波濤洶湧，連帶影響了洞穴裡的海面。停泊在水上的橡皮艇好像隨時會被甩出去的感覺，很難想像剛才竟然在風雨中載了七個人來到這裡。

為了把握時間，劉宏翔等四人一準備好就立刻進入洞穴深處進行探勘。探勘隊除了劉宏翔之外，還有導演佐伯涼介、攝影師和一名翻譯。

目前預定的計畫是：在暴風圈籠罩鬼雪島的期間，就先由洞穴內這些人進行探勘與拍攝。等天氣比較穩定了，其他人員和裝備再一一運入。因為在洞穴入口處還有傷患，而且考慮到洞穴深處可能無法用無線電和島上的人聯絡，所以藤木醫師、冷言和關野夜先留在入口處因應緊急狀況。

所謂的緊急狀況就是海水漲潮有可能會淹沒洞穴入口。

今天早上曾經派一隊人員到過此處，沒發現洞穴入口就是因為當時是漲潮時間，海平面高過洞穴，淹沒了入口。事前沒料想到會有這種情形，因此沒有鬼雪島確切的潮汐時刻資料，一時之間也無法立刻查到。因此冷言等人留在洞口的目的之一就是隨時注意海平面的位置，一有狀況立刻和進入洞穴的人員聯絡。

靠近洞口的海平面因為受到颱風的影響，起伏太大，無法當作觀察的對象。劉宏翔在距離洞口較遠的地方找了一處平靜的海面要冷言等人注意。只要水面超過他標示在岸邊岩石上的平面，就要立刻用無線電通知他。

探勘隊四人進入洞穴，高恩煥暫時也無大礙，冷言、關野夜和醫師藤木準三人就坐在停著橡皮艇的岸邊稍作休息。

「有沒有聽說颱風什麼時候會離開？」藤木醫師問。

「據說最快要到明天早上七點鐘左右才能完全脫離暴風圈。」關野夜回答。

「還要這麼久啊。」藤木醫師聳了聳肩，「我過去檢查一下水面高度，順便到處看看。」說完，藤木醫師起身往劉宏翔標示的岩石走過去。

「醫師剛剛說了什麼？」冷言聽不懂日語，所以不知道剛剛兩人的談話內容。

「他說他不想在這裡當電燈泡。」

關野夜回答的時候一臉認真的表情，冷言先是愣了一下，然後對這句玩笑話才意會過來。

「你對這種事還真是遲鈍。」關野夜說。

「我……」

冷言本來想反駁說其實自己也交過女朋友，不過他馬上意識到這麼說反而更讓人覺得幼稚。

「你什麼？話怎麼說一半啊。」

「我只是沒想到妳會和我開這種玩笑。」

「大明星和你開這種玩笑，有沒有小鹿亂撞啊？」

「妳不是已經和導演……」冷言看了一眼洞穴內，「開這種玩笑沒關係嗎？」

「就是因為這樣才刺激啊。」關野夜說。

然而和她預期相反，這句話反而讓兩人之間突然陷入沉默。

藤木醫師在標示的岩石附近走來走去，這裡摸摸、那裡看看，似乎是對這個洞穴感到相當好奇。

「醫師剛剛問我颱風什麼時候會離開。」關野夜眼睛看著遠處的藤木準，企圖用這句話打破和冷言之間的沉默。

「嗯？」

「你不是想知道我和醫師說了什麼？他問我颱風什麼時候會離開。我回答大約是明天早上七點，然後他就過去檢查水面的高度了。」

「原來是這樣，語言不通真是不方便啊。」冷言搖了搖頭感嘆，「對了，妳爺爺給妳的那張照片有帶在身上嗎？」

「有啊，你要看嗎？」

「嗯，能不能讓我看一下？」

關野夜把照片拿出來交給冷言。

「為什麼突然想看照片？」關野夜問。

「我想確定一下這裡是不是照片上拍攝的地點。」冷言說，「因為我總覺得照片和這個洞穴好像對不太起來。」

「這點我倒是沒特別注意，剛才來的時候風大雨大的，你還有空去注意這些事啊。」

「這不是妳找我來的目的嗎？」冷言回答，「如果不算恐嚇信的話。」

這時被毛毯層層裹住的高恩煥動了一下，眼睛慢慢睜開。

「高恩煥醒了！他醒了！」

關野夜發現高恩煥甦醒，激動得大叫。藤木醫師聽見她的聲音，立刻趕了過來。

高恩煥先是眨了幾下眼睛，試圖讓身體坐起來。試了幾次，最後又閉著眼睛躺了下去。

藤木醫師要冷言和關野夜先讓開，讓高恩煥可以呼吸到新鮮空氣。沒多久，高恩煥再度睜開眼睛。

「水……水……」高恩煥大口喘著氣，勉強擠出幾個字。

「他想喝水。」關野夜將高恩煥的話翻譯給藤木醫師聽。

於是藤木拿出水壺，就著高恩煥的嘴巴讓他喝了點水。喝過水，高恩煥隨即又昏睡過去。

「已經沒關係了，他只是因為體力還沒恢復，暫時睡著了。」藤木醫師說。

從洞口吹進來的風越來越強，原本像是嘶吼的聲音漸漸變成頻率很高的共鳴，讓人覺得刺耳。

「還好這裡有岩石遮蔽，可以擋住海浪和強風。」關野夜說。

「有件事我覺得很奇怪。」冷言說，「高恩煥如果是從懸崖上跌下來的話，他是自己游泳到這裡來的嗎？」

「大概是吧，靠海浪不可能漂到這裡啊。」關野夜說，「不然你等他醒過來之後再問問看。對了，照片可以還給我了嗎？」

冷言這才想起手中還握著關野夜交給他的照片。

「對不起，我忘記了。」

「沒關係。」關野夜接過照片收好，「有什麼發現嗎？」

「沒有潑妳冷水的意思，不過我覺得照片上的地點和這裡不太像。」

「說不定是拍攝角度或潮汐的關係。等颱風離開後應該會補拍一些洞口的畫面，到時再來仔細比對一下。」

「只好這樣了。」

這時候無線電傳來聲音，是進入洞穴的探勘隊想詢問外面的狀況。

「我是佐伯，外面的情況如何，海面開始升高了嗎？」說話的是導演。

因為剛才是藤木準前往查看海平面的高度，所以由他拿起無線電和對方通話。

「目前的高度和你們剛進去時差不多，請不用擔心。」藤木醫師用日語說。

「那就好。我們的無線電無法和島上聯繫，請你們隨時注意，有什麼狀況要立刻通知我們。」

「裡面的情形如何？」

「和劉先生推測的一樣，這是海蝕洞和石灰岩洞相連的洞穴系統。我們目前到達一個鐘乳石洞穴，正在進行拍攝。對了，傷患還好嗎？」

「還沒清醒，不過應該沒問題了。」

「那就好。」

「我們會隨時注意海面高度，一有情況會立刻通知你們。」

「記得也要和島上的人保持聯絡。」

無線電的聲音被切斷，藤木醫師立刻拿起另一支無線電和鬼雪島上的人聯絡。

「太好了，看來節目的拍攝應該會很順利。」冷言聽過關野夜翻譯對話內容後，衷心地說出這句話。

「別忘了我們這次的目的是找到地底人，這樣的程度還不值得高興呢。」

雖然這麼說，但是冷言看得出關野夜眼中藏不住的笑意。

風浪不斷在增強，本來還無法越過岩石高度的浪，已經漸漸可以打到冷言等人所在地附近。雖然這個位置目前看來還是很安全，不過可能還是得趕緊找到其他空地以防萬一。

三人商量之下，決定讓關野夜留下來繼續照顧高恩煥，冷言和藤木醫師到洞穴較深處找個地方好轉移陣地。

誰知道才剛分配好工作，一波大浪就打進了洞穴。這個浪將原本停在洞穴內的橡皮艇推上半空中，落下時撞擊到岩石，整艘橡皮艇翻了個跟頭，最後像個鍋蓋似的翻覆在海面上。

這個意外事前沒有人預料得到，原本已經各自爬上岩石的冷言和藤木準見到橡皮艇翻覆的這一幕，都不約而同回到岸邊。

「現在怎麼辦？要通知他們回來嗎？」

不知是光線造成的影響，還是關野夜真的被嚇到了，冷言覺得她的臉色比起剛才好像一下子突然變得慘白。

「還是先通知他們比較好吧。」藤木醫師說。

於是由關野夜負責通知劉宏翔等人，冷言和藤木準先試著看看能不能把橡皮艇翻正。

兩人先蹲在岸邊想直接將橡皮艇翻回，但是海面太過起伏，兩人無法抓住橡皮艇也找不到施力點。最後決定先將橡皮艇拖上岸邊，再將橡皮艇翻正。

但光是將橡皮艇拖上岸似乎就已經超出兩人的能力範圍，忙了好一會兒才勉強讓橡皮艇固定在岸邊，不再隨著海面起伏。不過畢竟是能夠承載七人的橡皮艇，體積相當大，岸上根本也沒有足夠的空間能夠將整艘橡皮艇拖上岸。兩人又試了一下，實在是無計可施，只好暫時先放棄翻轉橡皮艇的念頭。

「通知他們了嗎？」冷言問關野夜。

「沒有，不知道為什麼，他們一直沒有回應。」

「無線電壞了嗎？」

「不知道，可是跟剛剛好像沒什麼不一樣。」

「會不會是他們太過深入洞穴，訊號到達不了。妳繼續試，我看也和鬼雪島上的人知會一下好了。」

冷言拿了另一支無線電和鬼雪島上的人聯絡，這邊倒是順利許多，很快就接通了。不過對方說了一連串日文，冷言趕緊將無線電拿給藤木醫師。

關野夜和藤木醫師兩人都忙著進行聯絡，冷言於是折回橡皮艇處，看看有沒有什麼方法可以將橡皮艇翻轉回去。他想找個岩石當成支點，用槳試試看能不能將橡皮艇頂起來。不過這並不是一般溯溪用的那種輕巧橡皮艇，而是配備了馬達、較大型的橡皮艇。即使找了幾個岩石可以當成支點施力，單靠他自己還是無法將橡皮艇整艘翻轉過來。

試了幾次，冷言最終宣告放棄。雖然鬼雪島和洞穴兩方面都同時聯絡，不過從洞穴外的風雨看來，大概只能等劉宏翔他們回頭來幫忙了。

冷言回到安置高恩煥的地點，關野夜和藤木準的聯絡工作似乎也都告一段落。和鬼雪島方面聯繫的結果，島上人員表示目前鬼雪島整個籠罩在暴風圈之中，而且颱風有增強的趨勢，已經無法勉強派船前來，希望他們可以再忍耐一段時間。

「劉先生他們那邊怎麼樣？聯絡上了嗎？」冷言問。

「聯絡是聯絡上了，不過他們好像被困在洞穴裡了。」

「發生什麼事了？」

關野夜將剛才和劉宏翔對話的內容說給兩人聽。

劉宏翔等人沿著河流進入洞穴深處後，發現一個位於高處的洞穴入口，也就是先前通話中所說的鐘乳石洞穴。他們雖然順利攀爬進入鐘乳石洞穴，但是剛剛收到關野夜的通知，打算退出洞穴的時候，卻發現河流的水位已經升高。原本岸邊還有一些立足之地，現在已完全被水淹沒。而且可能因為颱風和漲潮的關係，水流很急，根本不可能靠游泳的方式游回來。

「就是說他們也被困住了。」冷言說，「可是水位還沒超過標示的高度啊。」

「劉先生說他估算錯誤，他標的高度是我們能夠搭乘橡皮艇離開洞穴的高度。但是洞穴內地勢較低，他沒有考慮到這一點。」

「看來情況有點糟。」

冷言擔心地看了看四周，最後將視線停留在洞穴頂端。

「怎麼說？」關野夜還不知道冷言所擔心的事，「我們只要撐到下一次退潮的時間就好啦，食物和水也都還夠。」

「妳比較看看洞口的高度和洞穴頂端的高度。」

關野夜照著冷言的話做了比較。

「洞穴內的高度高了一些。」她說。

「妳還記不記得今天早上海水漲潮的時間是看不見洞口的，也就是說漲潮的時候這裡面可能會被淹沒，或者說至少水面會超過洞穴高度。萬一遇到這種情形，洞口頂端到洞穴頂端這部分可能會變成漲潮期間我們生存的空間。」

「那萬一水面超過洞穴的高度，我們不就……」

經過冷言的說明，關野夜好像開始了解事情的嚴重性。

「所以現在最重要的是想辦法將橡皮艇翻轉回來，萬一水面上升我們還可以搭乘橡皮艇。」

「但是你和藤木醫師剛剛不是已經試了很久，真的可以翻得過來嗎？」

「妳也來幫忙吧，這可是攸關性命啊，無論如何也要翻過來。」

於是三人決定先想辦法將橡皮艇翻轉回來。

其實橡皮艇在水中翻覆扶正是有特別的技巧，但是因為三人根本沒有這方面的知識，一心只想著用蠻力將橡皮艇扶正。

就算以蠻力來進行，如果可以將橡皮艇拖上岸，要扶正並不是這麼困難的事情。之所以會困難，主要是因為無法完全將橡皮艇拖上岸。目前橡皮艇只有一端靠在岸邊的岩石上，其餘大部分還是在水中。水面因為颱風起伏很大，幾度將三人勉強拉靠岸的橡皮艇又拖入水中。

「如果不把船拉上來，根本無法施力啊！」

關野夜一副快要哭出來的模樣。

眼看水面漸漸在上升，而且速度比想像中要快得多。原本還可以踩在岩石上的腳已經有一部分泡在水裡，這麼一來想把橡皮艇拉上岸更加困難。

三人試了很久，洞穴外面天色越來越暗，照進來的光線已經讓人無法看清楚洞穴深處。水面比起剛才又更加上升，已經快要到達膝蓋的地方了。

「再這樣下去我們可能會被淹沒。」冷言已經消耗了相當多的體力，大口喘著氣。

這時候，高恩煥再度醒過來。和上次不同，他一清醒很快就靠自己的力量坐了起來。

「你終於醒了啊！」

看見高恩煥醒過來，關野夜像是突然鬆弛的彈簧，連肩膀都垂了下來。

剛清醒的高恩煥還不知道現在是什麼狀況，意識也還不是很清楚，沒有辦法馬上反應過來。藤木醫師看到高恩煥清醒，立刻到他身邊做了一些簡單的檢查，並且確定他暫無大礙。

等到高恩煥可以開口說話已經是五分鐘後的事了。其他人先解釋目前的狀況讓他了解，這期間他也吃了點食物補充熱量。

「所以說，」關野夜下了結論，「現在我們已經被困在這個洞穴裡了，在漲潮之前我們必須想辦法把橡皮艇翻過來。」

「讓大家這麼擔心我，真的很過意不去。」高恩煥說，「我想我可以幫忙這件事。」

「你是說你可以把橡皮艇翻轉過來？」關野夜說。

「嗯，水中翻覆的橡皮艇要扶正其實很簡單。」高恩煥說，「我以前參加活動的時候學過。」

高恩煥說完站起身來，走到停放橡皮艇的地方。他穿上救生衣，確定水深後毫不猶豫地下水。橡皮艇用一條繩子綁住船頭，固定在岸邊岩石上，所以整艘船是以頭尾垂直岸邊的方向停泊在水中。高恩煥要岸上的人拿給他一條繩索，他將繩索綁在船靠近洞口那一側的中央扣環上。接著將繩索拋到對側，他也扶著橡皮艇繞到另一側。

高恩煥的動作非常俐落，其餘三人看著他，幾乎忘了水位已經上升到膝蓋這件事。他繞到另一側後，爬上橡皮艇。剛登上橡皮艇時，艇身有些搖晃，所以他採跪姿先穩住艇身。此時他手已經緊緊抓住綁在扣環上的繩索，等艇身稍穩，他就站了起來。

下一個動作只在一瞬間。他抓好繩索、兩腳踩在艇側、往後一蹬。腳踩的那一側往前，繩索綁著的那一側往後，整輛橡皮艇就在水中翻轉了一百八十度。冷言等人花了一、兩個小時翻轉不過來的橡皮艇，一下子就被高恩煥扶正。

「好厲害！」藤木醫師忍不住拍起手來。

高恩煥上岸的時候，臉色發白、嘴唇有點顫抖。看來他的身體狀況還沒恢復，剛才是勉強做了這些事。藤木醫師趕緊幫他保暖，冷言和關野夜則是將眾人的背包用防水袋裝好。劉宏翔說探穴有時候會需要進入水中，所以每個人都在背包裡另外帶了一個防水袋。現場留著八件救生衣，兩人將裝入防水袋的背包綁在救生衣上，再將救生衣綁在橡皮艇上，以防萬一再度翻船，背包會掉入水中。其餘的救生衣，要留著等一下登艇的時候穿。

橡皮艇的問題解決了，眾人總算比較安心。此時天色幾乎全暗，洞穴內更是漆黑一片。冷言拿出手電筒交給大家，四人登上橡皮艇靜靜等待滿潮時刻的來臨。

入夜後的洞穴黑暗寂靜得嚇人，只聽得到外面風雨肆虐的聲音。洞口隨著漲潮逐漸被淹沒，氣溫更是直線下降，現在大概只有十幾度。漲潮期間的水是從大海流進洞穴，橡皮艇因為有繩子綁在岩石上，所以沒有隨著水流被沖走。

高恩煥登艇之後沒多久就睡著了，其他三人也只是靜靜地等待，沒有互相交談。肚子餓了就拿些食物吃，氣溫低了就穿上禦寒衣物。颱風不知道還要多久才會離開，不過對於艇上四人倒是沒什麼影響。自從洞口被淹沒在水面下之後，水面的起伏也小了、外面的聲音也消失了。不過當然洞穴內也已經沒有立足之地，完全被水淹沒。

冷言斜靠在船尾馬達旁，盯著洞穴頂端的岩石看。岩石距離他只剩下不到一公尺的距離，已經快要連坐著都有困難了。他在想如果水位繼續上升，可能會整個洞穴都被淹沒。是不是應該趁現在還可以駕船往裡面尋找出路的時候，果斷地把船開進洞穴。

「你在想什麼？」

關野夜看見冷言若有所思的樣子，開口問他。

「我在想……」

冷言話才說到一半，一旁的無線電傳來通話的聲音。

「是他們。」關野夜指的是探穴隊伍。

她拿起無線電和對方通話，另一端的人是劉宏翔。

「你們那邊還好嗎？」劉宏翔問。

「一點也不好！」關野夜說，「我們在橡皮艇上，但是水面一直在升高，我們可能會被淹死！」

「聽起來好多了。」劉宏翔說，「水現在已經到我的胸口，我們快要被淹死了。」

「真的嗎！那怎麼辦？」

「橡皮艇還能動嗎？」

「我不知道。」

「我想應該可以。」突然插話的是高恩煥，「我會駕駛橡皮艇。」

「剛剛是不是有人說會駕駛橡皮艇？」劉宏翔聽到高恩煥說的話，「趕快把船開進來救我們。」

「你們現在在哪裡？」

「在剛才的鐘乳石洞穴裡。我們會想辦法游出去，你們只要沿著河流進來就會看到我們……」

通話到這裡就斷了，無線電只傳來雜訊。

「走吧，把繩子鬆開，我來開船。」高恩煥說。

「你的身體狀況還可以嗎？」冷言問。

「剛剛睡了一下，還勉強撐得過去。而且現在不趕快行動，不只是他們，連我們也可能會被淹死。」

高恩煥先試著啟動馬達，馬達並沒有損壞，很快就啟動了。馬達運轉聲響起，在幾乎成為密閉空間的洞穴內聽起來，聲音大了好幾倍的感覺。冷言把固定橡皮艇用的繩子鬆開，因為繩子綁住的岩石已經在水面下，繩子鬆開後直接沉入水裡。

繩子鬆開後，橡皮艇就動了起來。高恩煥控制船的方向，朝著洞穴內前進。船上四人都壓低身體，越往裡面前進，水面和洞穴之間的空間就越狹窄。最後幾乎只剩下橡皮艇的高度，四個人都趴在橡皮艇上。

以緩慢的速度前進一段距離之後，橡皮艇突然停住不動。高恩煥想查看原因，但是一起身，頭就撞到洞穴頂部的岩石。

「橡皮艇可能被卡住了。」高恩煥說，他調整了幾次方向，還是無法讓船移動。

「他們那邊聯絡不上嗎？」冷言問。

「不行，我猜他們的無線電可能已經泡在水裡了。」關野夜說。

「可能需要有人在水裡幫忙移動船身，也許只是剛好被一、兩塊岩石卡住，閃過就可以繼續前進。」高恩煥說。

「我下去吧，你在船上指示我該怎麼行動。」冷言說。

藤木準也表示自己可以下水幫忙。於是兩人準備從橡皮艇和岩石之間擠出一些空間，下水協助移動船身。

這時候，艇身兩側水面突然竄出四隻蒼白的手，從兩邊分別抓住橡皮艇。橡皮艇搖晃了一下，夾在橡皮艇和岩石之間的冷言被這個力道一下子甩出艇外，摔落水中。幸虧他身上穿著救生衣，雖然落水，還不至於在毫無準備的情況下沉入水裡。

落入水中的冷言才剛穩定好身體，仰頭冒出水面，那四隻手立刻從艇身移往冷言身上。冷言還來不及反應，已經被四隻手抓住，整個人被拉向水中。他趕緊伸手想抓住馬達，但是已經來不及，只有指尖稍微削過艇身。正當他以為自己要被拖入水中的時候，藤木準抓住了他的手。

冷言用力握緊抓著藤木準的手，但是一方面身體卻和預期相反地，並未被那四隻手拖入水中，反而感覺到那四隻手在將他的身體往上推。最後，那四隻手的主人終於冒出水面，一左一右出現在冷言旁邊。

「你們終於來了，總算是得救了！」

原來兩人是探穴隊的劉宏翔和攝影師。

「原來是你們，嚇死人了。」關野夜說，「我還以為是水怪。」

「怎麼可能會是水怪！」劉宏翔說，「先不多說，還有兩個人困在裡面，趕快去救他們。」

「可是橡皮艇卡住了。」高恩煥說。

「卡住了？我去前面看看。」

劉宏翔說完潛入水中，沒多久又從橡皮艇前方出現。

「還好，只是被上面一塊岩石卡住了。」劉宏翔說，「通過這裡之後，裡面的空間會稍微大一點。」

「有辦法閃過石頭嗎？」

「要完全閃過大概是不行，不過我有個方法。」劉宏翔說，「你們在船上的三個人躺著，手和腳頂住上面的岩壁。然後聽我的指令，一起用力把船往下頂，讓船閃過岩石，我們會從水裡引導船前進。」

「這樣行得通嗎？橡皮艇這麼大，光靠我們三個夠嗎？」關野夜似乎不太相信這個方法。

「試試看吧，應該行得通，我們在水裡再幫忙壓一下，應該過得去。」

在沒有其他方法的情況下，即便是抱著姑且一試的心態，艇上三人還是乖乖照著劉宏翔的話去做。三人將手腳頂住岩壁，關野夜在聽到指令前自己先試著推了一下，不過這一下反而加深她心中對這個方法的疑慮。

在水中的三人都集中到船頭，將上半身靠在橡皮艇上。劉宏翔指令一下，船上的人手腳並用，同時用力推向岩壁，水中的人也利用身體的重量將船往下壓。

受到六人同時施加的力量，橡皮艇稍微沉了一下。再加上馬達的助力，船總算是往前推進了一些。

「稍微前進一點了，大家繼續！」劉宏翔在水中喊著。

同樣的方法又進行了幾次，終於讓橡皮艇能夠繼續在水中前進。前方就如劉宏翔所說，穴頂較高，有比較大的空間。開始移動後，水中三人先後登上橡皮艇。此處空間雖然較高，但還是必須壓低身體才不至於撞到岩壁。

這裡光線已經完全照不進來，只能靠著手電筒的光來辨別方向。前進一段距離之後，在一處分岔出去的洞穴口發現了導演佐伯涼介以及隨行的翻譯。兩人浮在水中，只露出肩膀以上的部分。在光線的照射下，可以看出兩人都臉色發白，嘴唇微微顫抖著。雖然情況還不到電影「鐵達尼號」那樣悲壯，不過確實會令人聯想到男主角李奧納多最後趴在海上浮木死亡的模樣。

還有一段距離的時候，劉宏翔就等不及將救生衣丟出去給兩人。兩人一接到救生衣就趕緊先穿上。等橡皮艇到達，艇上的人立刻將兩人救起。

經過這一大段折騰，雖不能說毫髮無傷，但最後總算全員到齊，而且也成功救到了高恩煥。不過以目前的情況來看，還不能就此放心。漲潮還會持續多久、洞穴會不會完全被海水淹沒，這些都無法預料。現在最重要的是趕快找一個安全的地方，等退潮的時間一到，立刻對外求救。

一行八人都搭上橡皮艇，艇內一下子變得擁擠起來。眾人對於接下來的行動無法達成共識，有人主張應該繼續將船往內開，尋找空曠處等待退潮。另一個意見則認為水位已經上升很多，繼續上升的幅度有限，留在原地即可，不需冒險。

最後採取投票的方法決定接下來的行動。

冷言在眾人的爭執之中一直沒有表示意見，但是最後他投了繼續前進一票。他認為目前這個地方太過狹窄，即使不會被水淹沒，也有氧氣不足的問題。如果考慮到颱風離開的時間，至少也要先找到空曠一點的地方才行。

這個問題在投票前由劉宏翔先提了出來，投票結果決定繼續前進。駕駛橡皮艇的工作其他人接手，高恩煥稍作休息。劉宏翔和坐在前方的人負責指示前進路線，所有人都把手電筒打開幫忙照明。

船前進的速度非常緩慢，如果沒有馬達的聲音，可能會讓人誤以為船只是靜靜地漂流在水面上。為了避免發生類似剛才橡皮艇卡住的事，大家手上的手電筒都拚命照著穴頂的岩石，讓前面的人能夠及時發現可能造成阻礙的岩石。當然這一方面也是因為水相當混濁，只靠手電筒無法看水面下的東西，而光圈之外的水面更是呈現一片漆黑。

這裡的水面已經不會受到颱風的影響，相當地平靜。水流比起剛剛雖然已經沒有這麼急，不過還是以緩慢的流速由洞穴外流入。冷言相當好奇這些水最後會流到哪裡？退潮的時候水會從洞穴內流出去嗎？

從結果來看，冷言並沒有很多時間去思考這些問題。因為馬達的聲音蓋過了水聲，大家又都只注意看著穴頂的岩石，忽略了水面。等到有人發現水面的狀況而大聲呼叫的時候，船已經完全來不及停下來。

於是連人帶艇，八個人從河流盡頭的瀑布失控落下！

好不容易擠過狹縫，來到一個比較大的石洞。不過幾公尺長的距離，我們四個大男人卻花了將近三十分鐘才全數通過。

我們從據點出發，進入逐漸狹窄的岩縫。岩縫大概可以勉強讓一個成人通過，所以我們四個人排成一列前進。深入洞穴大約三十公尺後，岩縫一下子縮小到只有二、三十公分，是即使側身也無法輕易通過的寬度。

帶頭的方力立刻下了指示，他發現高一點的地方岩縫比較大，應該可以過得去。於是他將背包先從高處的岩縫塞進去，利用「煙囪式攀爬」登上較高的位置，試著側身將身體塞入岩縫。「煙囪式攀爬」在進入洞穴前方力就教過大家，是利用雙手及雙腳在狹窄的空間中攀爬的技巧。因為感覺像是在煙囪內用手腳頂住煙囪壁攀爬的感覺，所以叫做「煙囪式攀爬」。

他手腳俐落地爬上了離地面大約三公尺的高度，找到一處縫隙較大的地方，一下子消失在岩縫中。過了大約五分鐘，方力再度從岩縫裡出現，蹬了兩下牆壁往下跳。

「上面的縫隙比較寬，應該可以通過。不過要在縫隙中前進幾公尺的距離，通過之後會有一個比較大的空間。」方力說，「我實際走過覺得不會太困難，大家應該都過得去。怎麼樣，要試試看嗎？」

昏暗的光線中我和其他人彼此對看了幾眼，攝影師小林率先點頭，我和五十嵐也都點頭同意。經過商量，決定通過順序為：小林、我、五十嵐，方力先幫忙大家通過，最後自己再跟上。

三十分鐘後，總算所有人員和裝備都平安抵達這個石洞。

小林沒等到所有人到齊，已經拿起攝影機開始拍攝。我也拿出蝙蝠機來測量石洞的地形，自己的發明可以派上用場的感覺其實還不錯。方力進來前就交代我們不要隨意走動，等他先大致看過石洞之後再決定下一步的行動。

石洞內可以聽到水滴的聲音。石灰岩洞原本就是因為水溶解地層中的碳酸鈣成分，在地層中形成的空洞。所以像這樣的石灰岩洞穴中有水是很常見的。有些大型的洞穴系統甚至還會出現湖泊或是瀑布。

我在開發蝙蝠機的時候，曾經參觀過國內外好幾個觀光洞穴系統。如果要形容的話，我覺得地下洞穴就像是沒有光的另一個世界。雖然人類將科技帶入這些洞穴，試圖去探索這些絕境。但是我總覺得最後人類證明的，就是人類不該試圖去了解這些未知，科學好像就是為了證明人類到底有多渺小而存在的。

從蝙蝠機讀取到的資料顯示，石洞中央有一個小水池，面積大約是一般家庭用浴缸的大小。右方有四根已經成型的石柱，石筍和石鐘乳則是在石洞內到處分佈，數量相當多。

方力進入石洞後，拿出探照燈來。在探照燈的照射下，整個石洞明亮了起來。四周的岩壁是土黃色，部分帶著點白色。中央的水池則是呈現藍綠透明的顏色，池邊堆起一圈稱作「緣石」的石灰質沉積物。可以看見水從頂部岩壁滴落在水池激起的小小漣漪，水波往外擴散碰到池邊後反彈形成重疊的波紋。

大致看過石洞的環境後，方力要大家先稍微休息，畢竟從據點出發到現在也已經一個多小時了。小林得到方力的許可，四處走動拍攝。五十嵐拿起無線電和留在據點的兩位女性聯絡，報告目前的情況。

看到五十嵐手中的無線電，我不禁想起剛才在據點時發生的事……

在撿掉落在岩縫的無線電時，我們發現岩縫底部有為數不少的人類頭骨。更早之前，方力單獨進入洞穴時其實就發現了這件事，所以當時還在洞穴外的我們才會從無線電聽到方力說「有很多人頭」。他甚至因為過於震驚，不慎讓手中的無線電掉入岩縫。

方力沒有將頭骨的事老實說出來，照理說大家應該相當氣憤。剛開始時大家確實都紛紛抱怨，五十嵐甚至想要離開。可是冷靜後想想，電視台是為了找地底人而來，這些出現在洞穴內的頭骨不就是可能有地底人存在的最佳證據嗎？

方力本人對於為何隱瞞發現頭骨的事並未多作解釋，倒是受了傷的生物學家白石夏希出面替方力說話。她說即使方力事先說明這件事，大家最終應該還是會進入洞穴。表明支持的立場後，她提出留在據點時會對頭骨進行初步的分析，希望有所發現。

白石的一番話，大家似乎都接受了。於是除了撿起無線電之外，我們還從岩縫中撿起了幾個頭骨。相較起我們幾個大男人，生物學家白石以及護士小澤雪對頭骨的反應反而顯得平淡無奇，只對於頭骨出現在這種地方感到相當驚訝。

這些頭骨讓我想到昨天在鬼雪島發現沿著海流漂上沙灘的頭骨，不知道這兩者之間有沒有什麼關聯。

休息的時候，我忍不住還是問了方力為什麼要隱瞞頭骨的事。

「為什麼一開始不告訴大家頭骨的事？」

「反正最後都是會進來的，先說有什麼好處嗎？」

「至少讓大家有個心理準備。」

「我問你，如果我告訴你洞穴裡有頭骨，你有辦法專心垂降嗎？第一個進入洞穴的人是不是會擔心洞穴裡有什麼東西？恐懼是探穴的大敵，人類在洞穴這樣的密閉空間裡本來就會感受到比平常更大的壓力，也更容易感到恐懼。我如果把頭骨的事告訴大家，現在所有人可能都還在外面躲颱風。」

我認為這個話題再談下去也不會有結果，決定換個話題。

「你認為為什麼洞穴裡會有頭骨？」我問。

「你不會是期待我說出『可能有地底人』這種答案吧。」

「只是休息時的閒聊罷了，你不一定要回答。」我說，「還有，我並沒有期待你說出什麼樣的答案。」

「看來你不太喜歡我呢。」

「如果是別人這麼問，我可能還會假裝一下。不過……是啊，我不喜歡你。」

「你可真夠坦白的。」

話題不知不覺轉到我不想繼續下去的方向，所以我沒再回話。過了一會兒，方力大概也覺得無趣，自己主動開口。

「吳教授，也說說你的看法吧，你好像很少表示自己的意見。」

「我的看法嗎……」其實我剛看到那些頭骨的時候就想到了一種可能，「我在想說不定這裡曾經有軍隊駐紮。」

「哦，怎麼說。」

「二次大戰的時候，這附近是重要的戰場，所以我才會這麼猜。」

「總之我們兩個都不認為是地底人就是了。」

談話到此結束，但我覺得好像被方力硬歸到他那一國去了。

稍微休息之後，方力開始在石洞內進行採集。部分是他自己的研究資料，部分要給在據點等待的白石夏希進行分析用。

小林好像拍攝得差不多了，放下攝影機開始喝水。因為洞窟內可能會出現很狹小的通道，所以他將大型攝影機放在據點，帶進來的是小型掌上型的攝影機。

五十嵐和據點的兩位女性聯絡完畢後，也坐著休息。看來剛才那段攀爬讓大家都累壞了。

我拿出水壺準備喝水，視線卻不自覺被方力的動作吸引。方力在洞穴內的採集進行到中央水池處。他將探照燈往水池中央照射，神情專注地看著水池。沒多久，他低聲說了句：「奇怪？」其他兩人大概沒注意，都專心做著自己的事。

我雖然不想主動和方力攀談，但是卻抵擋不住好奇心的驅使，忍不住上前去看他發現了什麼。

「發現什麼東西了嗎？」我問。

「喔，吳教授。」他似乎沒發現我來到他身旁，「你看這裡。」

他指著水池中央，面積不大、淺淺的水池裡有幾條魚在游動。

「哦，我第一次看到這種魚。」

在水池裡游動的是洞穴生態特有的魚類，全身都是有點透明的白色。眼睛雖然是黑色的，但是被一層薄膜覆蓋，已經退化了。再仔細看一下魚的周圍，有將近十隻的白色透明的小蝦也在水池裡竄來竄去。蝦子大概只有幾公厘的大小，這也是我第一次親眼看到這種洞穴特有的透明蝦。

生活在這種洞穴內的生物，因為光線完全照射不進來，所以視覺會慢慢退化，身上的色素也會漸漸消失。所以大部分在這種地方發現的生物都是白色，沒有眼睛或者眼睛已經退化。

「你不覺得奇怪嗎？」方力問我。

「奇怪，為什麼？」

我再仔細看看透明魚和透明蝦，除了有一、兩隻蝦子被魚一口吃掉之外，我看不出有什麼特別的。

「我真的看不出來。」我回答。

「你仔細看這個水池的成因。」

剛才我就研究過這個水池的成因，主要是因為石洞的頂壁有水滲入，集中滴落在這個地方。此處又剛好有個凹陷，就成了一個小小的水池。

「看出來了嗎？」

我點了點頭。

正當我想好好和方力針對這件事進行討論的時候，五十嵐也走了過來。

「方先生。」五十嵐用有點口音的中文說，「留在據點的兩位小姐用無線電和我聯繫，希望我們可以帶一些在這裡採集到的樣本給她們。」

「為什麼不等全部採集完再一起進行？」

「她們說一直留在據點那裡沒事做會覺得害怕。」

「不是有幾個頭骨可以分析嗎？」

「她們說帶來的儀器不足，沒辦法做很多分析。」五十嵐說，「而且，就是因為有頭骨才可怕吧……」

我覺得這是五十嵐的真心話。

「反正我們的裝備也不太夠。說實話，我沒想到這裡會有這麼大的洞穴，所以只讓大家帶了基本裝備。所以其實我們能夠再前進的距離也不會太遠，很快就必須全員回頭了。她們不能再等一下嗎？」

「我覺得有個人回去陪她們比較好。」五十嵐說。

「那要誰回去呢?」方力問。

討論之後,決定由在場年紀最大的我拿採集到的樣本回去。會這樣決定,主要是探穴所需體力上的考量。

「那我就幫她們把樣本帶回去。」我說,「方力,等一下我教你蝙蝠機的用法。你用過類似的儀器,應該很快就可以學會。」

「好,那我再從水池裡取一些樣本就讓你帶回去。」

方力從水池裡裝了一些水,還各抓了一隻魚和一隻蝦分裝在兩個小瓶子裡。他把全部的樣本裝在一個帆布袋交給我,這期間我們還討論了一下剛剛被打斷的話題。

我拿著樣本從岩縫爬回去。方力他們在剛才的石洞中找到一處出口,決定繼續前進。那個出口是個俗稱「狗洞」的通道,比剛剛我們進來的洞穴入口更狹窄,而且不知道距離有多長,所以其實我還滿慶幸自己可以回去。

照原路回到據點時,白石和小澤兩個人正在吃東西。看見她們我才想起我不懂日語,這下該怎麼和她們溝通呢?

我走到她們身邊,因為不知開口該說些什麼,決定先放下身上的裝備裝忙。

「Hello! Dr. Wu. Is everything OK?」

聽到英文時我鬆了一口氣,還好還可以用英文溝通。

「Yes, they found a way to go ahead.」我說,「Miss……」

「I'm Shiraishi.」

大概是看我一臉疑惑,和我說話的人用食指沾了點水,在地上寫下「白石」兩個字。

原來和我說話的人是白石。

我把帶回來的樣本交給白石，並且詢問頭骨分析的結果如何。一交談下來，才發現其實大家英文都不是很好。在手勢和紙筆的輔助下，好不容易才問清楚頭骨的事。

根據白石的說法，那些頭骨不像是亞洲人種，比較接近歐洲白人。我問她對於這裡出現那麼多頭骨有什麼看法，也把我認為島上可能曾經有軍隊駐紮的事告訴她。因為我們對話的過程相當混亂，所以接下來我只把我們之間主要的對話內容翻譯記錄下來。

「妳認為這裡為什麼會有這麼多頭骨？」我問。

「我想我們發現了很重要的考古資料。」白石說，「這些頭骨可能是已經死亡超過一百年以上的人留下的，甚至可能更久。」

「超過一百年！」

「嗯，雖然精確的時間還是要回實驗室才分析得出來，不過我曾經參與過一項國家級的考古鑑定計畫，分析過很多人類骨頭，對這方面有點自信。我想這些頭骨的歷史應該相當久遠。」

「超過一百年以上……歐洲人……」我在心中拼湊這兩條線索。

「這些說不定是大航海時代的歐洲人。」白石在我拼湊出想法之前搶先說，「至於為什麼會到這座島上，可能之後在島上進行有計畫的調查才能夠知道。」

雖然先前有稍微想過這些頭骨的年代，不過我沒想到竟然是這麼久以前的東西。這麼一來島上曾經有軍隊駐紮的想法，大概就站不住腳了。

結束頭骨的話題，我幫忙把帶回來的樣本從帆布袋裡拿出來。除了一些岩石、泥土的樣本之外，還有方力不知從哪裡刮下來的苔類樣本，這是我在石洞裡完全沒有注意到的東西。當然水池的水和透明魚、蝦還是讓白石最感興趣的東西。

「哇！好棒，有發現這麼大的洞穴魚啊。」白石看到裝著魚和蝦的小瓶子，興奮地大叫。

「這算大嗎？」

「以洞穴魚來說，這體積算是大的了。」白石說，「因為洞穴裡的食物來源不足，洞穴生物必須減少能量的消耗。最直接的當然就是讓身體體積縮小和減緩代謝速度，這樣可以減少進食的量。尤其生活在這種沒有蝙蝠的洞穴，更需要盡量降低食物需求。」

「為什麼，這和蝙蝠有什麼關係？」

「因為蝙蝠的糞便其實是很營養的食物喔。」白石似乎很喜歡這方面的話題，雖然用不流暢的英文和我交談，卻也打開了話匣子。「蝙蝠因為會到洞穴外覓食，所以糞便很有營養。也因為蝙蝠必須到洞穴外，所以有蝙蝠的洞穴生態系大部分不會太過深入。像我們現在待的這個洞穴應該是沒有蝙蝠的洞穴，所以會出現這麼大的洞穴魚其實算是很稀奇的。」

我點了點頭表示了解。

「裡面的洞穴到底長怎樣啊，我好想進去看看喔。有地下湖泊嗎？還是有地下河？」她的語氣聽起來相當興奮。

「可惜妳的腳受傷了。」

「其實已經不會痛了，前面的路會很難走嗎？還是你帶我去看看，我好想去看看喔。」

我不得不承認與白石夏希的談話相當愉快，尤其是在和方力相處過之後。

「我也是。」從剛剛就比較少話的小澤雪突然說，「我也想進去看看。」

小澤雪的聲音聽起來和白石夏希很像，不過語調比較沉穩一點。

「如果白石小姐的腳傷沒有大礙，我想應該可以吧。」我說，「我可以先讓妳們看看洞穴大概的樣子。」

我拿出蝙蝠機，把剛才在洞穴內取得的影像資料叫出。機器將資料重組後產生的影像在螢幕上出現，白石和小澤兩個人都湊過來看。雖然是平面單色的影像，不過感覺她們看得津津有味。

「這是發現魚的地方嗎？沒我想像中來得大耶。」白石說。

「那是個很小的水池，是從洞穴上方滴落的水蓄積而成。」我說，「對了，有件事我想讓妳們知道比較好……」

我想告訴她們的是剛才和方力在水池邊討論的事。方力在水池採取樣本期間，我們繼續討論關於洞穴魚的話題。

他對我說：「你想想看，這個池子是因為水滲透石灰岩滴落地面形成的，並不是因為和別處的水源或河流相通。」

我好像有點聽懂方力話中的意思。

「所以你的意思是說……」

「水可以滲透岩石，這些魚和蝦總不可能滲透岩石進來吧。」方力說，「既不是經由別處水域進來，也不是滲透岩石進來。這些魚和蝦是從哪裡來的呢？」

經他這麼一說，這倒是有點奇怪。

「有沒有可能這裡以前曾經和某處地下河相通？」

「看起來不像。就算如你所說，以這個池子的規模來看，魚蝦的數量還是太多了點。」方力說，「而且你看，這些魚會去吃蝦子，也就是說蝦子是這些魚的食物來源之一。從蝦子的數量來看，很快就會被這些魚吃光了。」

我剛剛也注意到池裡的魚會吃蝦子。

「這麼說來，還有什麼原因讓魚出現在這裡？」

我問完，方力突然抬起頭看著我，語氣也變得異常慎重。
「看來我必須認真考慮地底人存在的事實了。」方力瞇著眼睛，在洞穴昏暗的光線下看起來格外嚇人。「這些魚說不定是被養在這裡的。」

鬼雪島（二）

冷言張開眼睛的時候什麼也看不見。

這麼說不太正確，周圍是有幾束微弱的光線在搖晃，那大概是掉在水中的手電筒所發出的光。不過除此之外，確實什麼都看不見。

幸虧穿著救生衣，冷言才得以浮在水中。他雖然會游泳，但卻怎麼也學不會站著漂浮在水中的方法。

周圍可以聽到其他人說話的聲音，斷斷續續的，而且大多是痛苦呻吟的聲音。冷言自己也覺得全身刺痛，不過這有一部分可能是因為太冷的關係。

他想先找一支手電筒，於是朝著其中一個光束游過去。他到達光束上方的時候，才發現那是已經沉在水底的手電筒所發出來的。他在考慮是該潛水下去拿，還是乾脆再找其他手電筒。說真的，他實在沒什麼勇氣在這樣的黑暗中潛入水底。幸虧在他下決定之前，劉宏翔就拿著手電筒出現在他身邊。

「你還好嗎？」

手電筒的光直接照在冷言臉上，冷言的眼睛一下子適應不過來，反射性地別開了頭。

「抱歉、抱歉。」

劉宏翔把光線移往別處。

「我還好。」冷言說。

「對不起，是我判斷錯誤害大家摔下瀑布。」
雖不是世上僅見，不過在河流盡頭居然會有一個地下瀑布是劉宏翔沒有預料到的事。
「我已經把幾個人帶上岸了，你自己游得過去嗎？」劉宏翔問。
「有岸邊嗎？在哪裡？」
劉宏翔把手電筒的光線照向岸邊，離冷言所在的位置不遠。
「我應該可以游過去。」
「那好。不過如果你還有力氣，幫我找一下其他人會更好。」
冷言決定幫忙找人。雖然全身都覺得疼痛，不過這大概就像是激烈運動後隔天早上剛睡醒時那樣，勉強一下還是動得了。
他跟著手電筒的光線在水中游動，最後和劉宏翔又一起找到了三個人。確定所有人都到了岸上，冷言和劉宏翔也跟著上岸。
搜救的工作比冷言想像要累得多，上岸後他已經沒有餘力去確定這是什麼地方，全身無力地癱在地上。睡意很快襲上，他勉強支持了一下子。隱約中他好像聽見有人說誰受傷了，不過都還活著。
太好了，大家都活著啊……
這是冷言失去意識前最後記得的事。
當冷言再度睜開眼睛時，第一眼看見的是趙紫湘，而且這已經是隔天早上的事情了。
「醒了啊，你睡了很久。」
趙紫湘發現冷言睜開眼睛，遞了一塊三明治給他。

糊裡糊塗接過三明治，冷言仔細看了一下四周的環境，這才記起橡皮艇從瀑布上掉下來的事。

「對了，其他人都沒事吧？」

「沒事了，幸虧瀑布高度不高，大家都只受了輕傷。」趙紫湘說，「你身上也沒什麼嚴重的傷，只是體力有點透支而已。」

這句話彷彿咒語般喚醒冷言一身的痠痛，連舉個手都覺得肌肉痛得不得了。

「我們是在洞穴裡嗎？」

「嗯，因為你傷得不重，所以暫時先留在這裡。和你們一起來的導演、翻譯，還有高恩煥都先送回島上治療了。」

「發生了這麼多事啊，我到底睡了多久？」

「我不知道你什麼時候睡著的，不過現在快中午十二點了，你們進來是昨天的事。」

「我們在這裡過了一夜啊……」冷言這句話像是說給自己聽的。

「什麼……過夜？」

「沒、沒什麼。」

一向心直口快的趙紫湘讓冷言顯得有些狼狽。

「關小姐呢？她還好吧？」

問完後冷言發現自己得到一個意味深長的眼神。

「她已經有男朋友了喔。」

「我知道，我、我只是……擔心……」

冷言還沒清醒的頭腦有點反應不過來。

「她很好，已經在準備錄影了。」

「那、那就好。」

為了避免和趙紫湘的視線接觸，冷言開始打量起四周的環境。

他首先看到的是地下瀑布。橡皮艇掉下來的時候因為沒有光線，所以冷言完全不知道自己掉進什麼地方。現在四周圍多了許多大型照明器材，雖然還是有點昏暗，但是已經可以看清楚洞穴大致上的樣貌了。

正前方的瀑布就是昨天橡皮艇掉下來的地方，開口在岩壁上，位置大約是兩、三層樓高，開口本身大概只比一個成年男人的高度多一點。大概是因為退潮的關係，現在從瀑布落下來的水量只能用涓涓細流來形容，根本無法想像橡皮艇昨天竟然會從上面摔下來。

瀑布正下方的水潭大約有一個籃球場的面積，水是藍綠色的，清可見底。潭底是一些沉澱淤積的泥沙，仔細觀察還可以看到一些生物在水裡或游或爬。這個地下水潭是因為地勢傾斜造成的，靠近瀑布那端地勢較低，冷言所在的這一端地勢較高。水位如果一直升高，應該就會淹沒現在所處的這塊地面。

冷言看了一下水潭周圍，想找找看水潭的水是否還流向別處，但是沒有找到。倒是發現瀑布旁邊的岩壁被釘上了一排攀爬用的ㄇ形鐵，從水潭一路延伸到瀑布口。昨天那艘橡皮艇停在鐵梯下方，艇上的兩個人正打算爬上去。後來問了趙紫湘才知道那些ㄇ形鐵是為了要攀爬上去瀑布才釘的。

距離冷言不遠的地方還有另一個人，關野夜介紹過那是和方力以及劉宏翔一起來的美國生物學家茱蒂。茱蒂穿著合身的白色棉質上衣、深藍色緊身牛仔褲。和上半身的曲線比起來，冷言認為茱蒂的下半身顯得過於豐滿。不過這也有可能是看慣台灣人身形的冷言的偏見。

茱蒂將一頭的金色長髮盤在腦後，看起來像是在架設器材。

「對了。」趙紫湘突然說話打斷冷言的思緒，「施田警官要你醒了之後和他聯絡一下，他好像很擔心你。」

「前輩……」

其實最早稱呼施田為前輩的是梁羽冰，聽習慣之後，冷言不知何時也跟著一起這麼稱呼他。

「這支無線電給你，已經接通了，等一下警官會來聽。」趙紫湘說，「我先去拍攝現場幫忙，無線電用完交給她保管就可以了。」趙紫湘手指著茱蒂。

「我知道了。」

「還有，你剛剛是不是在偷看那個金髮美女？」趙紫湘突然將臉貼近冷言，推了一下鼻梁上的眼鏡，「你可別把心思都花在那種奇怪的地方，多做些正經事比較好吧。」

「我……我沒有……」冷言急於否認趙紫湘的指控。

「沒有就好，我先離開了。」

趙紫湘走到水潭邊，搭上橡皮艇來到瀑布下方沿著ㄇ形鐵爬上瀑布。現在是退潮時間，即使沒有船也可以走在河流旁邊的岩石上。趙紫湘所說的拍攝現場，就是昨天劉宏翔等人發現的鐘乳石洞穴。裡頭發現了一條通道，沿著通道前進似乎還有其他洞穴存在。因為漲潮時洞穴會被淹沒，所以拍攝必須把握有限的時間進行。

冷言和施田透過無線電通了話，雖然只有短短幾句，不過這是冷言第一次知道施田原來這麼擔心自己。

放下無線電之後，他發現自己好像無事可做。茱蒂這時背對著他，冷言想起要把無線電交給她保管，正準備過去的時候，她突然回過頭來。
「Hey, boy!」
茱蒂突然開口叫自己，讓冷言嚇了一跳。
「Would you speak in English?」
冷言想大概是自己沒回話，茱蒂才會問他能不能用英文交談。
「Yes.」
其實冷言在大學時曾經到美國當過短期的交換學生，當時他下過一番苦心鑽研英文。
「Good, can you give me a hand?」
雖然不知道要自己幫什麼忙，不過冷言還是點頭走過去。
「這個先交給我保管。」茱蒂說英文的時候帶著點鼻音。
冷言遞出手中的無線電，茱蒂接過後直接放在身邊一張摺疊桌上。
「要我幫什麼忙呢？」
「可以幫我把這台顯微鏡搬上桌嗎？」
地上放著一台看起來「很重」的顯微鏡。冷言以前讀醫學院的時候，曾經買過一台二手的高倍數顯微鏡。那台顯微鏡重到讓冷言覺得，即使放在實驗室裡也不會有人偷走。不過地上這台光看外表就不知道重了幾倍，看來是相當高級的顯微鏡。
「妳確定要把這台顯微鏡放到桌上嗎？」
茱蒂身邊那張摺疊桌雖然看起來還算牢固，不過冷言擔心要支撐地上這台顯微鏡可能會有問題。
「放心啦，這台顯微鏡沒有外表看起來那麼重。」

在半信半疑的情況下，冷言和茱蒂一起將顯微鏡抬了起來。果然如茱蒂所說，顯微鏡並沒有冷言想像中的重。不過放上桌的時候，摺疊桌還是稍微震了一下。

「這台顯微鏡其實是很舊的機器了，我打算用完就直接丟在這裡。」

「這、這樣沒關係嗎？」

「你真的相信啊？我開玩笑的。」

「原來是開玩笑啊，哈……哈！」冷言苦笑了兩聲。

「你真有趣。」

茱蒂把髮帶鬆開，改將原本盤在腦後的金髮綁成一束馬尾。她從牛仔褲的口袋裡拿出口香糖，塞了兩顆到嘴巴裡。

「你吃不吃這個？無糖的。」

「謝謝。」

其實冷言平常不吃口香糖，不過他更不擅長拒絕。

「你英文說得不錯，在美國住過嗎？」

「我當過一年交換學生。」

「原來如此。幸虧你可以陪我聊天，這兩天都沒說到什麼話，快悶死我了。」茱蒂說話時帶著點鼻音，這讓她的英文聽起來很道地。「日本人的英文我實在聽不懂，口音好重。啊！對不起，你是日本人嗎？」

「不，我是台灣人。」

「原來你是台灣人啊！我和劉他們去過幾次台灣，我好喜歡吃台灣的臭豆腐。」

茱蒂說的應該是方力和劉宏翔。

「妳不會覺得臭豆腐很臭嗎？」

「很臭啊，可是我超愛那個臭味。」從茱蒂的表情就感覺得出她真的很喜歡臭豆腐。

「聽說你們在協助日本研究機構進行洞穴探勘。」

「對啊，就在這附近的島嶼。因為我們接下來剛好打算勘查這座島，電視台去向研究機構申請進行拍攝，我們就和電視台的人一起來了。」茱蒂說，「對了，我聽說電視台請來的都是一些專業人士，你是哪一方面的？」

這問題可說是問到冷言的致命傷，他既不是什麼專家也不是地底人的目擊者，而且調查恐嚇信的事目前也還不能告訴其他人。

冷言怕想太久會遭到懷疑，所以先隨口起了個頭：「我是跟著吳教授一起來的，就是發明蝙蝠機那位吳教授。」

「吳教授我知道，他在物理學界很有名。原來你和他一起來的啊，你是他的研究助理嗎？」

「算……是吧。」

「對了，昨天你也在這裡吧？可以告訴我發生什麼事嗎？」

「妳不知道嗎？」

「我聽不懂日文，只從劉那裡稍微知道一些。」

於是冷言把昨天遭遇的事大略說了一次。敘述過程中只見茱蒂豐富的表情變化，可說不輸事件本身。聽完了冷言的敘述，茱蒂眼神熱切地看著冷言，最後上前給了冷言一個擁抱。

「幸好大家都沒事。」茱蒂說。

冷言知道這是美國人表達關心的方式，但身為台灣人的冷言即便是在美國生活過，還是不太能夠習慣。

「是啊，幸好大家都沒事。」

冷言輕輕推開茱蒂，同時希望此舉不會造成她的不悅。

「我聽說妳目前在哈佛攻讀生物學博士。」冷言趕緊轉換話題避免尷尬。

茱蒂點了點頭，「你對生物學有興趣嗎？」

「算不上興趣，大學時修過基礎生物學……」

冷言說到這裡趕快住嘴。他想起自己現在的身分是吳教授的助理，而吳教授是物理學權威，和生物學攀不上關係。萬一繼續說下去，可能會被茱蒂發現有異。

「我專長的領域是洞穴生物學，目前正針對真洞穴生物進行研究。」茱蒂說，「你知道那是什麼嗎？」

「大概知道。」

真洞穴生物指的是終生生活於洞穴內的生物。因為終生不見陽光，這類生物的眼睛會退化，身體也因為缺乏色素而變成白色。

「我在研究洞穴微生物的代謝機制，我認為其中有可以讓人類延長壽命的秘密。」

「延長壽命？」

雖然談話內容轉了個意外的方向，不過冷言本來就對這方面的話題感興趣，兩人不知不覺熱絡了起來。

「是啊，雖然距離長生不老還很遠，不過我認為生物抗老的機制應該可以在洞穴生物身上找到線索。因為這類生物長年居住在惡劣的洞穴環境，除了沒有陽光之外，食物來源也不足。因此洞穴生物必須降低身體的代謝速度，這麼一來，壽命就會變長。我相信這當中應該有某種機制，或者說是化學物可以減緩細胞代謝的速度。」

「對不起，剛才有幾個字我沒聽清楚。」

冷言用英文雖然溝通無礙，不過茱蒂的這段話說得太急，字彙也是日常對話較少使用的，所以冷言沒有完全聽懂她的意思。

「對不起、對不起，因為談到這個我就很興奮，一時說太快了。」

茱蒂用慢一點的速度重新解釋了一次。

這段對話讓冷言想起這次來到島上之後就一直在思考的一個問題。

「按照妳的說法，洞穴生物為了減少能量的消耗，除了代謝減緩之外，體型是不是也應該會漸漸變小。當然我指的是真洞穴生物。」

「沒錯。」茱蒂說，「就我所知，目前發現的真洞穴生物，體型最大的大概只有十二吋吧。是一種像蠑螈的兩生類動物。」

茱蒂用手大約比了一下長度，十二吋大約是三十公分左右。

「嗯，差不多這樣，已經是可以讓女人滿意的長度了。」茱蒂說完露出不懷好意的表情。

冷言尷尬地笑了一下。

「看來我還足夠在洞穴裡稱王。」

冷言本來打算用這句話結束「長度」這個話題，誰知道茱蒂的反應和冷言預期完全相反，反而開始狂笑起來。

「哈哈！你真有趣。」茱蒂好不容易才止住笑，「我以後可以叫你洞穴王嗎？哈哈哈！」

冷言突然想到他們討論的主題是「洞穴」，茱蒂一定是誤以為自己在開雙關語玩笑。

早知道就不回話了……

茱蒂又持續笑了三分鐘左右才冷靜下來。

「你剛剛的問題是不是還沒問完？」

茱蒂像是被點了笑穴，剛說完又開始笑。幸虧她還處於可以溝通的狀態。

「我已經忘記剛剛談到哪裡了。」

冷言其實記得，故意這麼說是想把談話拉回比較正常的氣氛。

「我記得是談到長度……哈哈哈！」

看來氣氛是回不來了，冷言只想趕快問完問題，結束談話。

「我想問的是，假設食物來源充足的話，洞穴生物有沒有可能演化成比較大的體型。」

「比較大的體型啊……」茱蒂用食指抓了抓太陽穴的地方，「比較大當然是有可能的，不過你所謂的大體型，是大到什麼程度呢？」

「譬如說……」冷言稍微頓了一下，「像人類這麼大。」

「人類？你是想問可不可能有地底人嗎？」

「嗯。」

「如果食物來源充足的話，也不能說完全不可能……」這話題似乎引起茱蒂的興趣，已經不再笑了。

「不過生物生存也不是只有食物這件事，還有很多其他因素。假設一切問題都可以克服的話，也許可以……」說到這裡，茱蒂忍不住搖了搖頭，「不行，我無法說服自己在洞穴裡會有適合大型生物生存的環境。」

「先不管機率高不高，假設有地底人的話，妳認為地底人的外型會是怎麼樣？」

「這個問題我倒是沒認真想過。」茱蒂說，「如果有地底人的話……首先應該眼睛會退化吧。可能是在眼球上覆蓋一層薄膜，或者退化到只剩下眼睛的痕跡器官。然後……體型應該會比一般人來得小。因為沒有陽光的關係，皮膚會變成白色。」

對了，白色皮膚！

目擊者渡邊老人也提到漂浮在海面上的白色人頭。

「對了，手腳可能也會不一樣！」茱蒂腦中像是出現了地底人的具體形象，她開始推測地底人的手腳可能演化得更適合攀爬、可能發展出什麼樣的特殊器官等等。

「聽妳這麼說下來，感覺不像是在描述住在地底下的人類，反而像是在形容另外一種生物。」冷言說。

「怎麼說？」

「因為我想像中的地底人，應該只是居住在地底下的人類。但是妳剛剛的描述，地底人感覺上已經演化成不像是人類的生物了。」

「是你自己叫我想像的。」

「也對啦。」

不知道為什麼，冷言有扳回一城的感覺。

「不過，你這麼說是什麼意思啊？」

「是這樣的，如果說人類是從猿猴經過長時間演化而來，最終演化成黃種人、白種人、黑人等等各種人種。我想像中的地底人比較像是『居住在地底下』的人類，是眾多人種的其中一種。而妳描述的地底人，像是從猿猴演化到人類這個過程中分岔出去的生物。」冷言說。

「但是這麼一來就不是人類了啊。」

「說不定我們的思考是被『地底人』這三個字給侷限住了，如果想成是地底生物呢？」

「那就又回到你一開始提出的問題，洞穴生物有沒有可能演化成像人類一樣大？這可能就不是猿猴演化到人類的過程中分岔出去這麼單純，很可能要回溯到魚類演化成兩生類、爬蟲類、哺乳類等等整個演化的過程。你所說的『像人類一樣大的生物』，可能是類似猩猩、熊、老虎，或者任何一種生物。」

說不定這才是問題的癥結！

冷言想像中的地底人比較像先是人類，然後才成為地底人，最終還是人類。但其實根本沒有目擊報告說那是人類，說不定真的像茱蒂說的，那也許是猩猩或任何一種生物。自己根本一開始就被電視台的地底人企劃給制約，思考完全被牽著走。

本來還想和茱蒂多談一些，不過這時候有工作人員划著橡皮艇從水潭過來，摺疊桌上的無線電也傳來聲音。

這通無線電是從鬼雪島上打來的定期聯絡。在茱蒂和對方進行簡報期間，冷言想起剛剛和施田通話的時候忘了問一件事，示意茱蒂替他詢問。

冷言想知道的是高恩煥落海之後的情形。

茱蒂請對方將無線電交給高恩煥之後，也將手上的無線電拿給冷言。

「是高恩煥嗎？」

無線電發出特有的滋滋聲。

「是，我是。」

「我是冷言，昨天和關野夜以及藤木醫師一起留在洞口待命的人。」

「我記得。他們說你有事要問我。」

「對。我想問你為什麼會落海？」

高恩煥的答案和冷言的推測差不多。他因為發現在海浪中若隱若現的洞穴，趴在懸崖邊想看清楚才會落海。

「你落海之後就失去意識了嗎？」

「沒有。」高恩煥回答，「我落海之後意識很清醒，還試著想游進洞穴裡。不過那時潮水還沒完全退，洞穴裡沒有可以立足的地方。我只能扶著岩石在洞穴裡漂浮。」

「後來呢？後來發生什麼事了嗎？」

冷言一直覺得發現高恩煥那時的情形有點不自然。

「我也不知道自己撐了多久，後來就像你說的意識漸漸模糊。不過……」

「不過什麼？」

「雖然不知道是不是因為意識模糊產生的幻覺，不過我覺得在我完全失去意識之前好像有人抱住我……」

「你說覺得有人抱住你？」

「我想應該是幻覺吧，那種地方怎麼可能會有人抱住我。而且後來也是因為你們來找我，我才能得救不是嗎？」

這下冷言總算知道是哪裡不自然了！

高恩煥被發現的地方是在一處被岩石包圍起來的地面，那並不是一個失去意識的人能夠剛好躲進去的地方。如果高恩煥在自己躲進去之前就失去了意識，那就只剩下一種可能性……

「不，說不定那並不是幻覺……」冷言對著冰冷的無線電這麼說。

北方島嶼（三）

那是一個只比眼睛稍微大一點的洞。

這麼說起來，能夠發現這個洞還真是不簡單。如果不是剛好手電筒熄滅了，黑暗中有幾次光線從洞口閃過，我無論如何是不會發現的。

大概是與生俱來的偷窺本能，我毫不考慮就將眼睛靠了過去。

有光……

雖然很微弱，但是可以確定是和我手中這支手電筒一樣的光。

是他們嗎？

我想叫，但是喉嚨剛好有口痰卡住，聲音發不出來。接著阻止我叫出聲的，是眼前的景象。

光線激烈地晃動，最後停在視野中央。

是一個人……

一道血液從頭上流下來，經過鼻翼，一直延伸到下巴，然後滴落。

血還繼續在流著……

雖然可以清楚看到那人的臉，但是我沒有辦法認出是誰，沒有可供我辨認的特徵。追根究柢，是因為光線只照在臉上的關係。

那人突然動了起來！

接下來視野被一股野蠻的力量佔據。光線再度激烈晃動，伴隨而來的是令人不悅的聲音。

聲音剛發出來就好像被什麼東西吸走似的，持續了一、兩分鐘。
然後，停下來了，光線再度出現在視野中央。
我懷疑起自己的眼睛，這和剛剛是同一張臉嗎？不，這已經無法稱之為臉了，勉強說的話，應該算是肉泥吧！
然後，視野內出現了另外一個人，拿著手電筒的那個人。
雪白色的胴體……
即使在黑暗中也分辨得出來的白。渾圓豐滿的乳房、玲瓏有致的身材，但是卻無法激起任何性慾。
因為……血……
血噴濺在雪白色胴體上，暗紅的色澤融入背景的黑暗中，就像把身體切割、腐蝕成好幾塊。臉也一樣。
血液的存在更加破壞了臉上原本可供辨識的特徵。譬如說，血液可能將臉上明顯的痣掩蓋住，或者讓臉部皮膚的顏色變得難以辨認。對患有「臉盲症」的我而言，這已足夠奪走任何供我辨認的依據。
然後，光線消失了。在瞳孔能夠適應黑暗前，我的視野一片黑暗。
剛才的影像究竟代表了什麼？有可能是我在密閉的洞穴中待了太久而產生幻覺嗎？
無論如何，必須過去看看。
另一條路應該就是通往那裡，就算只有我一個人，也應該要過去看看。隔著岩石的那一面到底發生了什麼事？那個臉被搗爛的人以及全身沾滿血液的裸體女人是誰？
事情直接從這個地方切入可能會有點突兀，應該要從今天早上開始說明比較清楚。

今天是我們抵達島上的第二天。前一晚我和白石、小澤留在被當成營地的洞穴起點過夜。方力、小林和五十嵐前進到更深處的洞穴。因為必須保持無線電的通訊距離，如果還要更深入洞穴內部的話，留在營地的三人也必須跟著前進才行。但是這麼一來就無法和鬼雪島上的人聯絡，因為離開了營地，無線電就接收不到鬼雪島的訊號。

導演希望我們繼續深入，因此我們三人從今早開始也必須跟著進入洞穴內，需暫時中斷和鬼雪島之間的定期通訊。

方力透過無線電告訴我們需要準備哪些裝備，我們大約十點左右出發。在整理裝備的時候我就一直覺得白石夏希的樣子怪怪的，雖然沒聽她說什麼，不過她卻常常伸手摸腳踝。因為我們都穿著探穴用的服裝，鞋子也是高筒鞋，所以大概是昨天扭傷的地方受到壓迫不舒服吧。

「妳的腳還好嗎？」我上前關心了一下她的狀況。

她對我點了點頭，應該是沒問題的意思吧。至少從結果來看她並沒有逞強，進行煙囪式攀爬時也很順利，我們三人沒有花很多時間就來到昨天發現洞穴魚的地點。

根據方力告訴我們的訊息，要繼續前進必須先鑽過昨天發現的那個狗洞，只要爬行一小段就會有比較大的空間可以站立行走。

因為我昨天已經來過這裡，知道狗洞的位置。而且當場只有我一個男人，總不好意思要兩位女性去探路。所以我自告奮勇前往探路，讓白石和小澤先稍作休息，補充點體力。

因為語言不通，我和她們幾乎沒什麼交談。不過我看得出來白石的腳傷似乎越來越嚴重，每隔一段時間就拿出藥來吃。再這樣下去，可能必須有人先帶著白石回鬼雪島接受治療。其實我是希望探穴行動可以中止，不過就像施田說的，砸了大錢的電視台大概不會同意。

為了避免浪費時間，我稍微補充點熱量就進入俗稱狗洞的狹小隧道。我按照方力教的方式在狗洞中爬行，原本我很擔心會卡在洞裡進退不得，幸虧是多慮了。雖然速度不快，不過至少是很確實地在前進著。

爬行一段距離後，出現了分岔路。在頭燈光線的照明下，雖然看起來都還很遠，不過左邊那條路的空間比較大，我理所當然選擇了左邊的路前進。正當我開始在心中埋怨方力為何不在無線電中把路線說明清楚的時候，人已經鑽出狗洞來到一個可以站立的空間。

我拿出手電筒來四處查看，但其實不太需要，這裡很明顯是條死路。當我打算回頭走另一條路的時候，手電筒的光線突然熄滅了。因為想盡量減少頭燈電池消耗，所以打開手電筒前我先把頭燈關掉。現在手電筒熄滅了，四周突然陷入一片漆黑。

應該是電池沒電了吧。我想打開頭燈，不過找開關花了一些時間，而且最後我並沒有打開頭燈的電源。

因為黑暗中有道光線閃過。

雖然一下子就消失，不過我還是順著光線來源找到岩石上的小洞，也因此才會看到有如幻覺般的景象。

在這個不應該有其他人出現的洞穴裡，岩石的那一邊只可能是隊伍裡的人。血流滿面那個人被搗爛之前的那張臉上沒有鬍子，所以那可能是方力以外的任何一個人。而全身赤裸的女性就只可能是白石或小澤了。

不，說不定還有一種可能，如果那些洞穴魚真的像方力所說那樣是有人飼養的話……繼續這樣推測下去也不會有什麼結果，唯一的方法就是親自過去確定。

我摸索著冰冷的岩石回到狗洞，一直到確定進入狗洞之後我才敢打開頭燈。現在已經無法讓我抱著輕鬆探險的心情了，緩慢前進的同時我的大腦飛快運轉著。不過潮濕的岩石通道內空氣非常混濁，這不只更加拖慢前進的速度，也讓我的頭腦跟著遲滯。結果在親眼確定之前，我還是無法下任何結論。

再度回到分岔路，我直接往另一條通道前進。在轉進岔路前，我突然想到是不是應該把頭燈關掉。雖然我怕黑，不過在黑暗中前進可能比較安全。於是接下來我就在完全的黑暗中爬行，以前也曾經有過這樣的經驗，我完全沒想到人生中會經歷兩次這種事。

這條路比剛才那條通道更長，也更狹窄。我前進的速度和剛才應該差不多，但是爬這條通道花的時間明顯多上很多。岩石摩擦衣服發出的聲音讓我越來越煩躁，臉上和脖子上不斷滲出的汗也令人覺得不舒服。我開始覺得當初接受電視台的邀請可能是件蠢事，甚至一開始就不應該開發蝙蝠機。仔細想想，我其實沒有那麼喜歡物理這門學問，能夠走到現在都是硬撐下來的吧。如果當初好好學英文，現在也許可以在外商公司混口飯吃。對了，我現在到底打算做什麼呢？為什麼我會一直在爬行呢？我吃飯了嗎？現在應該吃午餐還是晚餐呢？

我突然吸到一口在這裡算得上是新鮮的空氣，原本快要陷入混亂的腦袋才整個清醒過來。洞穴果然是個不能大意的環境，這條狗洞如果再繼續下去，我說不定真的會發瘋。

我必須先說明一點，洞穴內的黑暗可不是時間久了瞳孔就能夠適應的。如果沒有人造光線介入，單憑人類的視覺是看不見任何東西的。所以剛爬出狗洞時，我差一點就打開手電筒。幸虧我抑制住衝動，想起還有其他辦法。

我身上還帶著「蝙蝠機」！

我可以靠蝙蝠機先探查一下這個地方。雖然液晶螢幕還是會發出亮光，但比起手電筒或頭燈那種容易暴露自己行蹤的照明設備，現在的情況使用蝙蝠機可能會好一點。

我盡量不發出聲音，從背包裡把蝙蝠機拿出來。這地方究竟多大？有沒有人在？甚至是不是真的發生我剛剛看到的事，我都一無所知。

我把蝙蝠機藏在衣服裡開機，幸好當初設計時放棄了音效，這是目前唯一值得慶幸的一點。在開機期間，我豎起耳朵聽周圍的聲音。除了非常安靜時會聽到特有的嗡嗡聲之外，並沒有我預期中可能會聽到的人類氣息。

我用手掌蓋住液晶螢幕，輕輕壓了一下聲波發射鍵。等了五秒鐘，我脫下安全帽，將蝙蝠機藏在裡面避免觀看螢幕時發出亮光。

從螢幕上的地形來看，這裡比發現洞穴魚那裡更大，是一個複雜的石灰岩洞穴地形。有很多根直徑相當粗的石灰岩柱，鐘乳石以及石筍也很多。洞穴的高度很高，從石灰岩柱的直徑推算，是個非常古老的洞穴。

我在螢幕上仔細尋找有沒有像是人類的影像。將螢幕倍數放大之後在靠近左手邊的岩壁附近，發現了一個可能是人類躺在地上的影像。除此之外，並沒有發現那名裸體女性的影像。

會不會是那個臉被搗爛的人！

影像距離我不到十公尺，我們之間有兩、三根石灰岩柱，可以利用這些岩柱當作移動時的掩護。

我沿著岩壁摸黑移動，靠著蝙蝠機的影像，找到第一根岩柱。我躲在岩柱後面再度使用蝙蝠機，從第二次的影像可以確定移動的方向是沒有錯的，繼續朝著這方向前進就可以到達第二根岩柱。

移動過程中，我的心跳越來越快，強度也越來越強。不只能夠感覺到心臟激烈撞擊著我的胸壁，我甚至覺得聽得見心跳的聲音。說不定這裡根本沒有其他人，萬一只是我自己在窮操心不就顯得相當可笑。但仔細想想，也就是這種不確定因素，才會讓人特別緊張。

應該只有幾分鐘的路程，在黑暗中卻有過了幾小時的感覺。就在我打算用蝙蝠機確定一下位置的時候，總算到達第二根岩柱。我屏住呼吸，注意四周的動靜。聽見的依然只有靜得可怕的嗡嗡聲。從第二根岩柱到第三根岩柱之間，沿著石壁移動已經無法到達。當然可以換個方式，一口氣直接走到躺在地上的那個人身邊。不過因為距離還有點遠，中途同樣要再用蝙蝠機來確認方向。所以我決定按照預定計畫，先到達第三根岩柱。

蝙蝠機重現洞穴立體影像的原理，是利用聲波取得環境各個角度的掃描影像，再將多張影像重疊成為立體影像。以岩石來舉例，當我在岩石的南面使用蝙蝠機，聲波雖然是以廣角擴散的方式發射出去，但是位於岩石北面的正後方就是蝙蝠機的聲波無法到達的死角。為了取得岩石北面的影像，我必須繞到北面再取得另一張影像，然後將兩張資料重複的影像重疊，就可以得到立體影像。

但我現在並不是為了蒐集地形資料，而只是想在黑暗中摸索前進。即使得到的影像只有局部，對目前的狀況而言已經很足夠了。

到達第三根岩柱後，我稍微喘了口氣。離開白石和小澤後不知道已經過了多久？她們兩個現在大概也等得心急。我很擔心白石夏希的腳傷，不知道她狀況怎麼樣了。

我再度拿出蝙蝠機，這時我才突然想到，等一下到達那人身邊之後該怎麼辦？是要把他帶離開這裡還是去找人來幫忙呢？憑我自己一個人的力量根本不可能帶著他通過狗洞，要找人的話又不知道其他人到哪去了。

結果就算我到了他身邊，還是什麼事都做不了。算了，無論如何，先過去再說吧！

我按下聲波發射鍵，螢幕上顯示出從我這個位置所得到的影像資料。只要往十點鐘方向直走約五公尺，就可以到達那個人的所在地。

不過有件事讓我有點在意。

其實在第二根岩柱的地方我就覺得不太對勁，在第三根岩柱拍攝了第四張影像之後，那種感覺更加強烈。

為了確定那是不是我的錯覺，我把進來之後所拍攝的影像進行重疊。從螢幕上可以看見這個洞穴的地形資料已經大致完成，只需要再取得一、兩個角度的聲波資料，就可以組合出完整的洞穴立體圖。

但是有件事很奇怪。我試著連續播放每一張取得的影像，仔細看的話可以發現，其中有一顆岩石的位置每次都不太一樣。而且，那顆岩石離我越來越近。

對了，就像是衝著我來似的！

說起來，我會把它當成岩石，主要是因為高度的關係。如果單獨把那個影像放大的話，其實看起來就像……

像一個人蹲在地上！

也就是說那個人一直用這種詭異的姿態在黑暗中盯著我，並且一步一步靠近我。當然，前提是那是個人的話……

大概是出於反射，我不自覺按下聲波發射鍵，取得第五張影像。這時我已經管不了螢幕的亮光會不會被發現，一心只想確定「那個人」的位置。

我感覺到拿著蝙蝠機的手微微顫抖著，等待機器分析資料的短短數秒比想像中難熬。隨著數據資料的轉換，第五張影像逐漸浮現在液晶螢幕上。

看到影像後，我整個人往後跌坐在地上。畫面上大部分的石柱、石筍都看不見了。不過它們並不是消失，而是當我按下聲波發射鍵的時候，「那個人」已經站在我面前。

出現在畫面上的是「那個人」的影像！

我立刻打開手電筒，這種情況已經不需要擔心會不會被發現了，首先必須先確定的是「那個人」是否帶著敵意。

手電筒的光瞬間穿透黑暗，能夠恢復視覺令我安心不少。不過這種感覺只持續了幾秒，打開手電筒後，有個東西立刻從光線範圍內逃開。我揮動手電筒，想找那個東西。不過除了恢復視覺的那一瞬間，我再也沒看到任何會動的物體。

雖然靠著蝙蝠機已經大致知道洞穴內的地形，不過實際用眼睛看到的感受卻又完全不同。這裡巨大的鐘乳石與石柱林立，要形容的話，我第一個想到的是希臘的帕德嫩神廟。

離我較遠的另一端有一個水潭，幸虧剛剛摸黑的時候沒有走到那邊去，否則大概就直接摔進去了。再往深處的地方，地面形成像是梯田般的圓弧狀階梯。階梯往下的地方從我這裡就看不到了。總之這裡是一個已經超出我所理解的地下世界，時間在這裡像是靜止不動，沒有過去也沒有未來。

除了躺在地上那個人之外，洞穴內四處都找不到其他人。我決定先過去看看躺在地上那個人的狀況，再決定接下來的行動。

有了手電筒的光線，很快就來到那個人身邊。這個人身上穿著和我們一樣的服裝，但是臉部就如我所見已經被搗爛了。能夠確定的就是這是個男人，臉上沒有鬍子，而且已經死亡。

所以他應該是五十嵐力哉或攝影師小林真讓其中一人。

我覺得應該先回去告訴小澤雪和白石夏希這件事。雖然不知道究竟發生了什麼，也無法判斷是不是應該繼續往裡面走。不過現在我只想先看到其他活著的人，所以還是和她們會合之後再說。

於是我從狗洞照原路爬回去找白石她們。

剛才發生的事情對我來說還是很不真實。如果完全接受，就必須承認探險隊裡其中一名隊員被殺害，而且兇手是一個裸體女性。但是無論如何我也無法相信這名女性是小澤或白石，主要的原因還是在裸體這件事情上。就算兇手是其中一人，也沒有理由要裸體殺人。這麼一來就必須考慮洞穴內除了我們之外還有其他人的存在。

難道真的有地底人？

在起點發現的那些頭骨，是不是已經隱約暗示著地底人確實存在的事實，只是我不願意去相信。如果相信了地底人的存在，是不是意味著我也必須要認真考慮可能有鬼魂這件事？不行，我現在的思緒已經亂成一團，竟然想把事件歸咎到鬼魂身上。

我爬出狗洞，回到白石和小澤兩人所在的洞穴。在她們休息的位置上，只剩下白石夏希一個人靠著岩壁坐著。我四處看了一下，沒有找到小澤雪。難道是把什麼東西忘在據點，回去拿了嗎？

我走到白石身邊，她好像睡著了，沒有發現我。我試著想要搖醒她，不過試了幾次都沒有用。我覺得有點奇怪，她好像是昏迷而不是睡著。她前額的劉海濕成一束束的，我伸手碰了一下她的額頭，溫度很高，好像是發燒了。

是腳傷造成的嗎？

白石和小澤的背包都在一旁。我記得醫療包裡有耳溫槍，趕緊找出來幫白石量一下體溫。耳溫槍上顯示的溫度是三十九點六度，我知道這是個糟糕的數字。本來應該由護士小澤來處理這個問題，不過她不知道跑哪兒去了。我把醫療包裡的藥翻出來，找到一包上面寫著「解熱劑」的藥，我想應該是退燒藥。雖然找到了藥，但我並不知道用量。橢圓形的白色藥丸看起來不大，於是就先拿了兩顆餵她吃下去。

餵完藥後，我把她腳上的鞋子脫下來，想檢查一下扭傷的地方。她的左腳掌整個腫起來，我好不容易才把鞋子脫下來。除了腫脹，皮膚的顏色也變成紅紫色，這大概就是造成發燒的原因吧。沒想到扭傷會這麼嚴重，可能是因為白石太過勉強自己，導致傷勢加重。

這下真是雪上加霜了。

另一邊的殺人事件還沒個頭緒，這裡又有傷重昏迷的人。然後，除了死人、病人和我之外的人統統失蹤了。現場留下的無線電是和方力他們聯絡用的，可以和鬼雪島上聯絡的無線電應該是被小澤雪帶走了。不過那支無線電在據點才收得到訊號，說不定她帶著無線電回我們紮營的地方求救了。

我也回去看看好了。比起什麼都不做，找到小澤雪之後再一起乾著急也許還好一些。在這之前，我先用無線電試著和方力他們聯絡。結果和我預想的一樣，完全聯絡不上。

回據點之前，我又幫白石量了一下體溫，已經稍微下降了一些。我把背包裡的睡袋拿出來蓋在她身上，然後回頭往據點的方向前進。這段路我已經來回走了好幾次，所以有餘裕讓自己稍微整理一下目前的狀況。

探險隊包括我共六人，一人死亡（可能是五十嵐力哉或者小林真讓）、白石夏希受傷昏迷、小澤雪可能帶著無線電回據點、其餘兩人行蹤不明。

這裡有幾個疑問。

首先，死者是誰？是五十嵐力哉或者小林真讓？

第二，殺害死者的裸體女子是誰？如果是隊伍裡的人，那就只可能是小澤雪。如果不是隊伍裡的人，表示洞穴裡還有其他人存在，那麼真的是地底人嗎？

第三，兇手為何要殺害死者？

第四，死者的臉部被搗爛，兇手這麼做的理由為何？在這種情況下有可能是為了隱瞞死者的身分才這麼做的嗎？

第五，在溫度這麼低的環境中，兇手為何要裸體犯案？

第六，死者被殺害的時候，另外兩人在何處？目前又在何處？

這些是比較明確的疑點，當然還有其他無法確定的地方。譬如兇手到哪裡去了？我親眼看見兇手身上沾滿了血，但是我爬回來的時候並沒有在通道中發現血跡。兇手如果不是還在殺人現場，就是前往洞穴更內部，應該沒有回到這裡來。

如果還要把洞穴魚、頭骨、無線電的奇怪雜訊等其他謎團也一起考慮的話，會超出我這顆理科腦袋能夠理解的範圍。

煙囪式攀爬對我來說已經不算困難的技術，我很快就爬過通往據點的岩石縫隙，回到我們紮營的地方。

留下的東西都在，不過並沒有看到原本以為帶著無線電來求救的小澤雪，而且也找不到那支可以和鬼雪島聯繫的無線電。如果小澤雪沒回這裡，唯一的可能就是她在我之後也進入了狗洞。

難道說那名裸體女性是小澤雪？

我進入狗洞之後，一度判斷錯誤進入盲穴。如果小澤雪在我走錯路的這段時間進入狗洞，時間上就可能會和我錯開。但是我想不到有什麼理由讓她這麼做，如此推論，整件事就會像是小澤雪事先策劃好一樣，反而不太合理。

對了，還有一個可能！

我們垂降進入洞穴的時候，綁了一條繩子在外面，小澤雪爬出去求救可能是目前最合理的解釋。

不過如果是求救的話，她為什麼要這麼做呢？這麼一來不就沒人出得去了嗎？

我看著掉落在地上的繩子，不禁感到十分疑惑。

鬼雪島（三）

冷言站在懸崖上等著潮水退去，他第一次對於「等待」這件事情感到憤怒。

他本來以為自己是個性冷靜的人，遇到悲傷的事可以壓抑情緒，遇到快樂的事更是告訴自己切勿過度狂喜。因為他相信「樂極生悲」這四個字。

現在他才知道，原來一直以來完全誤會了自己。

海浪打在岩壁上激起的水花，看在現在的冷言眼中，只不過是礙事的東西。什麼湛藍的天空、碧綠的大海、雄偉的岩石，所謂的壯闊景色說到底還是得有閒情逸致才欣賞得來。

從洞穴離開已經是昨天的事了。

和茱蒂聊過之後，冷言趁著漲潮前和部分工作人員回到營區。洞穴內還留下其他人員進行拍攝，昨天和茱蒂聊天的那塊地方聽說漲潮後也不會被淹沒（水似乎會從水潭某處宣洩出去），因此在那裡搭了幾個帳篷當作拍攝時的指揮中心。

冷言回到自己的帳篷內，和施田聊了一下洞穴內發生的事。接著兩人針對關野夜收到的恐嚇信繼續進行討論，不過還是沒得到什麼結論。

一直到今天早上，才聽說這件事。

冷言是透過高恩煥得知的。如果不是他特地來告知這件事，自己可能還悠哉地捧著《八墓村》閱讀。這尤其讓冷言感到無地自容。

鬼雪島雖說已經脫離暴風圈的範圍，不過雨還是間歇地下著。冷言雖然穿著輕便雨衣，胸前依然濕了一大片。

洞穴內的情況怎麼樣了呢？是不是有醫護人員在裡面呢？需不需要向本島請求救援呢？還有好多問題冷言都想親自確認，不過眼前能做的事只有「等待」。

這讓冷言感到莫名的憤怒。

接下來的事也是聽說的。漲潮的時候，有兩個人被困住了。前面的人因為落石無法回頭，後面的人因為潮水無法進入。兩個人就這樣被困在裡面，沒有人知道情況如何。

可能的話，冷言真的很想再見她一面。

並非出自於喜歡或愛意之類的情愫，純粹想再見一面，因為見面才能讓冷言感到安心。他發現原來自己是屬於行動派的人，無法只是滿足於聽說的消息。這讓他在憤怒以及無地自容的複雜情緒中，至少找到一個可以宣洩的出口。如果自己能夠再見到她一面，那些複雜的情緒或許能夠得到梳理。

或許自己什麼也辦不到的事實可以獲得救贖！

對啊！自己根本就什麼也做不到，竟然還妄想可以幫助別人。說到底，自己根本只是想逃避現在的生活，才會答應來這座島上。幫不幫忙什麼的只不過是藉口，想拒絕還是拒絕得掉啊。

細細的雨絲打在冷言臉上，他甚至說不出自己究竟想逃避什麼。

「冷言，船要出發了。」突然出現的人是施田，「我知道你想一起去，趕快過去吧。」

冷言對施田點頭示意，沒有說話就離開。

施田看得出來冷言正煩惱著，從他聽見消息之後的樣子就看得出來。他們兩人認識的時間不算長，不過一起經歷過的卻都是令人難忘的事件。施田度過了幾十年的刑警生涯，退休後會再開設偵探事務所，有很大部分是因為冷言的關係。

兩人在七、八年前因為雙子村的案子而結識，那次事件成為施田開設偵探事務所的契機。在硬拉著冷言一起查案的過程中，施田漸漸把冷言當成像自己的孫子一般看待。

他知道冷言是個非常害怕自己無能為力的人。

在之前幾次的事件裡，雖然隱約可以看出他這樣的性格，不過這次似乎更嚴重。施田本來打算開口叫住他，但一時之間也想不到什麼安慰的話，只好默默跟著走回營區。

前往洞穴的船已經在海灘上就位，等物資與人手到齊就要出發。由於電視台的工作人員大部分都已經在洞穴內協助節目拍攝，所以這艘船上主要是以沖繩島過來支援的醫護人員為主。由於人數不多，所以冷言也得到許可一起搭船前往。

鬼雪島因為只受到颱風外圍影響，所以在暴風圈內的時間不長，風雨比起昨天已經明顯小了很多。颱風朝著日本本島的方向直撲過去，沖繩島目前正位於暴風圈內。

載著醫護人員以及冷言的船很快到達洞穴入口。雖然還沒完全退潮，不過剛好可以直接將船開到地下瀑布處。從洞口一直到瀑布之前的這段路，冷言兩天前才剛經歷過，記憶猶新。

工作人員在地下瀑布前架設了兩條繩子，避免發生上次橡皮艇跌落瀑布的意外。上次因為是漲潮，水流速度較快，大家還來不及反應就連人帶艇摔落。這次正值退潮，水流速度慢，而且工作人員已經有所準備。來到瀑布前，船上的人先拉住事先架設的繩子，出口兩旁也有人協助船上的人下船。

目前發生意外的洞穴還無法進入，必須等到完全退潮。因此船上的救護人員先從瀑布旁架設的ㄇ形梯下到水潭，在一旁的空地等待退潮後進入洞穴協助。

冷言下到空地後，到處尋找茱蒂的身影。洞穴內到底發生了什麼意外，因為語言的問題，冷言只透過高恩煥的翻譯得知片段。他想找一直待在洞穴內，並且可以溝通的茱蒂問清楚事情的來龍去脈。

他最後在帳篷裡找到看起來像是剛哭過的茱蒂。

「我可以進來嗎？」

通常這種時候，冷言會選擇默默離開，但是今天的情況不允許他這麼做。

「太好了！」茱蒂看到冷言後精神立刻好了起來，「不，我不是說發生意外太好了，我是說還好這種時候有個可以說話的人出現。」

「到底發生什麼事了？」

「你先進來再說。」

這個帳篷比冷言住的還小，兩個人坐進去之後，連轉身都顯得困難。

「有人被困在裡面了！」茱蒂劈頭就這麼說。

根據茱蒂的說明，意外發生在昨天漲潮的時候，也就是冷言離開後不久。

由於拍攝工作進行得很順利，大部分的工作人員都進入洞穴內部協助拍攝。洞穴內的人員大致可以分成三組：最前面是由劉宏翔帶隊的探索組，他們負責持續深入洞穴調查；中間是包括導演在內的演員組，跟在探索組後面先到拍攝地點準備；最後則是器材組，將攝影機、燈光等器材搬運入洞穴內架設，讓拍攝順利進行。

由於洞穴內的路線可能不只一條，所以探索組的人會先確定路線以及前方洞穴的安全，然後由負責聯絡的人通知演員組和器材組。導演帶著演員組先前進，看看這部分要如何拍攝。最後器材組再確定哪些器材可以進入。

這樣的流程在漲潮之前都進行得很順利，整批隊伍深入洞穴幾公里的距離。

「不過前進的路線聽說是一直往下，所以漲潮的話，整個路線都會被海水淹沒。」茱蒂這麼說。

隊伍最前方的探索組在漲潮之前發現一處地下廣場，漲潮時不會被海水淹沒。不過當時水面已經開始上升，時間不足以讓隊伍裡所有人都在漲潮前抵達廣場。最後決定只有探索組留在廣場，其他人趁著海水淹沒洞穴之前回到指揮中心。

意外就是在撤退的時候發生的。

在進入廣場前，有一處落石區。從狹小的岩縫出來之後，會經過一處鐘乳石群，過了這一區才能抵達廣場。此區地形類似人類的胃袋，兩端入口狹小，中段較廣。隊伍到達此區之前的狹窄岩縫恰似食道，銜接其中一端入口。另一端出此區之後，有一個垂直向上的通道，爬上去可接廣場。

海水會不會淹到這裡來還不知道，不過此區頂部的鐘乳石不知為何很容易掉落。光是探索組經過此區這段期間，就掉下兩、三塊鐘乳石。即使不會被海水淹沒，這裡還是屬於相當危險的地帶。

事實上，隊伍撤退到一半的時候，落石區銜接廣場的通道就發生了落石坍方的意外。雖然沒人受傷，不過前進到廣場的探索組在移除落石前，已經無法回頭了。

坍方發生之後，所有人立刻以最快的速度離開落石區。但是因為已經進入幾公里深，又是在地下洞穴這種艱困的環境，全體人員要退出也要花點時間。

「除了探索組之外，全部人員都退出來了嗎？」冷言問。

「沒有。」茱蒂說，「我跟著器材組的人一起行動，所以最早退出洞穴，但是演員組有人來不及離開。」

「有幾個人來不及離開？」

「聽說有兩個人。」

「兩個人……」冷言此刻非常害怕自己擔心的事會成真，「那兩個人怎麼辦？」

「我只知道他們好像往回走，但是有沒有及時回到探索組所在的廣場就不知道了。」茱蒂說到這裡哭了起來，「可是因為落石區早就發生了坍方，我好怕……」

冷言雖然大致了解了情況，但是他不敢問沒來得及逃出來的是哪兩個人。

搜救隊已經準備就緒，冷言離開茱蒂的帳篷。和搜救隊一起進入洞穴進行救援之前，冷言又到其他帳篷看了一下還有哪些人逃出來。一直到剛剛為止都還有海水傾瀉而下的地下瀑布只剩下涓涓細流。冷言趕上搜救隊，走回位於隧道中間的洞穴入口。

其實這時候他的腦中一片空白，只是靠著身體自然做出這些反應。

他可以想像沒有逃出來的兩人之後遇到的事。海水不斷灌進隧道裡，水面逐漸升高，原本就已經不適合行走的洞穴，變成必須用游泳的方式前進。剛開始的時候還可以讓頭在水面上呼吸，但是最後變成只能仰躺在水中，讓鼻子露出僅存不到幾公分的水面。

一邊前進的同時，洞穴內的環境讓冷言的想像更加具體了起來。

因為時間急迫，搜救隊並沒有等到完全退潮就進入洞穴，因此現在水位的高度還在冷言大腿的位置。

一路上，除了前方帶隊人員的吆喝聲，沒什麼人交談。洞穴內非常潮濕，大概是海水會流進來的關係，在前面這段路上沒有石灰岩洞穴獨有的鐘乳石或石筍等特殊地形。

潮水退得很快，到後半段幾乎就只剩下鞋子的高度。被海水帶進來，沒有跟著退潮離開的魚貝類不時可見，洞穴內也彌漫著一股類似魚市場特有的腥味。

前進的路線上有一條引導繩，一端綁在入口，另一端由探索組的人帶著前進。救援隊跟著引導繩，前進的速度很快。冷言在隊伍的最後，思緒依然一片空白。

突然，前方的人好像發現什麼，大叫了起來。因為是日語，冷言聽不懂，不過可以感覺出整個隊伍因此而騷動。冷言用手電筒看了一下四周，沒認錯的話，這裡應該就是茱蒂說的鐘乳石地帶。

此區佈滿鐘乳石柱，石柱之間只有很小的空隙可以讓人行走。石柱在手電筒的光線下看起來是乳白色的，表面因為潮濕，在某些角度下會反光。如果不是在這種情況下，能夠親眼目睹石灰岩洞種種鬼斧神工的大自然地形，是相當難得的體驗。

現在當然沒有那種閒情逸致，因為這陣騷動是來自於前方發現的一具屍體！

冷言快步趕上，眾人圍繞著仰臥在石柱群中的一具屍體。屍體明顯是溺死的，屍體被卡在兩根石柱中間，大概就是因為這樣才會來不及逃離此區。

冷言到達的時候，有兩、三個人已經開始動手搬屍體，想把屍體從石柱中間拉出來。雖然是溺死，不過因為剛死不久，也沒有一直泡在水裡，所以還認得出死者的長相。

是認識的男性。

冷言記得死者是在拍攝現場負責燈光的工作人員，然而現在卻是所有人的燈光都集中在他身上。由於手電筒的光源晃動不穩定，死者的表情看起來時而平靜時而扭曲，不過都一樣讓人感到陰森恐怖。

屍體移出來之後，決定先讓三個人將屍體帶出去，其餘的人繼續尋找另一名失蹤者。

出現一名死者讓冷言更加擔心了。

救援隊跟著引導繩繼續往前走。這個鐘乳石區比冷言想像中大上許多，途中也如茱蒂所說的一樣，好幾次落石就直接砸在隊伍旁邊。引導繩在石柱間穿梭，隨著時間逐漸過去，冷言開始懷疑這條繩子是不是沒有盡頭。

發現屍體之後，大家前進的速度不約而同都慢了許多。大概是認為另一名失蹤者應該就在附近，更仔細地搜尋。結果，一直到鐘乳石區的盡頭，都沒有再發現任何人。

這裡是形狀如同胃袋的鐘乳石區另一端。過了這個狹窄的通道，就可以到達劉宏翔帶領的探索隊所在的廣場。不過通道目前被大批落石擋住，無法前進。

帶隊的人隔著石堆試著叫喚劉宏翔帶領的探索隊，不過另一邊完全無人回應。根據逃出去的人所說，過了這個通道之後，還必須往上攀爬一段距離才會到達廣場。大概是距離太遠，所以聲音傳不到廣場那裡。

試了無線電也沒有回應，看來只好想辦法先將落石移開。

正當眾人做好準備，開始移動落石的時候，無線電有了反應。冷言從領隊的談話反應推測，這應該是劉宏翔那邊的人打來的。雖然不知道領隊說了什麼，不過最後好像還是決定先將落石清掉。

得知另一頭有「活人」之後，救援隊的氣氛總算是活絡了起來。剛剛發現燈光師的屍體時，有一、兩個人站在遠處乾嘔。屍體運走之後，整個救援隊像是被榨乾了一樣。尤其在這樣的環境下，比起任務而言，更令人擔心的反而是自身的安全。

因此得知有人活著，變成一件重要的事。

雖然不知道是什麼原因造成這麼大量的落石，不過幸虧落下的石灰岩體積都還不算太大。最大的岩石約略只比籃球大一些，還在可以移動得了的範圍內。

冷言幫忙移開自己搬得動的岩石。落石雖然體積不大，卻堆得相當緊密，耗費了比預期多的體力。經過一番努力，好不容易將岩石搬移了大部分，此時又有人大喊了起來。聽到這陣驚呼，冷言心中一凜，手上岩石不慎滑落，差點砸中自己的腳。

聲音來自於領隊，接著就像漣漪般擴大到周圍的人。冷言大概可以猜到是什麼事，或者應該說他一開始就有這樣的預感。他把地上的石灰岩踢開，清出一條路，顧不了什麼禮節、語言障礙，硬是擠到最前面。

擋住通道的落石已經被移開大部分，照這樣的速度，大概二十分鐘內就可以清出通道。不過現在看來，能夠在一小時內清出通道已經算是幸運的了。萬一再拖延下去，可能又必須在下次漲潮前撤出洞穴。

後來聽一直在廣場等待的人說，這件事他們在發生當時就知道了。根據他們的描述，在退潮的時候發生了第二次的坍方。以時間來推算的話，大概是在救援隊進入洞穴前不久。坍塌的時候，發出很大的聲音。除了落石的聲音之外，因為還沒有完全退潮，所以夾雜著水聲。原本在廣場休息的探索隊聽到了聲音，全都回到通道前。

廣場和通道之間有幾公尺高的落差，基於安全上的考量，探索隊的人並沒有馬上下來查看情況，避免有還沒落下的岩石。在救援隊和探索隊的人接觸之前，探索隊並不知道還有人沒逃出洞穴。其實有人看到岩石底下好像有什麼東西，不過卻完全沒想到可能是人。事後他們相當自責，當時如果立刻下去察看，也許就會發現有人被壓在落石堆底下。

冷言突然想起關野夜當時的表情，那種無能為力的虛脫感又再度湧現。他一個個帳篷確定生還者的時候，在其中一個帳篷內找到了關野夜。他沒有上前和她打招呼，因為關野夜臉上的淚水令他裹足不前。

但是他也沒能及時逃離，關野夜發現他的時候，就像是溺水者發現浮木般，衝過來緊緊抱住他。

「都是我害的……都……都是我……」闞野夜的聲音虛弱而且極度顫抖，完全不是冷言所認識那個在鏡頭前充滿自信的大明星。

「要不是……要不是我動作慢吞吞的……」

冷言甩了甩頭，逼自己別再去回想。他進洞穴後第一次感到寒冷，伸手拉了拉衣服的領口。他身上這套衣服是每個進入洞穴的人都必須換上的專用服，衣服上設計了很多大大小小的口袋，材質也是耐磨損的質料。

當然眼前這名被埋在落石堆底下的人穿著也是相同。卡其色的連身服在搬開落石的過程中漸漸顯露出來，是名個子嬌小的人。因為是趴著的，所以無法立刻判斷死者的身分。不過冷言認得在一旁，同樣被岩石砸得支離破碎的眼鏡。

是趙紫湘那副顯眼的黑色膠框眼鏡。

「湘湘為了讓我先出來……自己被困在裡面了……救她……求求你……幫我救她……」

剛剛拚命甩開的記憶，又一口氣佔據了冷言的思緒。

北方島嶼（四）

我盡量回想從出發至今所經歷事件的所有細節，詳細記錄下來。雖然花了不少時間，但就現在的情況來看，時間對我而言其實沒什麼意義。寫完之後，我將PDA關機，減少電源不必要的浪費。說不定這台PDA會是我最後的光線來源，還是得省著點。

然後，我就無事可做了。

發現洞口的繩子被解開之後，我就回到白石夏希所在的地方。這種環境下，已經沒有所謂白天和夜晚的分別。因為太過勞累，而且手錶上的時間也告訴我應該休息一下，所以我就在這裡過了一晚。

再度恢復意識已經是十個小時後的事了。我先吃了點東西，然後在PDA上寫下所有事情。

白石夏希吃過藥後，體溫下降了一些，不過還是昏迷不醒。既然幫不了她，一直留在這裡陪她也不是辦法，所以我決定再餵她吃一次退燒藥後就離開這裡，往洞穴深處繼續前進。

雖然我打算每隔幾個小時就回來看看她的情況，不過經過這一連串的遭遇，我也不確信自己還回不回得來。所以我把手邊所有的食物和飲用水分成兩份，其中一份留下來給白石。帶來的醫藥箱我也留在她身邊，希望她醒過來的時候，這些東西可以派得上用場。

離開前我又量了一次白石的體溫，三十八度，還是偏高，不過我已經無計可施了。

我帶著裝備回到發生命案的地方。這次我只稍微看了一眼受害者，就直接往裡面前進。我必須盡量節省時間，減少體力的浪費。雖然不想承認，不過我覺得自己來到這裡之後，好像變得越來越神經質。

剛才來這裡的時候，發現有一處可以往下走的圓弧階梯。我用蝙蝠機確定一下階梯的方位，朝著如梯田般的圓弧階梯前進。階梯表面非常平整，有些部分在手電筒的光線下會呈現奇異的色彩。

這應該不是幻覺吧！

我聽說過在密閉的空間裡待久了，精神會變得不正常。剛剛在鑽狗洞的時候我就領教過，只希望在我變成神經病之前可以離開這裡。

我小心翼翼地踏在階梯上，隱約聽見下方傳來水聲。階梯級數不多，但每一階都很寬。越往前走，洞穴就越低，最後我必須彎著上半身才有辦法繼續前進。來到最底下一層階梯的時候，總算發現水聲的來源。

在階梯前方有一條地下河流經過。大概是經年累月的沖刷，岩石被河流往下切割出一條河道，高度約有兩層樓高。彷佛岩石縫隙的河道不寬，我用兩腳頂住岩石很快就爬下去。

水流雖然急，但是很淺，還不及我膝蓋的高度。我掬了一些水，用舌尖嚐嚐味道。如果是鹹的，表示這是海水，我就順著上游走。結果不是，應該是被地層過濾後的地下水。

我拿出蝙蝠機來確認一下地形。

繼續往前已經沒路了，河流上游也不是我能夠征服得了的地形，順著河流往下游走似乎是目前唯一的選擇。

我們綁在洞口外的繩子既然被解開了，搜救隊發現這個地方的可能性很低。但我還是抱著一絲希望在附近的岩石上做了個記號，給可能永遠不會出現的搜救隊看。

這條河流似乎還很長，已經超出蝙蝠機可以偵測的範圍。被河水切割出來的河道和兩邊的岩石都很平滑，我兩手撐著岩石，小心地踏在水中前進。因為兩手都用來支撐，我索性收起手電筒，只靠頭燈的光線前進。

我一度考慮是不是應該往上游的方向走，不過那裡的地形看起來相當崎嶇，感覺一不小心就會出意外。因為飲水和糧食還足夠，不需要太冒險，所以想歸想，還是繼續往下游前進。

河道可能比我所想像的還長，走了很久還是沒有結束的感覺。正當我想停下來休息一下的時候，一直扶著岩壁的右手突然撲了空，一腳踩進岩壁當中的一個洞。

除了驚嚇之外，我還跌了個狗吃屎！

身上揹著的大型背包讓我倒在地上掙扎了好一會兒才爬起來。因為跌倒的時候，頭燈也一起掉在地上熄滅了，所以四周一片漆黑。我在地上四處摸索，但一時之間無法立刻找到頭燈。於是我拿出手電筒，先確定自己掉進了什麼地方。

摸了半天好不容易找到手電筒，沒想到燈光打開之後卻直接照在一張臉上！

我嚇得差點把手電筒甩在地上。再這麼被嚇下去，我可能會先因為心臟病暴斃。

我調整了一下呼吸，再度將手電筒的光線移回到那張臉。照理說我無法分辨那是不是一張臉。我的臉盲症除了無法分辨臉和臉之間的差異之外，如果只看到臉而沒有看到整個人的話，也無法分辨那是不是一張臉。不過這張臉因為有明顯的特徵，所以我一下子就認出來了。

我伸手摸了摸倒在地上這個人的臉，這人從腮幫子到下巴都是短鬍碴，是方力！或者應該說「這具屍體」是方力，我上前察看的時候，方力已經沒了呼吸心跳，全身冰冷僵硬。

有了先前的經驗，我第一個反應是立刻查看四周還有沒有其他人。這是個位於河道岩壁上的洞穴，往內還有通道可以前進。方力陳屍的地方靠近洞口，四周除了他身上的背包之外，沒有其他東西。

當然也沒有看到其他人。

我靠近方力，仔細檢查他的身體，想查出他的死因。說明白一點，我想知道方力是不是「被殺害的」。結果顯而易見，他的後腦有被毆打的痕跡，頭骨凹陷進去，整個後腦勺都是呈現半乾狀態的黏稠血液。

我又想起那名渾身是血的裸體女性，以及臉被搗爛的前一名死者。

這時我已經不想懷疑是不是有地底人，而是如果沒有地底人存在的話，我進入洞穴以來所發生的事都無法解釋了。

不過，人類真的可以在這種環境下生活嗎？

今天是我進入洞穴後的第三天。只不過短短的三天，我就覺得快要精神崩潰，甚至懷疑自己已經開始出現幻覺。如果必須在這裡一直生活下去的話，我實在沒自信活得過兩星期。

一想到預感可能成真，我趕緊將方力身上的背包取下，看看裡面還有什麼用得到的東西。我因為留下一半的糧食和飲水給白石，所以現在背包剩下的東西不多。雖然這麼說不太好，不過方力背包裡的東西「剛好」可以當作補給。

我把他背包裡的糧食、飲水和其他用得上的器材都裝到我這裡，然後合掌對他拜了拜之後就繼續前進。我沒有沿著河道繼續走，而是進入發現方力的洞穴深處。

河水是由高處往低處流，之所以會沿著河道走，是因為沒有其他路徑才不得已這麼做。現在有了另一條路，而且我前進的目的已經從找人變成逃出這裡，當然是要往上走才對。雖然不知道洞穴通往哪裡，不過方力在這裡就表示至少他來過這裡。

只是，殺害方力的人也可能在這裡！

和我一起前來這座島上的五人，小澤雪可能已經離開洞穴，白石夏希腳傷高燒昏迷，方力被殺。剩下的小林真讓和五十嵐力哉其中一個也被殺害，只剩下一個人。

剩下的人是攝影師小林真讓還是翻譯五十嵐力哉呢？

這個洞穴通道意外地好走，也讓我有餘裕可以進行思考。剩下來的最後一人不管是誰，如果這個人不是兇手的話，就只有地底人是兇手的可能了。問題是，地底人是真的存在的生物嗎？一冷靜下來，我好像又開始懷疑起不久前才決定相信「有地底人存在」這件事。

殺人動機是最令我想不通的。不論兇手是誰，為什麼要接二連三殺人。兇手的目的是殺害探險隊的人，還是殺害洞穴中的「其他生物」呢？

走著走著，感覺有點餓。剛好我也走累了，決定停下來稍作休息。

我靠著岩壁坐下，拿出餅乾和水壺。本來我打算關掉頭燈，在黑暗中進食節省電池的消耗。不過最終還是沒有這麼做，我給自己的理由是為了看清楚餅乾和水壺的位置。

我把剩下的四片餅乾吃掉，雖然還是有點餓，不過不知道會被困在這裡多久，食物還是不要消耗得太快比較好。正當我吃完餅乾，就著水壺補充水分的時候，洞穴深處傳來了奇怪的聲音。

那聲音一開始聽起來像嬰兒的哭聲。

嚶——嚶——

隨著聲音漸漸變大，聽起來越來越像有人在唱歌的聲音。

是那名渾身是血的女性嗎？

嚶——嚶——

「是誰在那裡？」

我反射性地出聲詢問，不過剛問完我就後悔了。那個聲音立刻就消失，我又等了很久，還是一片寂靜。

剛剛真的有什麼聲音嗎？我不禁懷疑起自己的耳朵。

我把東西收拾好，戴上安全帽和頭燈準備繼續前進。剛才的聲音即使是幻覺也好，至少給了我一些繼續前進的動力。

頭燈的光線隨著我的步伐搖搖晃晃，通道時而狹窄時而寬闊，我一邊扭曲著身體一邊前進。那個「嚶——嚶——」的聲音沒再出現過，也許是我在這密閉空間待久了產生幻聽的可能性越來越高。

大概又走了二十分鐘之久，但是前進的距離卻只有在地面上的五分之一不到。然後，前方的路分成了兩條，左右各一條。

我站在分岔點，正準備拿出蝙蝠機來確認地形的時候，頭頂突然遭到一記重擊。這一擊打得我頭暈眼花，安全帽和頭燈一起飛了出去，我整個人也跌坐在地上。

頭燈摔在地上後熄滅了，四周圍立刻陷入黑暗。幸虧有安全帽保護，不然大概也會像方力那樣被砸死。

我是被落石砸中還是有人在黑暗中襲擊我呢？

我的身體反應快過思考，站起來後隨便選定了一個方向立刻拔腿就跑。現在最重要的事不是確定自己是被落石砸中還是被襲擊，必須先確定自己的安全再去考慮其他事情。即使是落石，我也不能留在原地被另一顆落石擊中。

確定自己跑得夠遠之後，我靠著岩壁蹲下，放慢了呼吸的頻率避免發出聲音。四周寂靜無聲，只聽見心臟撞擊胸壁的聲音。

我不確定自己跑進了哪一條通道，可能是來時的路或者其中一條分岔路。稍微等了一下，確定應該沒有人追過來之後，我拿出手電筒。因為只要一打開手電筒，會立刻暴露我的位置，所以必須很快地確定四周的情況。

我打開手電筒的開關，用很快的速度看了一下左邊，沒人。再看一下右邊，也沒人。然後我又把手電筒關掉。

我是從左邊通道過來的，所以我打算回去確認一下剛才被襲擊的地方。比起像這樣四處逃竄，還不如結結實實給對手一個迎面痛擊。只顧著逃跑的話，光是恐懼感就足以把人給吞噬。

於是我拿出瑞士刀握在手上，在黑暗中摸索著前進。對方如果是地底人的話我大概就沒轍，頂多試著頑強抵抗看看。如果是和我一起進來的探險隊存活者，那在黑暗中的行動能力應該和我差不多。

我靠著牆邊，盡量不發出聲音前進。到了這種關鍵時刻，我卻反而比較能夠冷靜下來。

來到我覺得差不多的地方時，我拿出手電筒打開。光線照射得到的範圍內依然沒有其他人，剛剛的分岔路就在前方。從河道那邊走過來時，分岔路剛好是左右各一條。現在則是一條往前、一條往左，所以剛剛那陣混亂中我應該是衝進了右邊的分岔路，現在往左的那條是通往河道的路。

安全帽和頭燈就掉在分岔路口地上，我撿起來戴好，決定往前直走。這時候我也顧不了浪不浪費，想同時讓頭燈和手電筒的光線都亮著。不過頭燈好像摔壞了，扳了幾次開關都沒亮。

這條路比起從河道過來的路更顯狹窄，我一邊前進一邊還要回頭注意後面的動靜。剛剛我在分岔路口還是做了給救援隊看的記號。雖然那個襲擊我的人也會看到，不過即使我什麼都不做，那個人還是一樣可以知道我的位置，所以沒什麼差別。

走了很久，前方突然開闊了起來。這又是個什麼樣的地方呢？我先拿出蝙蝠機來確認地形，也幸虧有這麼做，否則我再往前走三步就會摔下懸崖。

前方是個深不見底的地底峽谷，即使用蝙蝠機也無法偵測出峽谷的深度。我站在峽谷邊緣一小塊凸出的岩石上，感覺起來就像是隻螞蟻般渺小。前方確定是沒有路了，兩旁的岩壁有一些凸出的岩石，如果是攀岩高手也許還可以攀著岩石行動。

我的話就免了吧！

用手電筒查看了一下四周，確定無法繼續前進之後，我回頭打算改走另一條路。正當我轉身準備離開的時候，剛才那個聲音又出現了。

嚶——嚶——

是從背後傳來的。這次我沒有出聲詢問，靜靜地聽著聲音。

嚶——啦啦——喳——

聲音開始有一些變化，聽起來似乎是女性的聲音，像是在唱歌。我試圖尋找聲音來源，用手電筒朝著峽谷揮舞。聲音一會兒像是從底下傳來、一會兒又像是從上面傳來，可能是峽谷造成的回音。不過可以稍微確定的是，在這個黑暗空間當中，還有其他人存在。

渾身是血的裸體女性又出現在我腦海中，會是小澤雪嗎？這麼說來，剛才襲擊我的人也有可能是小澤雪。但是，她又是怎麼下去峽谷的呢？

這時我注意到先前一直沒有發現的某個東西。在我頭頂上大約兩公尺的地方，有一條繩索連接到峽谷對側的岩壁。對側的岩壁上，也有一個隱藏在岩石群當中的洞穴。

看來我們不是第一批進入這裡的人！

繩索上方就是洞穴頂部，仔細一點看，沿著繩索的路徑上有一些攀岩器材固定在頂部岩石上。大概是第一批到達這裡的人為了跨越峽谷，利用頂部岩石將繩索帶到峽谷對面。

不，從對面過來的可能性比較大。如果是從我這邊過去，應該會在兩旁的岩壁上固定一些可以往上攀爬的東西，讓帶著繩索的人可以爬上去將攀岩器材鎖在頂部。如果是從對面過來，這樣的高度大概都會直接跳下來吧。

這麼看來，對面說不定有出口可以離開。

我重新燃起了希望，決定要攀著繩索越過峽谷。不過第一件要解決的事，是要如何攀上距離我有兩公尺高的繩索。

雖然明知道機會不大，不過我還是卸下身上的裝備，試著跳起來看看能不能搆到繩索。結果當然沒有出乎意料，而且有幾次跳得太用力，掉下來的時候剛好就在懸崖邊緣，反而差點摔下去。

我很快就放棄跳起來抓繩子的可笑念頭，轉而思考利用工具的方法。我從背包裡翻出兩條童軍繩，其中一條是剛剛從方力的背包裡拿來的。把童軍繩甩上去繞過繩索做成一個套環也許是不錯的方法。

我試了幾次，但是因為末端太輕，即使高度夠也無法甩到繩索另一邊。於是我脫下鞋子綁在童軍繩末端，果然很順利就讓童軍繩越過連接峽谷兩端的繩索。

我把鞋子解下，將童軍繩兩端綁在一起，形成一個套索。另一條童軍繩也如法炮製做成套索，然後將兩條童軍繩捲在一起。背包上有設計固定用的帶子，我把童軍繩穿過腰帶孔綁在腰部，背包固定在童軍繩末端。

一切都準備好之後，我沿著童軍繩往上爬。雖然戴著手套，不過坐慣實驗室的我還是覺得手掌發麻。即使只有三公尺的高度，也費盡千辛萬苦才爬上去。

好不容易搆到繩索，沒想到接下來才是真正的試煉。今年蝙蝠機進入商品化階段後，總算有些時間可以陪老婆欣雯。本來還打算一起去健身中心，鍛鍊一下身體。早知道會遇到這種事，應該早一點去報名上課。

眼前峽谷的寬度我想大約有一百公尺，用跑的頂多二十幾秒，但是要抓著繩索前進，我看我二十分鐘也到不了！

我先試著像猴子那樣，左右手交替前進。繩索承受著背包和我的重量，發出令人起雞皮疙瘩的嘎吱聲，就像隨時準備好要突然斷掉一樣。大概推進了十公尺之後，我就知道自己不可能攀過這座峽谷。

因為兩隻手都必須抓著繩子，而頭燈剛剛被襲擊的時候摔壞了，只好把手電筒綁在耳朵上方用來照明。為了看清楚繩索的位置，我必須一直抬著頭，沒多久就感覺到脖子痠痛。而且手必須一直撐著身體和背包的重量，即使只是吊著也要花費不少力氣。

現在要不就是豁出去，真的不行的時候就靠腰部的童軍繩吊在半空中休息；要不就是趕快回頭，免得到時連回去的力氣都不夠。這兩個念頭在我心中稍微角力了一會兒，然後我突然想起在背包裡好像有個東西是這種情況下可以使用的。

先回懸崖邊稍作休息，補充了一點食物和水分，順便把PDA拿出來做一下紀錄。休息的時候我沒忘記要提高警覺，畢竟剛才襲擊我的人還是有可能再度出手。

休息得差不多，手掌也比較不痛之後，我從背包裡拿出一個8字形的鐵製扣環。這是我們從洞口垂降下來時用的東西，8字形的一端固定在身上，另一端可以扣在繩索上。我只要能夠把扣環扣到繩索上，就可以用類似烤乳豬的姿勢較不費力地慢慢前進。

我又花了很多力氣爬上去，然後花更多力氣用8字形扣環把自己和繩索扣在一起。果然這麼做之後輕鬆了許多，我用仰躺的姿勢把手腳都掛到繩索上，頭朝前方慢慢前進。從側面看起來應該就像隻待烤的乳豬，不過只要能確實抵達峽谷對岸倒也無妨，我反而很希望現在能有個人站在一旁嘲笑我的姿勢。

雖然推進的速度很緩慢，不過在這個不需要時間觀念的地下洞穴裡，快慢是沒有意義的，確保自己「存在」才是最重要的事。

利用扣環在繩索上滑行前進的方法進行得很順利，花費的時間和力氣都比我預計來得少。好不容易來到距離終點只有十幾公尺的地方，本來想一口氣前進，這時卻有一件事分散了我的注意力。

雖然有扣環吊著身體，但是這麼長的距離，途中我還是停下來休息了幾次。因為前進的時候，繩索的晃動幅度會越來越大。停下來除了想恢復一點體力之外，也是想讓繩索的晃動稍微停一下，免得在抵達對岸之前就先斷了。

但是在最後這一次停下來之後，我發現繩索的晃動非但沒有停止，反而越晃幅度越大。我覺得很奇怪，想看看峽谷兩側是不是發生了什麼事。於是我把綁在頭上的手電筒取下，往峽谷兩側照射。靠近頭部這一側沒什麼異樣，我接著把光線移到靠近腳部那一側。

突然一個很大的晃動，讓我手腳都從繩索上鬆脫。幸虧有扣環扣住，否則我已經摔落峽谷了。在一陣激烈的晃動中，我隱約瞥見腳部那一端的繩索上有一團黑色的物體。

我第一個想到的是剛剛襲擊我的那個人。

我想看清楚那團黑色的物體，但是接下來一連串的激烈搖晃，讓我光是想用手腳抓緊繩索都有困難。好不容易用腳勾住了繩索，為了確保光線，我把手電筒夾在大腿中間，空出來的兩隻手也趕緊抓住繩索。

不知道是不是習慣了這股搖晃的力道，我甚至可以在搖晃中繼續前進。又過了沒多久，搖晃總算停止。我趁著這段時間，加快前進的速度。

雖然不知道接下來會發生什麼事，但是對方的意圖很明顯就是想把我甩下繩索。因此對方接下來的行動就不難預測，現在最重要的就是在對方把繩索弄斷之前趕緊抵達對岸。

夾在大腿之間的手電筒只照得到我自己的臉。少了光線的照明，我根本無從判斷還剩下多少距離，只能拚命前進。

對了，有件事我差點忘記，剩下的這些距離也許可以靠「那個東西」繼續前進。我把手電筒拿起來用嘴咬住末端，靠頭部來移動光線尋找「那個東西」。雖然我很快就找到距離我最近的目標物，但是對方的速度也不慢。在那一瞬間我感覺到身體往下墜落，繩索已經被弄斷了！

手電筒掉落峽谷時光線在空中亂竄，看起來就像是舞廳的投射燈。對了，已經沒有人用「舞廳」這個詞了吧，現在大部分的人都是用「夜店」。我想來過這裡的人大概一輩子都不會想再去夜店，甚至一輩子都不敢獨自待在黑暗之中。

底下傳來手電筒落地的聲音，從時間上來推算，如果我沒有及時抓住攀岩器材的話，大概是已經足夠我摔得粉身碎骨的高度。剛才手電筒的光線在空中亂竄的時候，光線有一瞬間照射到對面，我也總算得以看清楚那團黑色的物體。

想要置我於死地的，是和我穿著相同制服的人！

沒想到人類死到臨頭時的爆發力這麼強，連我都很懷疑自己竟然能夠做到這個地步。如果施田看到這些紀錄時我還活著的話，他大概會指著我狂笑，說我愛唬爛吧。

我用右手握著攀岩器材的把手，左手在頂部岩石尋找下一個把手的位置。用單手支撐我自己的體重就已經很困難了，更何況還拖著一個超重的背包。雖然及時抓住了固定在岩石上的攀岩器材，但是大概也爭取不了太多時間。現在連唯一的光源也失去，只能在黑暗中摸索。

印象中大概又讓我找到了四個還是五個攀岩器材吧，總之我已經氣力放盡，脫力到連下巴都抖個不停。然後在我來得及握住下一個把手之前，我就連同背包一起往下墜。

現在我已經感覺不到自己的腳，甚至是下半身，我想大概是摔爛了。幸虧還保有一點意識，背包也剛好就掉在我的手邊。我用最後的一點力氣找出ＰＤＡ，趁著失去意識之前把最後的過程寫下來。

可以了吧，我已經這麼努力想活下去了，這大概就是所謂的極限吧……

我本來想要替這份紀錄作個結尾，但是突然想到故事如果不寫結局，也許表示我還有機會可以把故事寫完。欣雯，妳說我這麼想，是不是太迷信了呢？

稱呼這裡「廣場」一點也不為過，冷言從來沒有想過在地底下竟然會有這麼大的空間存在。昨天就率先抵達這裡的探索人員已經搭起簡易帳篷，大家正在享用晚餐。如果不是有人員意外死亡，現在的氣氛其實挺不錯的。

「你還好嗎？」劉宏翔用英文問冷言。

冷言看著他點了點頭。

「那女孩叫做趙紫湘嗎？」

冷言還是點頭回應。

「洞穴探索有時候就是會發生這樣的事，不要太難過了。」

冷言這次連點頭也沒有，默默看著地上。

劉宏翔一時也不知道該說些什麼，搖搖頭離開冷言身邊。

退潮要等到明天，今晚大家必須在廣場過夜。站在廣場邊緣朝來時的通道看，海水已經完全淹沒了鐘乳石區。如果不是廣場地勢夠高，說不定連這裡也會被淹沒。

原本留在這裡的探索隊加上後來的人，目前一共有九個人留在廣場。當然，來不及運出去，暫時先放在廣場上的第二具屍體並不算在內。

這九個人當中包括了後來單獨進來的茱蒂。

茱蒂因為擔心劉宏翔的安危，所以在救援隊進入後沒多久，就一個人帶著裝備尾隨著進入。因為在漲潮前洞穴內其實算很安全，而且也有引導繩，所以搬運燈光師屍體出去的人在途中遇見茱蒂並沒有阻止她。

探索隊帶來的簡易帳篷只有兩頂，所以大部分的人只能裹著睡袋，直接在廣場找個舒適的位置過夜。

廣場的地形大致上算是平坦，每個人都可以找到不錯的位置睡覺。不過地面還是有多處凹凸不平，加上不斷從洞穴上方滴落的水，廣場到處是大大小小的水窪。

大部分的人在用過餐後就準備睡覺，在這種環境中，隨時保持足夠的體力是很重要的事。但是冷言現在真的睡不著，他只要閉上眼睛，就會想起趙紫湘那不知是認真還是開玩笑的表情。

——你可以叫我趙紫湘或湘湘，不過不要叫我紙箱。——

——你剛剛是不是在偷看那個金髮美女？——

——你可別把心思都花在那種奇怪的地方，多做些正經事比較好吧。——

仔細一想，趙紫湘其實是冷言來到鬼雪島後接觸最頻繁的人。因為語言不通，關野夜又忙著拍攝節目，一直都是趙紫湘陪在冷言他們身邊打理一切事務。

自己卻什麼忙都幫不上！

這個也幫不了、那個也做不到，簡直就是個廢物！

像是為了配合四周的黑暗般，冷言的思緒越來越往牛角尖鑽。他開始猛抓自己的頭髮，激動時還會發出低吼。如果不是因為其他人都睡著了，看到他現在這副模樣，大概都會覺得他已經發瘋了。

「你身體不舒服嗎？」

一束光線正好打在冷言臉上，讓他一時之間睜不開眼睛。

察覺冷言不對勁的人是茱蒂。適應了光線的冷言面露兇光，惡狠狠地盯著她。

茱蒂並沒有被冷言的表情嚇到，她知道冷言發生了什麼事。

「怎麼了，洞穴王？這樣看著我是對我身上的那個洞穴有興趣嗎？」

這句玩笑話讓冷言的表情出現了一瞬間的不同。茱蒂見機不可失，移開了光線，一屁股坐在冷言旁邊。她把手電筒放在胸前，讓光投射在兩人頭頂上方的岩石，彼此也可以隱約透過光暈看見對方的臉。

冷言的視線很自然地被引導到上方，身體也順勢往後靠著岩壁。根據茱蒂的經驗，這個姿勢可以讓隊友的情緒比較放鬆。

「你記不記得我們討論過洞穴裡最長的生物是一種兩生類？我剛剛在那裡發現一隻。」

茱蒂說完把左手伸到冷言面前，手掌上還放了一隻白色的蠑螈。冷言被突然出現在眼前的蠑螈嚇了一跳，上半身往後退的時候一頭撞在岩壁上，發出清脆響亮的聲音。

「哈！哈！好響。」

茱蒂無視冷言痛苦的表情，只顧著自己狂笑。笑聲吵醒了一部分的人，紛紛從睡袋裡轉頭看發生了什麼事。

「敲了這一下有沒有清醒一點？」

茱蒂捏著假蠑螈的尾巴在冷言面前晃。

「那是假的？」
「是啊，不這麼做你可能會發瘋喔。」茱蒂說。
「妳說我會發瘋？為什麼？」
冷言摸著腫了一塊的後腦勺，雖然對茱蒂的話還是感到莫名其妙，不過他的表情已經完全沒有先前的暴戾。
「我第一次看到你那種表情是五年前，後來那個朋友看了三年的心理醫生，每天都要吃一堆精神科藥物。」茱蒂說，「三年後她就自殺了。」
「自殺？」
「對啊，自殺，那是我最好的朋友。」茱蒂說，「當時我剛選定研究題目，開始跟著一批探穴人在美國到處探穴。她那時剛離婚不久，情緒很低落。我以為帶著她一起參加探穴活動，可以讓她心情好轉。誰知道她第一次參加就遇上洞穴崩塌，我們兩個被困在裡面五天……」
茱蒂轉頭看著冷言。
「她最後兩天的表情就和你剛才一模一樣。」
「和我剛才……」冷言想起了一些往事，「一模……一樣嗎？」
聽了茱蒂這番話，冷言這時才真正冷靜下來審視自己的心理狀態。他記得幾年前在雙子村那件案子當中，自己也是一直處於精神不穩定的狀態。
「我這是不是某種精神疾病呢？」冷言問茱蒂。
「我也不知道這算不算精神疾病，不過後來我又遇到好幾次類似的情況。」茱蒂說，「發生這種情況的人都有一個共通點，就是在進入洞穴之前精神狀態就不太穩定。」
這些話冷言聽起來簡直是正中核心。

「人心其實比想像中要脆弱得多，而且大多數人並沒有自己以為的那麼堅強。探穴本來就是一種需要高度集中力的活動，在漆黑的密閉空間裡，恐懼和不安很容易就會被放大。只要一點點的刺激，心理就容易變得扭曲。如果讓我再選一次，我絕對不會帶那個好朋友去探穴。」茱蒂說，「去世的那名女孩是你的朋友嗎？」

「是的。」

「難道是昨天和你在瀑布那裡聊天的女孩？」

冷言點了點頭。

「天啊！」

茱蒂本來有些諸如「好可憐喔」、「怎麼會是她」之類的話差點衝口而出，不過她沒忘記自己的目的，現階段不能再增加冷言的精神負擔。

「對了，我有東西給你看。」

茱蒂趕緊轉移話題，從背包裡拿出兩個小玻璃瓶。那是茱蒂自製用來裝研究生物的小瓶子，蓋子設計了通氣孔避免裡面的小生物死亡。

冷言就著手電筒的光，觀察玻璃瓶裡的東西。其中一個玻璃瓶裡裝了七分滿的水，有一隻小蝦子在裡面游動。蝦子的頭部、身體都是白色的，甚至有點透明。另一個玻璃瓶裡裝了兩隻小蟲，要很仔細看才看得出是兩隻大小只有兩公厘左右的蜘蛛。

「這是……」

「蝦子是在那邊的水窪發現的，這是盲蝦，一種真洞穴生物。身體不需要色素抵抗陽光，而且眼睛也退化了。這兩隻蜘蛛更有趣，你仔細看，牠們是很接近的品種。」

茱蒂一談到洞穴生物就停不下來，她興奮地拿出一支放大鏡給冷言。

冷言接過放大鏡，仔細觀察兩隻蜘蛛。

「你有沒有發現，兩隻蜘蛛外型幾乎一樣，只有身上的顏色不一樣。」茱蒂說。

冷言邊看邊點了點頭。

「你看身體是咖啡色，有點半透明那一隻。」茱蒂手指著其中一隻蜘蛛說，「那是嗜洞穴性的品種，生活在洞穴深處和洞穴入口的過渡地帶，仔細看可以看到還沒完全退化的眼睛。另外這隻除了腹部內的器官是藍黑色，頭胸部和其他部位幾乎呈現透明，眼睛也完全退化。這是生活在洞穴深處的真洞穴品種。」

透過放大鏡可以看出茱蒂所描述這兩隻蜘蛛的不同之處。冷言原本就對生物學有興趣，在茱蒂的解說下認真觀察起玻璃瓶中的生物後，不知不覺讓他的情緒稍微得到紓解。當然這些心理狀態的改變過程不只是茱蒂，連冷言本人也幾乎沒有察覺。

「最有趣的是這兩隻蜘蛛都是我在這裡發現的，我猜這隻嗜洞穴性的品種應該是被海水帶進來的。然後……咦，奇怪？」

茱蒂這時像是想到什麼事，皺起了眉頭。

「怎麼了？」冷言問。

「沒有，只是突然想到一件無關緊要的事。」茱蒂隨即恢復原先的神情。

冷言把放大鏡和玻璃瓶還給茱蒂，表情和剛才已經大不相同。

「謝謝，我已經覺得好多了。」冷言說，「雖然還是覺得自己很沒用，自責的想法也沒多大改變，不過我已經知道自己接下來應該怎麼做了。」

「是嗎……」茱蒂收起玻璃瓶和放大鏡，「你恢復得還真快，我本來以為可能需要使出最後一招……」

茱蒂突然伸手解開身上探險服的鈕釦，嘴角浮現笑意，一步步朝冷言逼近。茱蒂原本就擁有西方人的深邃輪廓，渾身又充滿成熟女性的魅力。在昏暗光線的照射下，散發出一股令人難以抵擋的妖豔。

「劉好像在看我們。」

冷言知道這是茱蒂式的玩笑，趕緊搬出劉宏翔來當擋箭牌。

「真、真的嗎？」

茱蒂聽到劉宏翔的名字，立刻收斂起來。不過她馬上知道自己被耍，回敬了一個中指。

冷言總算有回將一軍的感覺。

「你早就知道我和劉的關係嗎？」茱蒂問。

「不知道，我是猜的。」冷言說，「我認為妳和劉的關係應該特別好，才會冒著生命危險進來找他。」

「既然已經可以冷靜分析問題，我看你大概沒事了吧。」茱蒂揮了揮手，故意語帶不屑地說，「我會找個地方休息，如果有事可以找我。還有，切記別再胡思亂想。」

冷言微笑著點了點頭。

又過了大約三十分鐘，廣場上包括冷言在內的所有人都進入了夢鄉。即使是整個人躲在睡袋裡，低溫還是讓人感覺到寒意。冷言一直處於淺眠狀態，腦中不斷浮現似夢非夢的畫面。

入睡前冷言第一次仔細看了屍體，夢中不斷出現的都是那具屍體的畫面。

——你可以叫我趙紫湘或湘湘……——

對了，那是趙紫湘的膠框眼鏡。雖然已經嚴重變形，鏡片也不知道跑哪兒去，不過的確是她的眼鏡。被落石壓壞的鏡框就擺在她的胸前，算是一種體貼嗎？因為臉也變形了，眼鏡放不上去，所以就幫她擺在胸前嗎？不，不只是臉，身體、四肢都因為被大量落石從高處落下擊中，已經幾乎看不出原本的形狀了。

那些像是章魚般變形的四肢突然扭曲了起來，像是在跳舞，又像是朝著空中想抓住什麼。然後全都不明就裡地朝著冷言揮擊過來，冷言根本來不及躲開，臉上、身上不斷被擊打。

但是，卻感覺不到疼痛，只有寒冷哆嗦，還有淚流不止的後悔。

最後，冷言被一陣說話的聲音吵醒。一睜開眼，那變形的鏡框消失了，變形的臉和四肢也消失了。不過眼角的淚水還濕潤著，那股後悔也還有餘溫。

是夢啊！

這是冷言醒來後的第一個念頭。不過這個念頭並沒有持續多久，因為他立刻了解到這也是一部分的現實。

大部分的人都已經醒了，有人手裡拿著罐頭食物充飢，有人在整理裝備。冷言把睡袋整理好之後就什麼事也不想做，滿腦子還是揮之不去和趙紫湘之間互動的情景。

好像差不多快到退潮時間了，大部分的人都已經整理好裝備，等著離開這裡。冷言望著地面的一攤積水發呆，這裡漲潮時雖然海水淹不上來，不過地下水會滲透地層落在這裡。

原本平靜的積水突然被一隻腳踏得水花四濺，冷言抬頭一看，原來是劉宏翔。

「請問……」劉宏翔說，「你昨天晚上和茱蒂談話談到幾點？」

看到劉宏翔主動來找自己，而且一開口就是問茱蒂的事，冷言心中不禁升起一股罪惡感，不自覺地就站了起來。

「大、大概一、兩點吧。」

冷言看著手錶努力回想。不過其實四周很暗，他根本看不見錶面，這個動作只是為了避免和劉宏翔四目交接的尷尬。

「那時候我已經睡了……」劉宏翔自言自語地說，「奇怪，到哪兒去了呢……」

「請問發生什麼事了嗎？」

冷言從劉宏翔的表情感覺到情況有些不對勁。

「……」

不知道是聲音太小還是想什麼想到入神，劉宏翔似乎沒有聽到冷言的問題。

「對不起……」

冷言出聲引起他的注意。

「嗯……啊，對不起，我沒注意到你說什麼。」

「茱蒂怎麼了嗎？」

「她不見了。」

冷言一下子還無法了解這句話的意思。

「不見了？」

「對，茱蒂不見了。」

劉宏翔的神情態度讓冷言覺得很不尋常，不過他似乎也無暇多作解釋。冷言本來想問其他人，但是想起自己語言不通，只好硬著頭皮繼續追問劉宏翔。

「你說茱蒂不見了是什麼意思？」

劉宏翔雖然一臉不耐煩的表情，不過還是把整件事告訴冷言。

實際失蹤的時間沒有人知道，她的裝備大部分也都還在，不過今天到目前為止還沒有人看到茱蒂。也就是說，前一晚和茱蒂聊到深夜的冷言很可能是最後見到茱蒂的人。

所有人搜遍了整個地下廣場，只發現兩個出入口。一個就是目前還被漲潮的海水所淹沒的通道，另一個則是位於廣場另一側的狗洞。因為目前還沒退潮，茱蒂不可能從來時的通道離開，所以大家推測茱蒂離開廣場的唯一路徑只剩下狗洞。

問題是，這個狗洞並不是一般成年人可以通過的尺寸。尤其茱蒂的身材甚至比在場的大部分男性高大，更是不可能通過這個狗洞。即使想成茱蒂不顧一切地鑽進了狗洞，但是昨晚劉宏翔就睡在狗洞前，茱蒂不可能在不驚動劉宏翔的情況下鑽進狗洞裡。

不管怎麼想，最後都只得到一個結論：茱蒂就在這個密閉空間裡平空消失了，無論消失的方法或消失的理由都沒有人知道。

「不可能啊，狗洞她絕對過不去的，更何況她也沒理由過去啊……」

從剛剛開始劉宏翔就一直喃喃自語，看得出來他心裡很慌張。

同樣在廣場的人大部分認為茱蒂應該是從來時的通道離開。不過這麼想也不太合理，等到今天退潮時和大家一起離開不是更安全嗎？實在想不出茱蒂非得提前離開的理由。而且想在漲潮時從通道離開，非得帶著潛水設備才行。這裡無論是先進來的探險隊，或是後來抵達的救援隊都沒有人攜帶潛水設備。因此想從通道離開，基本上是不可能的事。

當大家還在七嘴八舌討論茱蒂的事時，突然有人用日語高聲說了一句冷言聽不懂的話。那人站在通往通道的地方，手指著底下。冷言跟著大家擠過去看，原來是海水開始退潮了。

此時領隊劉宏翔的臉上出現了為難的表情。

如果不趁退潮趕快帶著大家離開洞穴，下次漲潮時又要回這裡等。但是茱蒂還沒找到，萬一她被困在裡面，那就必須有人留下來繼續搜救。

「茱蒂身上是不是帶著無線電？」

冷言突然想起在地下瀑布時，趙紫湘交代他把無線電交給茱蒂保管的事。

「不知道，我試試看有沒有辦法接通。」

劉宏翔拿出無線電試著和茱蒂聯絡。

無線電發出熟悉的「滋！滋！」聲，劉宏翔壓著通話鍵對無線電進行呼叫。其實劉宏翔自己對這個方法並不抱期望，沒想到不久無線電就傳來回應。

「滋……滋……」

夾雜著電波訊號的聲音聽起來很模糊，只能確定有人透過無線電和劉宏翔對話。

「我是劉！妳是茱蒂嗎？妳在哪裡？」

電波訊號又持續了幾秒，然後就突然斷訊了。

「茱蒂！茱蒂！」

劉宏翔發了瘋似的對著無線電不斷呼叫，但無論他怎麼喊，無線電都沒有再接通過。

這時候已經完全退潮了，冷言看得出除了劉宏翔以外的其他人都很想趕快離開這裡。昨天和茱蒂談話的時候已經得知她和劉宏翔是戀人，所以冷言能夠了解劉宏翔想留下來的心情。但是他更能夠體會其他人想趕快活著離開洞穴的焦急，畢竟已經有兩個人在洞穴裡喪命，而茱蒂現在又下落不明。

「劉先生。」過來和劉宏翔說話的是翻譯人員，「大家都想趕快回去，如果你還想繼續找失蹤的那位小姐，我們想要先離開了。」

「想走就先走吧，沒找到茱蒂我是不會回去的！」

劉宏翔對著那人大叫。

翻譯人員被這麼一吼，摸摸鼻子離開了。他回到其他人那裡說了幾句話，大家就紛紛揹起裝備，準備撤出廣場。

冷言很猶豫自己該不該留下來。他必須回去向關野夜說明趙紫湘的事，但又想要留下來幫忙找茱蒂。掙扎了很久，最後冷言決定先和大家一起離開，等下次退潮的時候再進來幫劉宏翔。於是廣場上只留下劉宏翔不斷對著無線電呼叫，其他人搬運著屍體，趁下次漲潮前離開了洞穴。

一群人離開洞穴之後，先後搭船回到鬼雪島上，地下瀑布前方空地的指揮中心只留下幾個人。

冷言也回到他和施田、吳教授的帳篷稍作休息。

施田一得到消息，立刻和關野夜來帳篷找冷言。

「冷言，你沒事吧？」

「我沒事。」

冷言瞥見施田身後臉色蒼白的關野夜，不忍地嘆了一口氣。

施田察覺兩人之間的微妙氣氛，附到冷言耳朵旁邊小聲說：「我們聽說發現了趙紫湘的屍體，不過小夜還不敢去看，她想從你口中確認這件事。」

冷言點了點頭表示了解。

「小夜。」冷言說。

突然被叫到名字，關野夜嚇了一跳，身體稍微跳動了一下。

冷言從口袋裡拿出趙紫湘那已經完全變形的膠框眼鏡。

「對不起，我只來得及幫妳留下這副眼鏡。」

關野夜立刻就紅了眼眶，但是她極力忍住，沒有哭出來。一直到她接過冷言手上的鏡框後，眼淚才終於止不住地決堤。

施田默默退出了帳篷。

關野夜已經顧不得形象，趴在冷言身上大哭。冷言根本想不出任何安慰的話，只能輕輕扶著關野夜，讓她的眼淚濡濕自己半邊肩膀。

「湘……湘湘……」關野夜一邊哭一邊叫著趙紫湘的名字，「湘湘她……她近視好深，她……不能沒有眼鏡的……」

冷言的身體跟著關野夜抽噎的頻率起伏。她的悲傷彷彿一大群蟲子筆直鑽入冷言的心臟，然後隨著血液流竄到全身，一直到佔據所有血管之後，開始囓咬起內臟、肌肉。冷言的手腳開始微微發抖，身體跟著慢慢失去力氣，最後連大腦也逐漸停止運轉。

上一次有這樣的感覺，是祖父過世的時候。那種悲傷像銘記一樣，永遠都回想得起來。

悲傷的蟲群在兩人之間流竄了許久，直到施田再度出現在帳篷時才中斷。

「好消息！好消息！」

施田一臉開心地掀開帳篷的門簾。

冷言用表情示意他放低音量，關野夜並沒有顧忌自己的身分，繼續趴在冷言身上啜泣。

「你們兩個聽我說。」施田沒有按照冷言的意思放低音量，還刻意提高了聲音說：「那具屍體不是趙紫湘！」

關野夜聽見施田的話，立刻回頭盯著他看。

「你說那具屍體不是湘湘？」

「不是。」施田說，「我剛剛去看了一下屍體，那具屍體已經被岩石砸得面目全非，光從臉根本無法判斷出是誰。雖然也是女性，不過確定不是趙紫湘的屍體。」

「真的嗎？太好了！」

關野夜破涕為笑，剛才悲傷的情緒彷彿像是演出來的一樣。

「是嗎？原來不是她啊！」

原本在冷言夢中面目全非的臉，逐漸清晰了起來。那副膠框眼鏡好端端地戴在趙紫湘臉上，即使說笑也不會改變的一號表情此刻讓冷言感到無比開心。

雖然屍體的身材和趙紫湘相似，臉卻被落石摧毀到無法辨認。進入洞穴的人又必須穿著相同的服裝，說起來自己根本只是靠膠框眼鏡就認定那是趙紫湘的屍體。

不過冷言立刻想到自己還不能高興得太早。雖然屍體不是趙紫湘，但她也只是從死亡名單上被移到失蹤名單上罷了，還是必須進入洞穴進行搜救。

「對了，既然屍體不是趙紫湘，那是誰呢？」冷言問，「照理說洞穴裡應該沒有其他人了，為什麼會出現另一具屍體？」

「這說起來就奇怪了。」施田說，「聽說那具屍體是本來應該和吳教授他們在另一座島上，一名叫做白石夏希的生物學家。」

「有人看到她進去洞穴裡嗎？」冷言問。

「我不曉得。」施田回答，「你也知道我日文不通，問得到這些已經很了不起了。」

事後調查的結果，並沒有人看到過白石夏希。不過這件事情的重要性，在當時還沒有人發現。

北方島嶼（五）

藤原清吾已經帶著救援隊在島上進行了將近五個小時的搜索，目前為止還是沒有發現任何蛛絲馬跡。光靠最初得到的一點點訊息，果然還是不夠。

本來以為應邀拍攝節目應該是個打響名氣的好機會，沒想到事態竟然變得這麼嚴重。萬一繼續出現犧牲者，自己的名字被牽扯進來大概也不會是什麼好事。

鬼雪島那邊已經出現兩名犧牲者，還有兩個人下落不明。如果繼續派救援隊進洞穴找人，說不定還會有更多人犧牲。

藤原清吾看了看時間，已經下午三點了，他決定讓大家先休息一下再繼續找人。這座島比鬼雪島小得多，六個人其實花兩個多小時就可以把整座島大略搜尋過一次。休息之後就是第三次搜索了，不過照這樣來看找到人的機會不大。

通知大家原地休息之後，藤原清吾又看了一下沙灘的方向，確定船還好好地停放在沙灘上。雖然出發前曾經想過是不是該換搭其他的船，不過事態緊急，船也不太夠，自己又是搜救隊隊長，只好硬著頭皮搭上這艘船。

即使很順利就從鬼雪島來到這裡，藤原清吾還是覺得心裡不舒服。

這艘船今天早上在鬼雪島東岸的淺灘被發現，船本身沒什麼問題，也沒有損壞。讓藤原清吾感到不舒服的是，這艘船本來是幾天前出發來這座島上的隊伍所搭乘的船。這支隊伍幾乎全員失蹤，唯一沒失蹤的白石夏希竟然在鬼雪島的洞穴裡被發現，而且已經成為一具屍體。

白石夏希是自己划著船回到鬼雪島的嗎？她又為什麼會跑進洞穴裡？還有沒有其他人一起回來？她的死亡是意外嗎？

種種情況給人的想像空間實在太大了，大到藤原清吾很難不去聯想到流傳在這一帶的鬼魂之說。

藤原清吾本職是沖繩島上的漁夫，野外求生只是無意中發展出來的專長。因為接受過許多旅遊節目的邀約，不知不覺就被稱為野外求生專家。其實他只不過是不捕魚的時候，經常在這一帶的無人島上「找東西」罷了。有時後找到忘了時間，或是突然下起大雨，他就會在島上過夜。偶爾他也會看一些野外求生手冊，久而久之就這麼自學了一套野外求生的技術。

他是聽說有人在沖繩島西南方海域的這些小島上發現黃金，才會這麼熱中於這項尋寶行動。不過他並沒有親眼見到黃金，即使真如傳言所說，得到黃金的漁夫也不一定會讓其他人知道。

所以他也沒有讓電視台的人知道這件事，他可不希望自己的興趣受到干擾。

不過如果是撞鬼經驗，漁夫們可是唯恐天下不知。光是渡邊川親口說的釣魚撞鬼事蹟就聽了好幾遍，再加上別人一再轉述，藤原清吾都快要誤以為是自己撞鬼了。當然零星也聽到一些漁夫閒聊時提到在附近這一帶看到「奇怪的東西」，不過他推測應該很多都是漁夫們喝酒找話題時編造出來的。

雖然藤原清吾本身不是很相信鬼魂之說，不過聽多了總是會下意識想避開。像這次就是，這艘船總是讓他想到渡邊川撞鬼的事，才會老覺得不自在。

藤原清吾看休息的時間已經差不多，通知大家繼續進行搜索行動。他料想這次大概還是無功而返，所以心思完全飄到其他地方去。

一開始發現那艘船的時候，大家還以為派到這座島上的人回去了。結果不但沒找到半個人，還從洞穴裡拖出一具被落石砸得幾乎不成人形的屍體。

藤原清吾認為那艘船不太可能是這個叫做白石夏希的女性獨自划回鬼雪島，一定有其他人幫忙。但是幫忙的人為什麼回到鬼雪島上就失蹤了？一共有幾個人回去了呢？

最大的問題是，在這座島上到底發生了什麼事？

根據通訊人員得到的資訊，探險隊伍到這座島上後，發現了一個位於地面上的洞穴入口。藤原清吾等人前來的目的就是找到這個入口，但這已經是第三次搜尋了，還是找不到。

難道是跑錯島嶼了？

附近海域大大小小的無人島有幾十個，跑錯島也不無可能。不過藤原清吾經常在這附近活動，他有自信應該不會搞錯地方。

這麼說來可能是洞口的位置在很難發現的地方，像鬼雪島的洞穴就是要等退潮才看得到洞口。如果是這樣，想找到就得靠運氣了。

藤原清吾邊走邊想，回過神來才發現四周只剩下他一個人。

他走到島嶼的一處岩岸，岩石被海水侵蝕成各式各樣的奇形怪狀。和有人類活動的海岸不同，這裡不會到處是塑膠袋、寶特瓶這類的人造垃圾。灰色的岩石表面有寄居蟹在爬行，海水也是透明得可以看見在岩石間游動的小魚。

今天是陽光普照的好天氣，太陽照射在海面上的反光令人感到耀眼。如果不是參加節目，藤原清吾這時候大概是在某個無人島上尋寶吧。

那些反射的光線真的很耀眼，耀眼到讓藤原清吾有些不耐。

煩死了，光線那樣閃啊閃的，根本靜不下心來。偏偏又忘了把墨鏡帶著，再這麼閃下去，就算眼睛瞎了也不奇怪。

遍尋不著洞穴的焦躁讓他感到心煩，內心忍不住浮現奇怪的念頭。不過話說回來，那些光線真的有點不尋常，藤原清吾從來不像今天這樣覺得海水反射的太陽光如此刺眼。

他忍不住朝著光線的方向走了過去。

他發現並不是全部的光線都這麼刺眼，只有在某處的岩石之間閃著特別耀眼的光線。

藤原清吾慢慢靠近岩石，然後一腳踏上潮濕的岩石。原本停在岩石表面的一大群海蟑螂受到驚嚇，紛紛逃了開來。他伸手去撈沉在水底那個令人討厭的反射源，撥開表面跟著被撈起來的沙土。

「這是……」

藤原清吾手中出現的是一個他從來沒看過的銀幣。銀幣上刻著他看不懂的文字，所以也無從得知是哪一個國家的錢幣。

這下子他再也不對那些光線反感了！

在海浪的沖刷下，被困在岩石所形成的天然障蔽內的，除了幾隻藤原清吾從來沒見過的白色小魚之外，還有池底大量的金銀錢幣。

「找到了！我找到了！」

藤原清吾因為太過興奮，沒發現還有其他人在附近就忍不住叫了出來。這聲音引起了注意，透過無線電的聯繫，其他五個人很快就聚集到這裡。

「找到了嗎？在哪裡？」

聚集過來的五個人還不知道藤原清吾發現的是錢幣，當然藤原清吾也不打算和這些人分享他的發現。

本來他努力想著該怎麼蒙混過去，不過在同樣的地方還發現了一個灌滿空氣的黑色塑膠袋。塑膠袋的袋口打了個結，灌滿空氣後和排球差不多大小，拿起來沉甸甸的，明顯裝了什麼東西。

他拿了塑膠袋，趕在其他人發現他的位置之前，儘可能移動到遠一點、看起來像是可能發現塑膠袋的地方。

「我發現了這個！」

他特意舉起手中的塑膠袋揮舞。

很幸運地其他人並不關心發現的地點，紛紛靠過來看藤原清吾手中的塑膠袋。

「有人發現洞穴嗎？」藤原清吾問。

紛紛搖頭，沒有人找到洞穴。

「看來這是唯一發現的東西了。」藤原清吾一臉嚴肅地說著違心之論。

風變大了，海浪打在岩石上激起白色的水花。藤原清吾忍不住偷偷看了一眼錢幣藏身之處，擔心大浪會把他好不容易才發現的東西給捲走。

「趕快打開看看裡面是什麼！」眾人不停催促藤原清吾。

仔細想想，塑膠袋其實是個重大的發現啊。這是無人島上曾經有人類來過的證明，尤其在一整隊人馬無故消失之後，這更可能是他們所留下的東西。

藤原清吾在心中默默記住這個島，打算之後再回來把錢幣帶走。決定之後，他開始想辦法打開塑膠袋。本來他想解開袋口的結，但是袋口綁得很緊，花了很多時間還是打不開。後來他索性拿出瑞士刀，直接在塑膠袋上劃出一道裂口。

刀子剛刺進去的時候，塑膠袋發出一聲「啵！」的聲音，然後就整個消氣癟了下去。藤原清吾先把刀子收起來，然後徒手將塑膠袋扯破。

看到塑膠袋裡的東西之後，包括藤原清吾在內的六個人都忍不住發出歡呼聲。袋子裡的東西是屬於探險隊的機會很大，眾人甚至根本就認為這是探險隊所留下的。不過他們讀不懂當中的訊息，必須先把東西帶回鬼雪島上，再找看得懂的人來看。

六個人決定在天黑之前先搭船回鬼雪島。雖然沒有找到洞穴，但是這台特意被放在塑膠袋裡的中文介面ＰＤＡ已經讓他們找到一絲希望了。

拍攝工作被迫中斷已經無法避免，即使導演佐伯涼介再怎麼有魄力，大概也無力改變現況。

自從藤原清吾帶回在北方島嶼發現的ＰＤＡ之後，可以感覺到鬼雪島上的氣氛風向完全改變了。一股不安的情緒開始在眾人之間發酵，大部分的人都蠢蠢欲動，想要離開鬼雪島。

導演和幾位領隊不斷開會討論接下來的行動。隨著接連而來的意外，會議決定的內容也不斷在修正。最新的結論是在ＰＤＡ的內容翻譯出來之後所下的，島上只留下搜救隊以及部分醫護人員，其他人先全部撤離。

接下來的搜救行動也大致確定了，繼續派人到北方島嶼尋找失蹤的探險隊員。根據ＰＤＡ的紀錄，主要目標是找到內容所描述的洞穴入口。鬼雪島這邊則是搜尋失蹤的趙紫湘以及茱蒂，還有將劉宏翔帶離開洞穴。

事情已經發展到無法完全封鎖消息的地步。現在必須爭取時間，在媒體聞風而至之前，讓事件告一段落。

冷言和施田在看過吳教授留下的紀錄之後，決定明天一早跟著搜救隊前往北方島嶼。今晚兩人很早就進帳篷休息，儲備好明天的體力。不過冷言躺了很久都無法入眠，除了擔心吳瑞祥之外，ＰＤＡ的內容也讓他非常在意。

「怎麼了，睡不著嗎？」

施田發現冷言翻來覆去了很久，忍不住開口問。

「前輩，你也還沒睡啊。」

「你在旁邊翻來翻去我哪睡得著，老人家很不容易入眠的。」

施田知道冷言在擔心吳瑞祥，其實他自己也擔心得睡不著，不過他還是想辦法說些可以讓兩人心情比較放鬆的話。

「對不起……」

「不用道歉，我知道你擔心教授。」

「教授ＰＤＡ的內容有些讓我覺得很在意。」

「你是說最後那一段紀錄嗎？」施田說，「那些內容真的很令人擔心。」

「這點我也很擔心，不過我說在意的意思是有些紀錄讓我覺得很奇怪。」

「譬如說哪些地方呢？」

「根據吳教授的紀錄，白石夏希因為發燒昏迷，被留在距離起點不遠的地方。假設她醒過來之後，靠教授留下的藥暫時控制住病情。但她是如何離開洞穴，駕船回到鬼雪島呢？」

「怎麼想都應該是其他活著的探險隊員帶她離開的吧。」

「那麼其他人呢？如果還有其他人一起回來，為什麼沒有出現？另外，教授說用來爬出洞口的繩子被解開了，那麼他們又是怎麼離開洞穴的？」

「會不會是小澤雪？教授也說小澤雪可能爬出去了。」

「但教授也提出了疑問，小澤雪為什麼要將繩子解開呢？而且搜救隊到那座島上並未發現小澤雪，也沒有跡象顯示駕船回來的人是小澤雪。如果爬出洞穴的人是她，為什麼她會消失了呢？」

「先撇開小澤雪不談，其他人呢？有沒有可能是其他人帶著白石夏希離開洞穴的？」

「根據紀錄，除了教授之外還活著的男性，只剩下小林真讓或五十嵐力哉其中一人。目前最有可能的情況，就是這個人帶著白石夏希離開洞穴，駕船回到鬼雪島。」

「他們的船是在哪裡被發現的？」施田問。

「在沙灘上，是一個叫做尾田平次的老人發現的。」

「所以帶白石夏希回來的人先把她帶進洞穴裡，然後駕著船回到沙灘？」

「有可能是這樣。不過為什麼要帶白石夏希進洞穴？她已經在發高燒了，照理說一回到這裡應該馬上找醫生治療才對啊。」

「比起這件事，我更在意紀錄裡出現那個『疑似地底人』的傢伙。」施田說，「那傢伙到底是哪裡冒出來的，幾乎把探險隊的人全殺光了。」

冷言想起茱蒂的話。本來他的想法和茱蒂一樣，認為世界上不可能有地底人存在，不過吳教授的紀錄卻讓他對自己的想法開始產生懷疑。雖然還不至於立刻改變立場，不過確實讓他心生動搖。

「那傢伙……為什麼要殺人呢？」

比起地底人殺人，冷言認為兇手是探險隊隊員的可能性更高，只是地底人存在的事實已經漸漸變得無法忽視。如果兇手是探險隊的隊員，從紀錄來看應該是小林真讓或五十嵐力哉其中一人。

本來帶著度假的心情來到鬼雪島，突然接到的恐嚇信案件還沒著落，現在又一下子發生這麼多意外，讓冷言感到手足無措。他思考了很久，好不容易才從這些複雜的情緒中理出一點頭緒。

冷言以前曾經遭遇過幾次殺人事件，因為是很明確的人為事件，調查的目標和方法都很明確。這次的事件雖然也牽涉到死亡，但因為是大自然的力量所造成，即使想調查也無從著手。

如果只看鬼雪島這邊發生的事，也許冷言的思考還是不會有所進展。即便是原本就應該發現的矛盾之處，可能也會因為情緒的影響而忽略了。但是在北方島嶼所發生的事，有一部分很明顯是人為事件，這和冷言以前遭遇殺人事件的經驗很類似。

透過吳教授的記載，總算是讓冷言找到了著力點。

冷言反覆看著列印出來的紀錄，有幾件事讓他覺得很奇怪。如果不是吳教授在ＰＤＡ上不小心輸入錯誤，那麼事件的原貌可能和紀錄有很大的出入。

此外，紀錄裡有一件事讓冷言非常在意，就是吳教授他們發現洞穴魚時所討論的內容。他一直覺得這件事像是某種提示，這麼形容連他自己也覺得可笑，不過這種感覺卻揮之不去。

還有白石夏希的屍體。

屍體被發現時壓在岩石底下。經過藤木醫師的初步勘驗，屍體身上多處骨折的傷應該都是岩石從高處落下擊中造成。雖然傷的來源應該是沒什麼疑問，不過冷言總覺得好像遺漏了什麼重要的事。

「對了，關野夜明天會離開鬼雪島嗎？」施田的話打斷了冷言的思緒。

「喔……嗯，她本人是不想回去，不過聽說經紀公司非常堅持她必須離開這裡。」冷言說。

「換成是我，在趙紫湘生死未卜的情況下，一定也會想留在這裡。大概又是什麼合約規定之類的限制吧。」施田說，「算了，反正也睡不著，我出去外面抽根菸。」

施田說完離開了帳篷，冷言則是繼續剛才思考到一半的事。

他想起茱蒂和自己在廣場時的對話，那是茱蒂失蹤前最後的談話。茱蒂拿著在洞穴裡抓到的蜘蛛，興致勃勃地向他說明嗜洞穴性和真洞穴性兩種品種蜘蛛的不同。他記得當時茱蒂好像說她想到一件無關緊要的事。現在回想起來，她口中這件無關緊要的事，說不定可以解釋茱蒂為什麼會從洞穴裡突然消失。

「我記得她說了『奇怪』，到底是什麼事讓她覺得奇怪呢？是蜘蛛的品種嗎？還是蜘蛛的大小呢？」

冷言一直反覆回想兩人之間的對話。這時有個想法蹦了出來，那種感覺真的就像被閃電打到腦袋，突然有道白光閃過他眼前。他二話不說，立刻衝出帳篷，結果和站在帳篷外吞雲吐霧的施田撞個正著。

「怎麼回事？帳篷裡面著火了嗎？」

「對、對不起。」冷言匆匆忙忙道歉，「前輩，我想到一件事，也許可以找到茱蒂消失的原因。不過我現在必須先去找小夜問清楚一件事，你要不要一起來？」

「好，我和你一起去。」

施田難得地把才抽了幾口的菸捻熄，跟著冷言來到關野夜的帳篷外。

帳篷外有兩個人邊聊天邊抽著菸，他們看到冷言想進入關野夜的帳篷，趕忙上前阻止。那兩個是被派來看守關野夜的帳篷，避免她受到打擾的電視台工作人員。冷言和他們各自說著自己的語言，在帳篷外僵持了一會兒。

施田不打算和這兩個人周旋下去，乾脆隔著帳篷直接對關野夜說：「關小姐，冷言有事想找妳！很重要的！」

聽到是施田的聲音，關野夜沒多久就走出帳篷。她和那兩名工作人員說了幾句話，兩人互看一眼就默默退開。

「怎麼了？」關野夜問。

「有件事想和妳確認一下。我怕妳明天離開之後就沒機會問妳，所以趕著今天晚上過來。」

「這樣啊。不過帳篷裡空間太小，還是我們過去沙灘那邊聊。」

三人走到沙灘和營區交界處。今晚沒有月光，繼續往海邊走很暗，所以他們在營區燈光的照射範圍內找了個地方席地而坐。

「你想問什麼事？」

「這時候要妳回想這件事可能很殘忍，不過能不能請妳把那天洞穴崩塌的事儘可能詳細描述一次。」冷言說。

「你指的是……湘湘被困在洞穴的事嗎？」

「是的，這可能和她的失蹤有關係，希望妳儘可能回想。」

「如果可以找到湘湘的話，我一定盡量配合。我應該從哪裡開始說起呢？」

「就從你們進入那個佈滿鐘乳石的落石區開始吧。」

關野夜花了點時間回想，冷言邊聽邊提出問題，當時的情況就這樣斷斷續續拼湊了出來。

導演佐伯涼介發現鐘乳石洞穴的時候，認為這是個可以發揮的地方，因此演員組和器材組的人馬在這裡停留拍攝了很久。拍攝期間探索組的人無事可做，因此稍作停留之後就繼續往內推進，來到後來茱蒂消失的地下廣場。透過殘留在石壁上的痕跡，劉宏翔判斷海水應該不會淹到這裡，因此打算把廣場當成暫時的營地。萬一還要繼續向內推進，才不用每次都要趕在漲潮前離開。

於是探索組在廣場紮營，演員組和器材組在鐘乳石洞拍攝。事後透過拍攝的母帶進行推算，兩邊人員分開的時間大約有一個半小時之久。

廣場區和鐘乳石洞穴之間的通道就是在這時發生崩塌。

本來演員組和器材組的人打算把岩石移開，清出通道。但這時已經開始漲潮，海水漸漸淹進鐘乳石區。兩邊用無線電討論過之後，決定演員組和器材組的人員先離開洞穴，等退潮再進來。

「等到我們決定離開的時候，已經太慢了。」關野夜說。

因為洞穴內高度並不一致，其中有一段在還沒滿潮前就完全被淹沒。趙紫湘和死去的那名燈光師來不及離開，最後才被困在裡面。

「湘湘可能是因為不會游泳，所以才不敢潛水游出來。」

「我曾經到過鐘乳石區，那裡的穴頂我想大概有三公尺高，滿潮時那裡會被淹沒嗎？」冷言提出了疑問，但是在場的三人都沒有答案。

「我記得的大概只有這些，這樣就能知道湘湘的下落了嗎？」

「要實際進去找找看才知道，不過妳已經給了我很大的幫助。」冷言說，「只要她還活著，我一定會想辦法找到她。」

關野夜滿懷希望地看著冷言。她不想給冷言太多壓力，所以一句話也沒說，不過她決定相信他的話。

「前輩，明天的行程我想改變一下。」冷言說，「吳教授就麻煩你跟著搜救隊去找，我要留在鬼雪島上把茱蒂和趙小姐救出來。」

「你已經知道她們兩個人在哪裡了嗎？」施田問。

「不，我只能希望她們會在我推測的地方。如果她們都還活著的話，隨時有可能會移動位置。」

「你剛剛問鐘乳石區會不會被淹沒，是認為湘湘可能靠著海水和穴頂之間空隙活了下來。」關野夜問。

「這當然也很有可能。不過如果和我推測的一樣，即使洞穴整個被淹沒，她還是有機會活下來。也許機會很小，不過我還是想親自去確認。」

「你放心吧，吳教授我會負責救回來，你就留在這邊把兩位小姐找出來。」施田信心滿滿地說。

「那我也要留下來！」大概是被現場的氣氛打動，關野夜也跟著激動起來，「我決定違反合約，留下來幫忙。」

「喔，不錯喔！施伯伯會聲援妳。」

「前輩，你別煽動她啦！」冷言說，「像小夜小姐這麼受歡迎的明星，違反合約要賠很多錢的，除非你有錢可以幫她賠。」

「沒關係，我不怕賠錢！我想幫忙救湘湘！」關野夜說。

「小夜小姐，先冷靜下來，別忘了導演也很需要妳，他的立場現在是最艱難的。」

冷言的話讓關野夜想起導演男友，總算稍微冷靜了一點。

「請相信我，我會盡全力把湘湘小姐救出來。而且……」

說到這裡冷言突然住嘴。

「而且什麼？你話不要說一半啊。」看冷言欲言又止，施田急忙問道。

冷言很後悔不小心把話說得太快，他平常不會在沒有十足把握的情形下隨便作出承諾。不過在經歷一連串的自責與無力感之後，面對這好不容易找到的施力點，他無論如何也想用全身的力量抓緊。即使事後被認為是吹牛也好，這次他想就這麼作出承諾。

「我會把湘湘小姐救出來，而且……」冷言還是猶豫了一下，「我希望能夠把地底人的真相帶回去給妳。」

尾田平次的二〇二〇年

尾田平次自從跟著電視台的人來到鬼雪島上之後，就一直在尋找當年小船登陸的地點。畢竟已經是六十幾年前的事了，尾田平次對自己十歲左右的記憶實在是沒什麼信心。雖然不太記得當年和美緒姑姑、龍太郎登陸的地點，不過食物被偷的事情讓他印象非常深刻。

電視台的人一上岸就忙了起來。尾田平次實際入鏡的鏡頭只有幾個，拍完之後根本沒有人去注意他在做些什麼。

當年和美緒、龍太郎逃到島上之後，尾田平次就再也沒看過他們。他們後來究竟發生什麼事，成了這六十多年來尾田平次心中最大、也最想知道的謎團。

尾田平次還記得的事情不多，而且就算說得出來也不一定完全正確。他記得當時自己一個人在島上生活；他記得後來被美軍送回沖繩島；他記得家族的人大部分都在戰爭中死亡或失蹤。

回到沖繩島後，尾田平次有很長一段時間沒再想起龍太郎他們，甚至沒再想起島上的事。也許是所謂人類生存的本能，讓他自動將那段時間的記憶消除。不過不知道從什麼時候開始，他偶爾會夢見自己在海上搭著小船。漸漸地，船上開始出現其他人。先是美緒姑姑，然後是龍太郎，最後連拓也姑丈也出現了。

大概三十五歲的時候，尾田平次結了婚。沒多久，小孩也出生了。他的人生並沒有因為什麼事情而停滯，小孩一一長大、結婚，接著又各自有了自己的孩子。尾田平次越來越覺得自己已經活得差不多了，只要解決了這件事，他就可以安心隨著妻子的腳步離開。

最近尾田平次有時會覺得臉頰微微刺痛，這讓他想起龍太郎當年那一巴掌。那個成天被自己欺負的「大便男」後來究竟去了哪裡？為什麼美緒姑姑和龍太郎留下自己一個人獨自生活在島上，再也沒有出現？

配合電視台的要求拍攝完成之後，尾田平次就可以在島上自由行動。說是行動，其實只不過是到處走，找找有印象的地方。畢竟他也已經七十幾歲，要像年輕人那樣上山下海已經不太可能了。

他沿著鬼雪島的海岸慢慢走，但是說實在的他對這座島沒什麼印象。他記得那時候獨自一人將小船拉上岸，把船當成據點過活。美緒姑姑他們留下一些食物，不過很快就吃完了，之後只好到島上其他地方找食物。他不會生火，所以只能撿樹果或採集一些看起來可以吃的植物。他聽說自己被美軍發現的時候，已經餓得奄奄一息，但是他本人對那段記憶的印象很模糊。

倒是有件事他記得很清楚。

雖然當年年紀還小，不過他多少還是了解必須趁自己有力氣的時候多儲存一些食物的道理。他把找來的食物集中在被他當成家的船上，有好幾天的時間，他都專注在找食物這件事情。雖然不確定是不是全都可以吃，不過幾天之後，小船上也堆滿了各種他認為是食物的東西。

然後他生了一場病，又吐又瀉。雖然有一整船的食物，但是根本無法進食。接下來幾天他都處於半昏迷狀態，覺得自己大概會就這樣死掉。沒想到最後他還是熬了過來，大病初癒的那一刻，他突然覺得肚子好餓。

雖然身體還是很虛弱，不過意識總算是比較清楚。他想起船上有他到處去找來的食物，於是拖著虛弱的身體來到放船的地方。

對了，生病的這段時間自己是在哪裡度過的呢？他記得自己從「某個地方」奮力移動到船上的過程，但是「某個地方」是哪裡呢？

比起這個，更重要的是船上食物被偷的事。他回到船上的時候，本來幾乎滿滿一船的食物剩下不到一半。而且現在回想起來，剩下來的說不定都是不能吃的東西。

尾田平次那時候以為是美緒姑姑和龍太郎拿走了，所以不但沒有生氣，甚至還覺得很高興。他從剩下來的東西裡挑了一些敢吃的東西吞下肚，等體力恢復了一點就開始到處找美緒姑姑和龍太郎。

這一找，就找了六十幾年。

電視台的工作人員說有食物被偷的時候，這段記憶很快就回到尾田平次腦中，既鮮明又清晰。他認為美緒姑姑他們不可能在這座島上生活六十幾年，那時單方面認為食物一定是被他們拿走的想法也隨著消失。

聽說電視台的人來這裡是為了找地底人，說不定真的有這回事。他想地底人大概就跟鬼一樣，來無影去無蹤，才會大家都找不到。他希望自己運氣可以好一點，讓他看到美緒姑姑和龍太郎的鬼魂。或者至少讓他可以在夢裡問個問題，和他們兩個人說說話。

尾田平次從海邊慢慢走回自己的帳篷。

電視台讓他拍攝的是一些口述當年實景的畫面，以及他帶著工作人員在海邊說明如何獨自將小船拖上岸的情景。當然拖船以及在船邊看到「疑似」地底人的情節，是由另外一個小孩來扮演。

電視台的人告訴他明天可能就要離開島上，要他收拾行李。尾田平次沒帶多少東西，兩、三件換洗衣物幾乎就是全部了。這是最後一晚，未來大概也不可能來這座島，他想趁離開前再到處找找看有沒有能夠喚起當年記憶的地點。

他拄著枴杖緩緩走到沙灘上，沙灘是他當年最初接觸這座島的地方，也許比較容易想起些什麼事。最近一到晚上，他就覺得全身骨頭痠痛。如果不靠枴杖，光是移動就要耗掉他不少體力。在沙灘上拄著枴杖行走比想像中困難，只要力量施加上去，枴杖就會陷入沙地中，根本就難以發揮功能。尾田平次在沙灘上前進幾步就放棄了，他怕萬一走太遠會回不來。

今天應該是接近滿月的日子，但是雲層太厚，月亮幾乎被雲層遮蔽。尾田平次只能趁月亮偶爾露出來的時候，才勉強看得到海面。就在他決定放棄最後這個晚上，打算回帳篷休息時，突然看見反射著月光的海面上出現一艘搖搖晃晃的小船。

尾田平次一開始以為自己看錯了，又仔細盯著海面看了很久。他的眼睛雖然老花，但是遠方的東西還算看得清楚，海面上確實有艘小船緩緩朝著鬼雪島前進。

那是電視台的工作人員嗎？對了，聽說他們派了一隊人馬到其他無人島上，大概是那些人回來了吧。

尾田平次一直盯著小船的方向看，船上隱約看得到人。他想看清楚船上有幾個人，可是月亮剛剛被雲層擋住，黑暗中什麼都看不到。

不知道有幾個人呢？他目不轉睛看著同一個方向，等待月亮出現那一瞬間。

不久，雲層被風吹散，海面再度反射月光。光線隨著海浪閃爍著，勉強可以當成夜晚的照明，尤其是在這沒有人工光源的無人島上。

尾田平次突然想到，如果真的見到龍太郎的話，有什麼想對他說的呢？他很感謝龍太郎的那一巴掌。現在回想起來，如果不是那一巴掌，也許自己根本不會有獨自在島上活下去的勇氣。

再度見到小船時，小船已經被推到沙灘上，不過周圍卻沒有半個人。剛剛還在船上的人，現在全都不見了。

如果只有一個人的話，用「全都不見了」有點奇怪吧。

對了，他想到要說什麼了。如果可以見到龍太郎，尾田平次想要親自向他道謝。他不打算問為什麼他們不告而別，為什麼把他獨自一人留在島上。他想對龍太郎和美緒姑姑，甚至是拓也姑丈說：「謝謝你們……」

第三部

VOC

1

冷言走出高鐵車站外，四處尋找白色的YARiS自用小客車。離約定時間還有十分鐘，冷言心想梁羽冰應該還沒到，於是放棄尋找。他拿出筆記本小心翼翼打開，在空白頁中夾了一張照片，照片上是一小塊灰黑色、形狀不規則的布料。布料原本應該是白色的，整個打開後大概有一般手帕的大小。布料的上端有一小部分是紅色，下端則是藍色，中間白色的部分畫了一個黑色的符號。符號中央是個V，V左邊的斜臂上疊了一個O，右邊疊了一個C。

冷言一開始對這個符號完全沒有頭緒，不過上網查了一下立刻就知道這是荷蘭東印度公司Verenigde Oostindische Compagnie的簡稱VOC。也就是說這塊布料可能是當年荷蘭東印度公司所使用旗幟的一部分。

荷蘭東印度公司於一六二四年佔領當時還沒有實質政府統治的台灣，在大員（今台南市安平區）設置據點，以台灣為貨物轉運站進行貿易。一直到一六六二年被鄭成功打敗為止，這段時間為台灣歷史上的荷據時期。

為了追查這塊布料可能的來源，冷言來到了台南。

他事先已經和江教授約好見面的時間，等一下和梁羽冰會合之後就會直接過去安平古堡找他。

事件竟然牽扯到四百多年前的荷蘭東印度公司，完全是出乎冷言意料之外的事。在鬼雪島時好不容易說服關野夜先回日本，隔天冷言和施田分別在鬼雪島和北方島嶼跟著救援隊展開搜索。北方島嶼的搜索幾乎毫無所獲，別說失蹤者，連洞穴入口都沒找到。唯一的收穫就是在發現

ＰＤＡ的海邊找到為數不少的錢幣，目前日本方面正針對這些錢幣進行調查。鬼雪島這邊倒是進行得相當順利。事情的發展雖然和冷言想像的有些出入，不過以結果來看算是好的。

結束島上的搜救，從鬼雪島回台灣之後，冷言立刻針對在鬼雪島上的發現展開調查。這塊寫著ＶＯＣ的布料就是冷言著手調查的其中一件事。

冷言把照片收回筆記本，梁羽冰的白色YARiS這時候也剛好到達。

梁羽冰昨天到台南出差，得知冷言今天會到台南進行調查，臨時決定多留一天跟著。鬼雪島的事件梁羽冰已經從關野夜那裡得知部分內容，今天除了充當司機之外，主要是希望更深入了解整個事件的詳情。

「好久不見啊！」梁羽冰對坐上副駕位子的冷言打招呼。

「是啊，好像自從上次鎧甲館的事件之後就沒再見面了。」冷言說，「已經快四年了吧。」

「有這麼久啦！」梁羽冰一臉驚訝的表情，「可是你看起來完全沒變耶。」

「妳的意思是我保養得好，還是打扮過時？」

「你外表是沒變，不過倒是變得很會拌嘴啊。」

梁羽冰和冷言最早是在雙子村的案件中認識，那已經是快八年前的事了。當時梁羽冰還只是一名剛進警察機關不久的新人，現在職位雖然還是不高，不過總算可以獨立調查案件。因為和冷言一起經歷了雙子村和鎧甲館的事件，對他評價甚高，才會介紹給關野夜。

梁羽冰隨著衛星導航的指引，來到安平路上。她把車停在安平路上，和冷言步行走到安平古堡。他們和江教授約在寫著「安平古堡」的石碑前見面，兩人抵達時已經有一位中年男子站在石碑前抽著菸。

冷言上前詢問那名抽菸的男子：「請問是江教授嗎？我是前幾天和您聯絡的冷言。」

「嗯、嗯。」男子用力吸了最後一口菸，然後從口袋裡拿出一個鐵盒子把菸捻熄，菸蒂收進盒子裡。

「我是、我是。」江教授收起菸蒂盒後和冷言握了握手，「你就是冷言喔，名字很特別。」

江教授雖然是用台語交談，不過「冷言」兩個字大概因為唸起來拗口，乾脆夾雜著用國語發音。

「那是我的筆名，讓您見笑了。」

「要不要找個地方坐下來聊？」江教授的笑容讓冷言覺得非常親切。

江教授是台灣荷據時代歷史研究的權威。他曾經親自到荷蘭海牙的國立中央檔案館，將用古荷蘭文手寫和台灣相關的檔案整理成原稿，其後並翻譯成中文出版了四大冊的《熱蘭遮城日誌》。熱蘭遮城就是安平古堡的舊稱，荷據時期因為交通不便，因此荷蘭東印度公司為了確實掌握殖民地的一舉一動，要求各據點的總督逐日記下殖民地所發生的點滴事情，以日誌的形式寄往巴達維亞（現在的印尼雅加達），再轉送回荷蘭。其中關於台灣的紀錄有一部分就是《熱蘭遮城日誌》。

冷言得知ＶＯＣ是荷蘭東印度公司的縮寫之後，便開始在網路上搜尋相關的資料。但是他所找到的文字資料對於那段時期的歷史描述都過於制式，無法解答他的疑惑。搜尋資料期間，他得知江教授對荷據時期歷史有相當深入的研究，於是透過各種管道，輾轉找到他本人。

「今天沒什麼人參觀，我們直接在這裡找地方坐下來聊好了。」

江教授帶著兩人到一處樹蔭下的長椅坐著。

「你說有問題想問我，是什麼問題？」江教授單刀直入問道。

冷言拿出照片交給江教授，江教授一看到照片裡的圖像，立刻認出那是荷蘭東印度公司的旗幟。

「這是哪裡來的？」江教授問。

「說明整件事的來龍去脈可能要耽誤教授一點時間。」

為了解釋旗幟碎片的來源，冷言簡明扼要說明了整件事情的始末。他從接受關野夜的邀請到鬼雪島開始談起，江教授和梁羽冰都很專心聆聽冷言的說明。

「我和施田前輩分別跟著搜救隊行動，我和搜救隊在退潮後再度進入鬼雪島的洞穴內。」冷言和搜救隊沿著先前留下的引導繩用最快的速度前進，一口氣直奔地下廣場。抵達廣場時，原本應該在廣場的劉宏翔已經不在了。冷言從吳瑞祥的紀錄中得到啟示，出發前就先透過高恩煥將他的推測翻譯給搜救隊的人了解。

搜救隊一抵達廣場，立刻根據冷言的推論，開始在廣場進行搜索。在ＰＤＡ的紀錄中，吳教授和方力曾經在一處水池討論池中的洞穴魚可能有人飼養，這讓冷言聯想到茱蒂曾經在地下廣場拿給他看的洞穴生物。當時茱蒂一共讓冷言看了三隻生物，並且仔細說明其中兩隻蜘蛛的不同。但是真正和茱蒂失蹤有關的，冷言認為可能是第三隻生物「洞穴蝦」。

「茱蒂告訴我說那三隻洞穴生物都是在地下廣場抓到的。」冷言說，「但是海水淹不到廣場，地面上大大小小積水的水池都是地下水滲透岩層滴落在廣場地面形成。洞穴蝦不可能滲透岩層出現在廣場，如果在哪個水池當中出現了洞穴蝦，表示這個水池可能和某處有洞穴蝦的水脈相通。」

根據這個想法，冷言推測廣場某個積水處應該有可以通往別處的通道，這應該就是茱蒂消失的途徑。有了搜尋的方向，搜救隊果然很快就在靠近廣場邊緣一個較大的積水處發現了通道。

「茱蒂應該也發現了這件事，所以趁大家睡著的時候，獨自去確認。」冷言說，「後來不知道是什麼原因，茱蒂沒有從通道回來。」

地底洞穴本來就是個沒有光的世界。這個位於廣場邊緣的水池，在茱蒂消失當時可以說是搜索上的死角，沒有人想到池底竟然會有通往別處的通道。

雖然發現了茱蒂消失的通道，但是通道入口相當狹窄，想揹著氧氣筒通過是不可能的事。搜救隊事先就考慮到這點，因此帶了類似醫療用內視鏡的裝備。搜救隊先將可彎曲的光纖鏡頭置入通道，確認通道內的狀況。那是一個類似U字形的通道，另一端出口從接收到的影像來判斷，應該是個小型的地下湖。從光纖鏡頭置入的距離來看，應該不需要氧氣筒，直接憋氣潛水過去即可。

「所以你們都潛水過去了嗎？」江教授對冷言描述的事產生很大的興趣，等不及想知道接下來的發展。

「沒有，只有兩個人潛了過去。因為我們的目的是救人，只要找到人就要立刻離開洞穴。」冷言說。

「所以茱蒂小姐確實在通道的另一側嗎？」江教授問。

「是的，找到的時候人已經很虛弱。雖然還不知道她為什麼沒有回廣場這邊，不過目前沒有生命危險，已經送回日本本島的醫院進行治療。」

為了找尋茱蒂而留在洞穴裡的劉宏翔也和茱蒂一起被發現，不過發現的時候人已經死了。於是兩名搜救隊的人員先將茱蒂送出洞穴，劉宏翔的屍體先留在原處，等之後再來處理。

冷言和其他人繼續尋找失蹤的趙紫湘。尋找趙紫湘這部分還有很長的後續發展，但是為了快點進入主題，冷言跳過了這部分的說明，直接談到上面印著ＶＯＣ圖案的旗幟。

「照片上這個旗幟就是在找到茱蒂的地方發現的。」冷言說。

根據搜救人員的描述，兩人潛水通過通道後，另一端出口確實如先前所探測的是個小型地下湖。他們很快就在湖邊發現昏迷的茱蒂，茱蒂被發現時原本身上穿的衣服已經被脫下放在一旁，身上裹著奇怪的動物毛皮和髒污的布料。從一旁濕透的衣服來判斷，應該是怕失溫而換下原本的衣服。但這是茱蒂自己換下還是其他人幫她換的，必須等茱蒂醒過來之後才知道。

「這塊印著ＶＯＣ的旗幟就是茱蒂身上裹著的布料其中一部分。」冷言說。

茱蒂裹在身上的除了動物毛皮之外，還有用粗糙手法拼接起來的布料。在運送茱蒂的過程中，這塊被認為是荷蘭東印度公司旗幟一部分的布料被岩石勾住撕裂了。搜救人員當時不知道這是什麼，只覺得可能是重要的東西，一起帶了回來。

「你說除了旗幟之外，還有動物的毛皮，你知不知道是什麼動物的毛皮？」

「好像是鹿皮。救難人員當中有考古方面的專家，他們認為那應該是從台灣輸出的鹿皮。如果把旗幟和鹿皮聯想在一起，也許可以把鹿皮想成是十七世紀荷蘭東印度公司運送的貨物。」冷言說，「因為這個發現極具考古價值，在我們離開鬼雪島之後，日本政府立刻就接手派人進入洞穴調查。」

和廣場相通的地下湖是地下河支流的末端，探險隊沿著支流找到地下河主流之後，繼續沿著主流往上游探索。這次的探險隊是日本官方單位正式派遣，無論人員或設備都比當初電視台自己找來的陣容更加精良。類似藤原清吾那樣的無照專家，在這次的探險隊當中完全沒有。吳瑞祥教授發明的蝙蝠機被正式採用在這次的行動，對鬼雪島地下洞穴的調查成為日本相關單位未來重要的計畫之一。

「聽說後來派遣的探險隊又發現了一些其他物品，包括可能是十七世紀的日本白銀、中國的黃金和一些錢幣。」冷言說，「當然目前的發現還很有限，要確定這些東西是不是和VOC有關需要更多資料。不過我自己進行的調查發現，包括鹿皮、日本銀、中國黃金，都是荷據時期荷蘭在台灣進行轉口貿易的主要貨物。」

冷言的調查進行到這裡，產生了一個疑問。十七世紀荷蘭在亞洲的貿易路線主要是這樣：十一月到隔年三月，船順著東北季風由日本航向台灣，將日本運來的白銀於台灣卸下。台灣出發的船航向巴達維亞，將從中國得到的部分黃金運往巴達維亞。五月到九月為西南季風，船運胡椒香料由巴達維亞出發航向台灣，台灣出發的船則運中國生絲前往日本進行貿易。金銀主要儲藏於台灣，視情況分配到需要的地方。鹿皮則主要從台灣銷往日本。

從這樣的貿易路線來看，鹿皮、日本白銀和中國黃金會同時出現在位於沖繩島西南方海面上的鬼雪島是一件奇怪的事。

首先，日本白銀應該是出現在由日本航向台灣的船上，鹿皮應該出現在由台灣航向日本的船上，而中國黃金應該出現在由台灣航向巴達維亞的船上。假設金、銀是為了資金的調度分配，但同時出現在從台灣運鹿皮前往日本的船上也不太自然。鬼雪島的位置在台灣到日本之間的航線上，有鹿皮出現表示船是由台灣航向日本，假設要運黃金到日本交換其他貨物，似乎也不應該出現日本白銀。

再者，發現的物品當中還包括了十七世紀的荷蘭銀幣。其中一面是獅子站立的圖案，另一面是一個穿著盔甲的人持刀向後看的圖案。根據銀幣上的字樣，當中有很多是一六四一年製造的荷蘭盾。根據紀錄，一六二〇年代，中國金銀比為一比八、日本為一比十三，輸入中國黃金到日本交換白銀有高獲利。但是一六三七年之後，黃金輸入日本獲利不高，幾乎不再輸入黃金到日本。

「假設在洞穴裡發現的這些物品都是同一時期留下的，一六四一年之後在台灣前往日本的船上應該也不會有黃金才對。」冷言說，「從我查到的資料來看，當時輸入黃金到日本已經沒什麼利潤了。」

「所以你認為這些東西是十七世紀VOC的商船留下的？」江教授問。

「啊，對不起，因為這一陣子我幾乎整個人投入了那段時期的歷史研究，說明上好像有點跳躍性思考了。」冷言不好意思地說，「其實除了那一小塊旗幟之外，我並沒有什麼直接證據證明這些東西和VOC有關。只是在查詢資料的過程中，發現這些東西都是當時的貿易品，很自然就認為可能是VOC的商船留下的。」

「如果單從發現的物品來看，能思考到你這個地步已經很了不起了，你要不要考慮來當我的研究生？」江教授再度露出親切的笑容。

「這個……」沒想到會在這種情況下接到成為研究生的邀約，冷言露出尷尬的表情。

「我開玩笑的啦！研究歷史的人就是要有幽默感，不然那麼多枯燥的資料沒辦法消化啦。」江教授說。

冷言和梁羽冰對看了一眼，露出意味深長的微笑。

「你有沒有想過可能是海盜搶奪了VOC的商船。」江教授回到主題，「如果是海盜，那不管有什麼東西都不會奇怪了。而且你說發現東西的地點是在無人島的洞穴裡，說不定那個無人島在十七世紀的時候曾經是海盜的據點。」

「我倒是沒考慮過海盜的可能性……」

如果是海盜的話就說得通了。也許不只是VOC的商船，還有其他的船也遭到搶奪，所以才會聚集了原本不應該同時出現的東西。

「現在可以想成兩種情況。」江教授說，「第一種情況就和你說的一樣，這些東西可能是十七世紀VOC的船留下。如果是這種情況，遭遇船難的可能性很高，東西應該是同一艘船留下。第二種情況就是我說的海盜把無人島當成據點，把搶來的東西藏在島上。因為你說東西都是在地下洞穴裡找到的，我認為第二種可能性比較高。」

「教授這麼一說，我也覺得可能是海盜留下來的，這樣比較說得通。」冷言說。

「也許還有其他可能。我知道有位林博士對荷據時期VOC在台灣的貿易有深入的研究，我幫你聯絡看看，也許他會有不同的見解。」江教授說。

「那就麻煩教授了。」

2

梁羽冰在衛星導航上輸入江教授寫給他們的地址，開始導航。根據衛星導航的顯示，大約十五分鐘可以到達目的地。

這輛YARiS是梁羽冰剛買不久的新車，雖然一個人開著上下班很方便，但是只要上坡或載人總覺得很吃力。原廠給她的建議是加九五的無鉛汽油，不過有位同派出所的學長建議她可以試試九八無鉛。不知道是不是心理作用，她覺得改用九八無鉛之後馬力好像真的變強，而且好像也更省油。

至少現在車上坐著三個人也還不至於讓車子出現疲態。

江教授因為對整件事情很感興趣，所以把原本的行程取消，跟著他們一起前往林博士家裡。

林博士住在離安平古堡不遠的地方，梁羽冰隨著導航的指示，將車子轉進最後一個彎。林博士站在一幢透天厝前面招手，顯然已經等了很久。他引導車子進入車庫，笑容滿面地迎接三人。

「江教授，你怎麼也來了，不是說等一下有事嗎？」

林博士是個身材微胖的男性，戴著倒三角形的透明膠框眼鏡，留著五分平頭，臉形和身體看起來都圓圓的。

「因為事情聽起來很有趣，忍不住就跟了過來。」

江教授和林博士大概已經相當熟稔，不待林博士招呼，已經自行脫鞋走進位於車庫旁的大門。

「鞋子脫在門口就可以了。」林博士說。

冷言和梁羽冰換上室內拖鞋，跟在林博士身後進入大門。

「是不是上去書房？」江教授問。

「對，到書房要查什麼資料比較方便。」

於是走在最前面的江教授代替林博士，領著三人來到書房。

書房位於三樓，冷言一走進書房就被房內驚人的藏書量所震撼。書房是個挑高的長方形空間，除了位於短牆面上的入口之外，其餘三面都是由地面延伸到天花板的書架。在大約兩公尺的高度，沿著書架做了狹窄的空中走道。背對門口的左側在書架上直接製作了階梯可以登上走道，放在高處的書可以站在走道上拿取。

書房中央有一個木質長形書桌，四個人可以圍坐在書桌前進行討論。

因為江教授在電話中只大略提到VOC旗幟的事，所以冷言很快地把鬼雪島的事件，以及對於VOC旗幟和金、銀、鹿皮的相關推論說了一次。

「難怪江教授願意把事情丟著跟過來，這可是很不得了的發現啊！」林博士說，「先撇開金銀的部分不說，你說還發現了鹿皮。一共發現了多少鹿皮？」

「其實只有穿在茱蒂身上那一件，暫時還沒有發現其他的。」

「如果只有一件，可能不具什麼代表性，不過我們暫時先把鹿皮這個因素考慮進去。那金、銀和錢幣的量呢？」

「詳細的數量要再去問日本那邊才知道，我畢竟只算是私人調查，無法得到很詳盡的資料。不過我聽說發現的金、銀數量很多，到底多到什麼程度我就不清楚了。」

「你說錢幣有很多是一六四一年的荷蘭盾，假設這些東西是同一時間被帶到鬼雪島上，至少我們可以從一六四一年之後開始思考。如果再考慮到出現台灣的鹿皮，我們可以把時間壓縮到一六四一年到一六六二年荷蘭人撤離台灣這段時間。當然前提是假設這些東西是ＶＯＣ的貨物。」

林博士說到這裡，突然站了起來。

「你就算有興趣也用不著肅然起敬吧。」江教授說。

「我是想去拿份資料。」

林博士爬上沿著書架建造的空中走道，在書架上找著資料。

「我覺得找到東西的地方可能比找到哪些東西來得重要。」林博士背對著底下三人，邊找資料邊說。他的身形讓人覺得當初空中走廊似乎應該設計更寬一點。

「所以我才會提出鬼雪島可能是海盜據點的說法。」林博士的話讓江教授對自己提出的論點顯得相當得意。

「江教授，醜話先說在前頭，我並不贊成海盜這個說法。」林博士還是沒有回頭，認真地找著資料，「我聽一些研究海盜歷史的朋友說，海盜搶劫商船之後，大部分都是把搶到的財寶找地方花光，就算留著也是留在船上。會把寶藏藏在某個無人島，然後無意中被英勇的主角發現是只有小說才會出現的事。」

「林仔，你話別說死了，等我回去找到文獻再來反駁你。」

「你不用回去找，我已經找到了。」

林博士拿著一本檔案夾回到書桌前坐著。

「已經找到是哪個海盜藏的了嗎？我就說話別說死嘛。」

「我都說我不贊成海盜的論點了。」林博士說，「這是我以前寫論文的參考資料，裡面有ＶＯＣ在台灣轉口金、銀和鹿皮的一些紀錄。」

林博士翻開厚厚的檔案夾，找到他要的那一頁。

「我們先看看鹿皮的資料。」他說，「ＶＯＣ基本上是利用台灣當作轉口站來進行亞洲地區的區間貿易，鹿皮算是主要貨物之一。台灣的鹿皮幾乎全部都運到日本，從一六三三年開始一直到荷蘭人離開台灣，每年都有大量鹿皮運往日本。」

林博士手指沾了沾口水，快速翻找著資料。

「如果只看一六四一年到一六六二年之間的資料，除了一六五一年的數量不詳，其餘每年都有三萬件以上的鹿皮輸入日本，最多的一六五九年甚至超過十三萬件。如果鬼雪島上發現的鹿皮數量很龐大，也許可以認為是運送鹿皮的商船遇難漂流到島上。不過只有一件的話，可能就無法認為是運送鹿皮的商船。」

「那運送金、銀的商船呢？」冷言問。

「金、銀的部分大致上和你說的差不多。在台灣和日本之間的航線上，什麼情況下會同時出現中國黃金和日本白銀，我可能要想一想。」林博士說，「我認為那些應該是遇難船留在島上的東西，但不一定是ＶＯＣ的商船，說不定是其他遇難船隻。」

「你想到什麼了嗎？」江教授問。

「嗯……」林博士皺著眉頭，似乎在猶豫該不該說出他的想法。

「難不成你是擔心我會搶先把你的發現寫成論文發表。」江教授說，「你都認識我多久了，我是這種人嗎？」江教授的語氣聽起來有點生氣。

「不是這樣啦！」林博士急忙解釋，「我只是突然想到最近發現一筆資料，說不定和這些東西有關。不過我認為世界上應該沒有這麼湊巧的事情，所以猶豫該不該說出來。」

「反正現在也沒頭緒，你就拿出來大家研究一下。」

林博士起身從角落的書架取出一本檔案夾。沒人說話的時候，這間書房顯得異常靜謐。

「這是我去年整理的一些資料，本來我也沒有特別去注意，只是把可能相關的東西整理在一起。不過剛剛說的事情，讓我想到這些資料。」

林博士從檔案夾裡抽出一張另外用夾鏈袋封存的紙。那張紙不只是髒污泛黃，邊緣也毀損得相當嚴重。

「這是我去年偶然在淡水紅毛城附近一家古董店發現的，是一封用古荷蘭文寫的信。」林博士說，「因為年代久遠，保存得也不是很好，內容有點毀損。大致上可以看出是一六六一年寫的，收件人是一個叫做凱瑟的人。信的內容談到一艘叫做『葛羅雷號』的船，還有茉莉和阿夏琳這兩個人。內容雖然很片段，不過大概可以判讀出是一封報平安的信。第一次看到的時候，我認為大概是某個『葛羅雷號』船上的水手寫給家人的信。」

「一六六一年不就是鄭成功攻打荷蘭人那一年。」江教授說，「知道是幾月幾日寫的信嗎？」

「正確的日期已經無法判讀。去年得到的這份資料後，我本來只當成一般的歷史文件保存。年初為了寫一篇論文，我又重新讀了一次《巴達維亞城日記》裡和台灣相關的資料，結果發現了一件有趣的事。」

林博士另外拿出一本紫色書皮、A4開本的厚重書籍，那是他把列印資料自行裝訂成冊的自製書籍。

「《巴達維亞城日記》在一六六一年三月十三日那一天的紀錄當中，也出現了一艘叫做

『葛羅雷號』的貨船。」林博士把書翻到他說的那一頁，推到其他人面前，「你們看這裡，這一天有一艘『葛羅雷號』商船出發前往台灣。」

那是已經翻譯成中文的《巴達維亞城日記》內文，林博士手指著的「葛羅雷號」後面用括號附上了船名原文。剛剛拿出來的那封信也放在旁邊，他同樣指出內文中用古荷蘭文寫的「葛羅雷號」。不過仔細看，兩份文件當中的「葛羅雷號」原文有一個字母不同。

「這兩份文件當中都出現了『葛羅雷號』這艘船，雖然有一個字母不一樣，不過我認為那應該是中文翻譯抄寫時發生的筆誤，這兩艘『葛羅雷號』是同一艘船的可能性很大。」

「對不起。」梁羽冰突然出聲打斷林博士的話，「我知道突然打斷大家討論的氣氛很不妥當，不過可不可以告訴我什麼是《巴達維亞城日記》？」

「咦，妳不知道什麼是《巴達維亞城日記》？」林博士露出驚訝的表情，「那我們到目前為止的討論妳聽得懂嗎？」

「這……」梁羽冰雖然已經很習慣長官問她這個問題，不過被警察以外的人問還是頭一次。所以「其實不是很了解」這句話，她實在不好意思說出口。

「請林博士替她稍微說明一下，其他的部分事後我再解釋給她聽。」冷言出面幫梁羽冰打圓場。

「好吧。」林博士倒是沒有表現出不高興的樣子，「巴達維亞就是現在印尼的雅加達，在十七世紀時是荷屬東印度公司在亞洲的總部。《巴達維亞城日記》的全名是：巴達維亞城所保存有關巴達維亞城及荷屬東印度各地所發生的事件日記。主要記載巴達維亞城貿易狀況以及日常生活的紀錄，是研究當時亞洲區間貿易以及巴達維亞城發展的重要史料。如果還是聽不懂，妳可以把它想像成是日記和帳本的綜合。」

「原來是日記和帳本啊……」梁羽冰的表情實在很難判斷她是不是真的聽懂了。

「我可以當作她已經聽懂，繼續剛才的話題嗎？」

「不好意思，請林博士繼續。」冷言說。

「剛才說到我認為這兩艘『葛羅雷號』應該是同一艘船。從『葛羅雷號』離開巴達維亞的時間來推算，船抵達台灣的時間應該差不多是鄭成功攻打熱蘭遮城的那段時間。這麼想之後，我立刻去查《熱蘭遮城日誌》那段時間的記載。但是不管我怎麼找，就是找不到《熱蘭遮城日誌》上有『葛羅雷號』出現。」林博士說到這裡，語氣又熱烈了起來，「其實這不是什麼特別現象，雖然從巴達維亞派出前往台灣的船，很多會在《熱蘭遮城日誌》上有紀錄，但是也有紀錄不詳的。如果我的假設正確，這封信上的『葛羅雷號』就是三月十三日從巴達維亞派出的『葛羅雷號』，情況就變得很有趣了。」

「為什麼？」冷言問。

「當時到台灣來的商船，大部分都是在現在的台南入港進行交易。而我這封信是在淡水附近的古董店找到的，也就是說寫這封信的人可能在淡水登陸過。當時荷蘭人在淡水以西班牙人留下的紅毛城為據點，所以我推測這艘『葛羅雷號』可能到過那裡。我現在正在找紅毛城當時的日誌，可能需要一些時間才能確定有沒有關於『葛羅雷號』的記載。如果在日誌中找到關於『葛羅雷號』的紀錄，也許可以知道『葛羅雷號』抵達台灣的時間。」

「你認為洞穴裡的東西可能和『葛羅雷號』有關？」江教授問。

「應該說我不覺得會有關係，而且有關係的機會微乎其微，但是這個例子提供了一些思考上的可能性。」林博士說，「我相信還有很多其他類似的例子，可能是失事的船隻、人為導致紀錄遺失的船隻。或者因為一些我們這個時代難以想像的因素，而無法找到相關紀錄的船隻。那些東西可能是已經被歷史遺忘的片段，也有可能是我們還沒找到和它們有連結的歷史事件。」

「繞了一大圈，我覺得結論聽起來好像是『你不知道』，不曉得我的理解有沒有錯？」江教授說。

「簡單的說是這樣沒錯，不過你們專程跑來問我，我希望可以用證據說服你們我真的不知道。」林博士抓了抓頭髮，「難道沒有更進一步的線索或資料嗎？」

「資料的話應該是有，不過日本政府一得到消息，就立刻把那座島的調查列為國家計畫，單憑我很難得到進一步的資訊。」冷言說。

「我最近會幫你找找看有沒有可能和那些東西相關的紀錄，你如果有進一步的訊息也請告訴我，我對這件事很有興趣。」林博士拿出一張名片交給冷言，「我們保持聯繫。」

「好的。」冷言也拿出名片和林博士交換。

結果這趟台南之旅收穫不多。和江教授、林博士分開之後，冷言和梁羽冰找了家餐廳用餐。席間，冷言將鬼雪島的事件更詳細地說給梁羽冰聽，她也終於搞清楚那些歷史性的問題。

晚餐後，梁羽冰送冷言到高鐵站。在回程的路上，冷言繼續思考林博士最後提出來的例子。

冷言下星期會再度前往日本，這次同樣還是受到關野夜的邀請。名義上是感謝冷言在鬼雪島時的大力協助，但其實是因為關野夜沒時間到台灣來，所以把冷言請去日本說明發生在鬼雪島和北方島嶼的事件詳情。

本來冷言想透過電話或者網路說明，但是關野夜卻興奮地說偵探破案本來就是要聚集所有關係人，然後帥氣地指著其中一個人說：「兇手就是你！」

當然冷言不會因為關野夜個人的任性就特地飛一趟日本。對他而言，說明案情倒是其次，他主要是想看一看趙紫湘。聽關野夜說趙紫湘的右腳因為被石頭壓住的時間太久，組織有點壞死。不過幸虧還不至於到需要截肢的地步，只要能持續復健，應該可以恢復得很好。

另外他也想見茱蒂一面。她身體沒什麼大礙，再過不久就要回美國。不知道未來還有沒有機會遇到，所以冷言也想趁這次到日本時和她見面。

也許是連日來的疲勞累積，列車還沒過台中，冷言就沉沉地進入夢鄉了。

3

床頭的播音器響起護士的聲音：「有一位叫做冷言的人要探病，現在方便嗎？」

「可以，請他直接進來。」尹欣雯說。

沒多久，房門口就響起敲門的聲音，尹欣雯從沙發上起身開門。躺在病床上的人本來已經睡著，這陣騷動讓他醒了過來。

「沒事，是冷言來了。」

回到病床旁的尹欣雯輕聲細語地說。冷言跟在她身後朝著病床上的人點了點頭。

「吳教授，抱歉打擾到你的休息。」冷言說。

「是冷言啊，沒關係，反正我睡一整天了，正愁沒人陪我聊天。」

「你這麼說對我很失禮耶。」

原本想撒個嬌的尹欣雯說完才想起小了自己十多歲的冷言還在一旁，臉色「唰！」的一下子通紅。

「我……我去幫你們買飲料。」尹欣雯幾乎是用跑百米的速度衝了出去。

被留在病房內的冷言和吳教授之間出現了一陣小小的尷尬。

「對不起……」吳教授先開了口。

「沒、沒關係，這表示教授和欣雯姊的感情很好。」

「不是說這個啦。」吳教授說，「我道歉是因為我的『臉盲症』又讓大家傷腦筋了。」

「這不是教授的錯。」冷言說。

吳瑞祥雖然及時得救，但是探險隊的其他人到目前為止都還沒找到。不過在吳教授的說明下，已經找到北方島嶼地下洞穴的入口，日本也已經派出搜救隊。

「我今天是來向教授報告好消息的。」冷言說。

「兇手已經知道是誰了嗎？是不是地底人幹的？」

發生在鬼雪島以及北方島嶼的一連串事件，雖然有人類無法抵抗的大自然力量介入，不過其中還是發生摻雜了人類惡意的殺戮事件。吳教授算是事件中幸運的倖存者，最後也是靠他所留下的紀錄才能破案。

「兇手就在這次前往鬼雪島的成員當中，不過詳細的情況必須等我回來才能向教授說明。」

「你要去哪裡？」

「我明天會去一趟日本，有些案件的細節必須等我過去才會比較明朗。」

「還去日本啊，以後打死我也不再去日本了。」吳教授說，「算起來，我已經是第三次死裡逃生了，我的命還真是有夠硬。」

「多虧了教授，這次才能夠把你、茱蒂小姐和趙小姐三個人救出來。」冷言說，「幸好你還有使用ＰＤＡ紀錄的習慣，現在幾乎已經聽不到ＰＤＡ這個名詞了。」

「沒辦法，我念舊嘛！」

「本來我還懷疑教授在ＰＤＡ當中的紀錄是不是有錯誤，幸好最終我決定相信教授的紀錄。」

「不過我也真是的，明明很忠實地把看到的東西都寫下來了，自己卻沒發現其中的問題點。」

「在那樣的情況下，能夠冷靜地把事件經過記錄得這麼詳盡，已經很不簡單了。」
「如果當時是你在場，大概不會死這麼多人。」
吳教授的這句話，讓冷言回想起趙紫湘失蹤時的懊悔情緒。
「不，如果是我在場，最後根本就無法破案。說不定……連我也回不來。」
「好了啦！」吳教授突然大叫，「事情都已經結束了，我們兩個別自己把氣氛搞得這麼悲傷。」
「對不起，是我不好。」
「OK、OK，就算是你不好吧，我沒想到你是性格這麼灰暗的人耶。」吳教授說。
冷言無奈地苦笑。
「對了，還有另一件事要告訴教授。」
冷言把回台灣後，針對VOC所進行的調查大致上說明了一下。
「我完全不知道在洞穴裡有那樣的東西，聽起來好像是不得了的發現。」吳教授聽完冷言的說明之後相當驚訝。
「日本政府已經正式接手後續的調查，是不是不得了的發現目前還不清楚。」冷言說，「本來以為可以找到更多類似『葛羅雷號』那樣記錄不完整的船隻資料，結果林博士手邊找得到的紀錄好像還沒發現其他可能的船。」
「考古方面的事情我比較沒興趣，我想知道的是到底有沒有地底人？」
「關於地底人……」
冷言話說到一半，手機突然響了起來。
「沒關係，你先接。」

「教授，不好意思。」

冷言接起手機，是關野夜從日本打來的國際電話。

「嗯，我是。我知道，明天會準時到達，按照妳寫的方法搭車就可以到吧。不用了，我自己過去應該沒問題。」冷言和電話那頭的關野夜說，「有什麼事的話我會和妳聯絡，我的手機在日本可以用。好的，再見。」

冷言按下通話結束的按鈕。

「怎麼了？」吳教授對那通電話的內容相當好奇。

「關小姐打來再確定一下我明天去日本的事。」

「祝你一路順風。」

剛剛離開的尹欣雯這時回到病房，她的身後多了兩個穿著西裝的高大男人。

「你們是？」冷言問。

「你好，我是刑事警察大隊的大隊長。」其中一名男人拿出名片遞給冷言，「我們是來找吳教授的。」

冷言看了名片，是宋大隊長。

「你們找我有什麼事？」

「這位是日本派過來的國際刑警，其實是他想要找吳教授。」宋大隊長說。

「醫院外面好像還有很多警察。」尹欣雯小聲地說。

「日本的國際刑警？」

「其實詳請我也還不是很清楚，如果教授身體狀況許可的話，我們是希望請教授跟我們到局裡走一趟。」大隊長說，「這位田中先生說，日本警方懷疑吳教授是殺人兇手！」

第四部

適者生存

1

冷言靠著關野夜在e-mail中的說明，自己一個人從成田機場轉了幾次車來到箱根。本來關野夜說要派人在成田機場接機，不過冷言和茱蒂約在成田機場見面，而且他也想享受一下自助旅行的感覺，最後婉拒了接機的建議。

他要去的地方是位於宮之下的溫泉旅館「箱根吟遊」。冷言利用在機場等待搭機的時間上網查了一下旅館資訊，看過一些部落格的照片和文章之後，冷言相當期待這家旅館。

巴士沿著蜿蜒的山路上坡，冷言聚精會神注意著站牌資訊，生怕不小心坐過了頭。當巴士在宮之下站停車時，外面已經開始下起大雨。冷言沒帶雨傘，拖著行李箱下車之後，趕緊躲進站牌旁邊販賣機的遮雨棚躲雨。關野夜說旅館就在巴士站牌附近，但現在冷言光是躲雨都很困難了，何況是找旅館位置。

正當冷言考慮要不要先把行李留在原地，冒雨到路上找旅館的時候，一名穿著咖啡色上衣的男人撐著傘從馬路對側小跑步過來。

「冷言先生？」男人用奇怪的腔調問。

冷言朝他點了點頭。

男人的表情由疑惑轉為安心，用同樣不太流利的英文說明他是「箱根吟遊」的接待人員，是旅館特別派來接冷言的。他將手中的傘交給冷言，熱心地幫冷言提行李箱，冒雨衝到路上幫冷言擋住車子讓他過馬路。冷言實在不太習慣這麼熱情的接待，不過他怕站在路中央的接待人員被車子撞飛，也不希望他因為淋雨而重感冒，只好趕緊通過馬路。

幸好旅館就在馬路對面下去的斜坡，不用一分鐘就到了。

關野夜大概都已經打點好了，所以一進入旅館，所有流程幾乎都在接待人員的微笑下完成，沒什麼多餘的語言交談。

「箱根吟遊」是沿著山坡建造的日式溫泉旅館，所以從門口進入的接待大廳其實是位於旅館最頂樓，房間則要搭電梯往「下」到其他樓層。冷言直接被帶到位於一樓叫做「七夜」房間，這讓冷言想起十幾年前一部日本恐怖電影的片名。

從一早就一路奔波，總算可以好好休息一下。雖然是自己堅持不須派人接機，想體驗一下自助旅行的感覺，不過冷言現在卻覺得好像應該要接受關野夜的好意。

這個房間出乎意料得大，除了浴室內有一個石造浴池，室外還有一個露天浴池。冷言後來才知道這是「箱根吟遊」最貴的幾個房間之一。

桌上放著三種小點心，他拿起包裝上寫著「塩蒸小饅頭」的溫泉饅頭拆開來吃。本來只抱著充飢的想法，沒想到這個帶點鹹味的甜饅頭出乎意料得好吃。

沒多久，服務人員將他的行李送來，並告知晚上五點半會在房間裡用餐，屆時關野夜也會過來。現在是下午三點多，距離晚餐還有將近兩個小時的時間。冷言決定晚餐前先泡一下溫泉，有了這個想法之後，他才真正開始期待這間旅館。

洗過澡後，冷言直接走到房間外坐進露天浴池。雖然天氣有點冷，不過泡在溫泉裡卻相當舒服。浴池旁邊有個鯉魚造型的出水口，溫泉水緩緩從鯉魚口中流出。池面浮著一層輕煙，冷言盯著不斷升起的白煙回想和茱蒂在成田機場見面的情形。

茱蒂因為想盡快離開日本這個傷心地，因此直接和冷言約在成田機場見面。他們坐在機場大廳的椅子上聊了幾句，雖然茱蒂對於無法好好答謝冷言的救命之恩這件事非常在意，不過冷言感覺得出她更想立刻離開日本。

打過招呼後，茱蒂的第一句話就是：「只剩我一個人回美國了。」

劉宏翔的屍體後來經過勘驗，確定後腦曾經遭受過重擊。雖然不是造成死亡的直接原因，但法醫推測劉宏翔遭重擊昏迷之後，壓迫到氣管，造成窒息。結論是劉宏翔也有遭到殺害的可能。

茱蒂在洞穴中鼓勵冷言的時候曾經說過，洞穴意外導致她最好的朋友自殺。現在連男朋友也因為洞穴意外而死亡。冷言能夠了解茱蒂內心相當痛苦，因此只有簡單問候了茱蒂的傷勢，對於可能觸動茱蒂的話題都盡量避免主動提起。雖然如此，冷言還是硬著頭皮問了在洞穴過夜當晚的情形，畢竟這是冷言主要的目的。

她和冷言一樣，察覺洞穴蝦的存在不太自然而發現了通道。她並沒有花很多時間考慮就決定要潛水進去查看，萬一通道太長再回頭。沒想到通道比預期來得短，很快茱蒂就到達另一端連接地下湖的出口。因為一開始並不知道會到達什麼地方，所以茱蒂身上只帶了一支小型的隨身手電筒，行李和無線電都放在其他人所在的地下廣場。她靠著手電筒光源找到地下湖的邊緣，才爬上岸就立刻遭到襲擊。

茱蒂被襲擊之後昏迷了一陣子。中途曾經稍微醒來，黑暗中聽見周圍有人在說話的聲音。雖然一度想掙扎著起來，但很快就又昏了過去。

「我自己也很懷疑聽到有人說話的聲音是不是在作夢，但是被襲擊的傷痕倒是千真萬確，到現在都還有點痛呢。」茱蒂說。

「妳還記不記得衣服被換掉的事？」冷言問。

茱蒂被發現的時候，她原本穿的服裝已經被換了下來，身上包覆著動物毛皮和一些髒污的布料。如果不是身上濕透的衣服被換下，在洞穴低溫的環境下，昏迷的茱蒂很可能會因為失溫而死。

「我不記得衣服有被換掉。」茱蒂說，「我恢復意識的時候，人已經在醫院了。」

「這樣啊……」冷言沒有繼續這個話題。

這時機場廣播茱蒂的班機已經可以準備登機，茱蒂毫不猶豫地站了起來。

「回美國之後有什麼打算？」離開前冷言這麼問。

「先休學一陣子吧。」茱蒂回答，「我這段時間不太想接觸和洞穴有關的事情。」

「我明年會找時間去一趟美國，到時候可以去找妳嗎？」

「歡迎啊，到時候可以來我家裡住。」

廣播再度催促著登機。

「再見了，到美國時一定要記得來找我。」

茱蒂拖著行李箱越過大廳，冷言目送著她的背影。出境前，茱蒂還回頭朝冷言揮了揮手。

溫泉的溫度似乎越來越熱，剛好冷言也泡得差不多，打算回房在晚餐前小睡一下。他拿起泡湯前放在一旁的白色浴巾擦拭身體，冷言因為一直有運動的習慣，所以身上的肌肉還算結實。

本來是打算直接換上旅館準備的浴衣，不過穿上之後還是覺得不太習慣，又換回自己的衣服。

晚餐吃的是懷石料理。冷言事先已經查過一些部落格的文章，從照片看起來，應該是相當豐盛的一餐。不過泡過湯之後，冷言已經覺得肚子有點餓。結果打算小睡一下的計畫，也因為把時間用來吃光桌上其他的小點心而終告失敗。

2

冷言用舌尖稍微試了一下餐前酒的味道，檸檬酒的味道和想像中不太一樣，不過很可口。他把倒三角形藍色瓷杯中的酒一口氣喝光，帶點苦澀的甜味讓味蕾一瞬間清醒過來。

同桌還有另外三人。導演佐伯涼介的神情和在鬼雪島的時候不太相同，明顯多了一份輕鬆寫意，仔細看會發現其實是個五官端正的帥氣男子。關野夜比起在鬼雪島的時候似乎更加迷人了，天生散發出來的大明星氣質完全掩飾不住。最狼狽的大概要算是還必須拄著柺杖走路的趙紫湘了。她的復健進度雖然很順利地進行，不過據說要完全不靠柺杖走路還需要幾個月。

四個人分坐在冷言房間的長桌兩側，不習慣坐在和室桌用餐的冷言總覺得腳好像不知道該放哪。

「我已經請他們上菜的速度慢一點，讓我們可以好好談話。」關野夜說，「名偵探冷言，你可以開始解謎了。」

突然被點到名的冷言手忙腳亂地把酒杯放回桌上，杯腳不小心碰撞到裝著開胃菜的碟子，發出清脆的聲響。

「其實你們都已經知道是怎麼回事，應該已經沒有需要特別解釋的謎團了。」冷言說。

坐在冷言對面的趙紫湘把冷言的話翻譯給不懂中文的佐伯涼介了解。他聽完後說了句日文，意思是請冷言可以完整解釋一次他對整個事件的思路。

「導演用的可是類似中文『請求您……』這樣的語法喔。」坐在冷言右手邊的關野夜作了補充，「而且，真兇的身分目前還是只有你自己知道啊。」

「因為在不完全確定兇手是誰以前，隨便提出來我怕會變成栽贓嫁禍。」冷言說。

「那現在可以講了吧。」

冷言點了點頭說：「按照順序說明的話，本來應該是要從關小姐收到恐嚇信開始。不過為了讓大家更能理解事件的紋理，我會按照我的思考邏輯來進行說明。」

由於吳瑞祥教授所留下的紀錄，讓冷言意識到鬼雪島以及北方島嶼所發生的可能是有目的性殺人事件。因此從這份紀錄開始說明，對整件事的來龍去脈應該會比較清楚。

「我最先注意到的，是因為腳受傷而高燒昏迷的白石夏希。」冷言說，「我能夠推測出事件大致上的原貌，她是最重要的關鍵。」

在白石夏希身上最大的謎團，就是原本應該在北方島嶼上的她竟然離奇死於鬼雪島的洞窟中。因為北方島嶼探險隊所搭乘的船在鬼雪島的淺灘上被發現，而且目擊者尾田平次證實他的確看到有人將船停靠在沙灘上。所以推測可能是白石夏希和探險隊當中的某人一起搭船回到鬼雪島。

除了吳瑞祥教授之外，尚未死亡的應該還有小澤雪以及小林真讓、五十嵐力哉兩人其中一人。所以可能是這當中有人救出了白石夏希，然後一起搭船回到鬼雪島。

「按照紀錄看，小澤雪可能獨自爬垂降繩離開了洞穴，並且把繫在洞穴外的垂降繩解開丟入洞穴內。所以我一開始認為可能是小澤雪救出白石夏希和五十嵐力哉或小林真讓其中一人，然後一起搭船回到鬼雪島。」冷言說，「但是有一件事我覺得有點奇怪，就是白石夏希因為腳受傷而發高燒這件事。」

像白石夏希那樣單純的腳踝扭傷，如果沒有合併傷口感染或患者本身有其他重大身體疾病，一般來說是不太可能會發高燒。尤其像白石夏希那樣嚴重到高燒昏迷的情況更是異常。

「因為注意到這件事，所以我特別仔細看了紀錄裡對白石夏希腳傷的描述。」冷言說，「結果我發現吳教授在第一次提到白石夏希腳扭傷的時候，紀錄上寫的是右腳踝。但是後來他幫昏迷的白石夏希檢查腳傷的時候，紀錄的是左腳腳掌腫脹。一開始發現左右腳不同，我還以為是吳教授記錄時發生了筆誤。」

不知是剛好還是真的訓練有素，服務生抓了個非常恰當的時機送上下一道菜。

「你們應該知道吳教授因為腦部受過嚴重外傷，患有『臉盲症』這種罕見疾病，無法靠長相來分辨不同的人。」冷言喝了一口水，繼續剛才的說明，「如果事先知道他有『臉盲症』，再仔細看紀錄的話，其實可以發現他對周遭人身分的認知和我們有一些不同。另外考慮到他物理學教授的身分，我認為他對事件的紀錄應該會有一定嚴謹度。所以我假設他的紀錄是正確的。」

「假設他的紀錄是正確的？」關野夜說，「真是失禮的說法啊！」

「我也知道這麼說很沒禮貌，不過考慮到後續的演變，說不定大部分的人會覺得也許假設紀錄錯誤才對。」冷言說。

假設紀錄是正確的，首先產生的問題就是為什麼紀錄中會出現左右腳不同？因為「臉盲症」這個變因，因此冷言第一個想到的就是吳教授認錯人了。探險隊中的女性除了白石夏希之外還有一名隨隊護士小澤雪，說不定教授把這兩個人認錯了。

「因為教授必須依靠其他的特徵來分辨不同的人，但是因為探險隊穿著相同的制服，所以教授有可能把白石夏希和小澤雪這兩個人誤認了。假如教授誤認了這兩個人，情況會變成什麼樣呢？」冷言說，「首先必須先確定『誤認』是什麼時候發生的。」

吳教授原本和另外三名男性一起進入洞穴深處，後來他單獨帶著方力採集的樣本回頭和兩名女性會合，一起在最初垂降處的營地過了一夜。這段期間他曾經和生物學家白石夏希用英語交談了很久，女方也很明確地寫下自己的名字「白石」給教授看。可以確定到這裡為止教授還沒有認錯人，也可以確定扭傷「右腳」的人的確是白石夏希。

後來教授獨自進入狗洞探路，因為發現一位隊員死亡，回頭想通知白石夏希和小澤雪。結果發現小澤雪失蹤、白石夏希高燒昏迷。這時候教授幫昏迷的白石夏希把「左腳」的鞋子脫下，發現腳掌腫脹變成紫紅色。

「我們可以推測教授就是在這裡把小澤雪誤認成白石夏希。不，其實更早之前的紀錄就可以看出一些端倪。」冷言說。

探險隊進入洞穴的隔天早上，教授和兩名女性決定深入洞穴內部。這時候紀錄寫著白石夏希腳傷越來越嚴重，每隔一段時間就必須吃藥。但是當天早上教授和其他兩人的交談不多，也許這時候他就已經誤認了白石夏希和小澤雪。

「所以我們必須把問題修正成：失蹤的是白石夏希、高燒昏迷的是小澤雪。」冷言說，「雖然無法判斷小澤雪的腳是何時受傷的，不過我們可以推測她的腳傷也許受到了感染，才會因此高燒昏迷。這裡我不針對兩人的腳傷多作推測，重點是我們因為紀錄上的不同，發現了教授可能認錯人了。這麼一來有何不同呢？如果失蹤的是小澤雪，我們會認為她可能利用垂降繩離開洞穴了。但是如果失蹤的是白石夏希，考慮到她有腳傷，我認為單靠臂力要爬繩子離開洞穴似乎有困難。」

其實冷言一開始就認為即使是原本以為沒受傷的小澤雪，單憑她一個女性要爬繩子離開就有困難了。但是因為一直沒有找到小澤雪，也只好接受她已經爬繩子離開洞穴這個說法。現在既然對象換成白石夏希，冷言更覺得她不可能爬繩子離開洞穴。

「先不管白石夏希在當時去了哪裡。既然她和小澤雪都沒有離開洞穴，我們只好認為有一個『一開始就在洞穴外的人』解開了探險隊繫在洞穴外的繩子。」

接著上了一道用雕花冰盅盛裝的生魚片。除了季節性生魚片之外，還有味道非常鮮甜的蝦。四人趁著服務生收拾的空檔，紛紛動了筷子。

「難道不可能是探險隊的其他人利用繩子離開洞穴，並且把白石夏希一起帶走了嗎？」關野夜提出了疑問。

「我也考慮過這個可能性。不過因為在更深處的洞穴內陸續還發生了其他事件，以人數來推算的話，不太可能有人事先就離開了洞穴。」冷言說話的時候還可以感覺到蝦肉留在口內的甜味。

除了吳教授透過小孔目睹的殺人事件之外，在他進入洞穴深處之後，陸續還發生了一名探險隊員被殺害，以及有人追蹤並試圖殺害吳教授。假設前方的三名男性兩人是被害者、一人是兇手，那麼探險隊裡應該沒有其他人能夠在當時離開洞穴。

「教授認錯小澤雪和白石夏希這件事可以說是我後續所有推論的基礎，所以必須在一開始提出來。但是這部分必須在此先打住，我想回頭談談鬼雪島這邊的事。」冷言說，「鬼雪島這邊我想先談的是湘湘失蹤這件事。」

負責翻譯的趙紫湘雖然事先已經知道會談到自己，不過聽到自己的名字時，還是不自在地推了推眼鏡。她現在戴的眼鏡是出院後才去配的。她聽了關野夜的建議，選了線條比較柔和的金屬框，不過顏色還是偏黑的色調。

「最初我們在岩石底下發現白石夏希的屍體時，曾經一度以為是趙小姐。事後得知屍體是白石夏希之後，我立刻聯想到一個問題，那就是白石夏希是什麼時候在鬼雪島的洞穴裡被岩石壓死的呢？」冷言說。

在鬼雪島洞穴的落石區裡一共發生了兩次坍方。第一次是在探索組進入廣場之後，這次的坍方讓探索組和後面的演員、器材組被分隔在落石兩邊。第一次坍方之後沒多久海水開始漲潮，演員組和器材組先撤退出洞穴，趙紫湘和燈光師兩人因為來不及撤退被困在漲潮後的洞穴內。

第二次坍方發生在退潮，大約是在救援隊進入洞穴前後的時間。因此白石夏希被壓在岩石底下，一定是在其中一次坍方中發生的。

「此外，更重要的問題是白石夏希是何時進入洞穴內的？」冷言接著說，「第一次坍方發生當時，落石區有很多人。而且坍方發生後，探索組和演員、器材組的人還隔著落石堆通話。如果白石夏希在第一次坍方就被壓在落石下，應該會有人發現。所以我認為，她應該是在第二次坍方才被壓住的。」

同桌其他三人當時都在場，紛紛點頭同意冷言的推論。

「這麼一來，白石夏希進入洞穴的時間就變得很重要。」

說到這裡，冷言停一下喝了口清酒。不知道是不是因為年紀漸長的關係，以前不喜歡的清酒味道，現在卻覺得和生魚片格外搭配。

其他人也跟著動筷子，這道生魚片似乎相當得到讚賞。一邊享受美食一邊進行解謎，從旁人的眼光來看，大概會覺得這四個人還真是悠閒！

「除非白石夏希在隊伍進入之前人就已經在裡面，否則從拍攝隊伍進入一直到離開這段時間，白石夏希來到落石區的話一定會被隊伍的人發現。所以她進入洞穴內的時間，應該是在隊伍撤退到發生第二次坍方這段期間。」

「但是這段時間白石夏希不可能進入洞穴內啊！」關野夜提出了相當關鍵的問題。

冷言所指出的這段時間，整個落石區完全是被海水所淹沒的。因此白石夏希要在這段時間進入洞穴內，根本是不可能的事。

「妳說得沒錯。」冷言對關野夜的疑問表示同意，「不但如此，落石區前方的地下廣場以及洞穴的入口處都一直有人，但是卻都沒有人看見白石夏希。也就是說她不但不可能進入，而且也沒有方法可以進入。但是，這是在一般常識下所得出來的結論。有一種情況白石夏希不但可以在這段時間內進入洞穴，而且也有方法可以進入。我就是注意這件事，才會大膽猜測湘湘可能還活著。」

「你說的情況是什麼？」關野夜急著要冷言趕快把話說完，另外兩人也都瞪大了眼睛等著冷言說出解答。

「如果白石夏希在被落石砸中之前就已經死亡的話，就有可能在那段時間內進入充滿海水的洞穴內。」

從三人的反應來看，這確實是出乎他們意料之外的答案。一開始發現屍體時以為是趙紫湘，因此當成意外處理，並沒有特別確認死亡時間。即使後來確認屍體是白石夏希之後，也因為當時情況越來越混亂，屍體並沒有機會進入司法相驗的程序。因此這是其他人第一次聽到關於白石夏希死亡時間的推論。

冷言接著說：「這麼想之後，又衍生出另一個問題。如果白石夏希是在死亡之後才進入洞穴內，那就必須有人把她的屍體帶進去。但是要從哪裡進去的疑問一樣沒有解決。基於石灰岩洞穴錯綜複雜的特性，於是我假設，洞穴內可能還有其他出入口。」

「你的意思是兇手帶著屍體從其他的入口進出洞穴？」關野夜問。

「沒錯。」冷言說，「我之所以敢作這麼大膽的假設，其實是湘湘的失蹤給了我提示。如果在這段時間內沒有進入洞穴的方法，同樣地，困在裡面的湘湘小姐也沒有出來的方法。但既然她在這段時間裡從洞穴內失蹤，就表示要進入也是有可能的。」

原本在島上的最後一天，冷言打算和施田一起前往北方島嶼參與救援。但是因為對茱蒂和趙紫湘的失蹤有了新的推論，決定留在鬼雪島，才得以及時救出兩人。

「但是洞穴這麼長，你要怎麼知道另外那個入口在哪裡？」

大概因為自己是當事者，趙紫湘忍不住提出了問題。

「只要推算白石夏希可能被帶入洞穴的時間就可以了。」冷言回答，「剛剛說過，她被帶入洞穴的時候，洞穴內應該是完全被海水淹沒的。因此即使有人帶著她的屍體，也無法在洞穴內自由行動。此外，如果這個出入口的位置太低，漲潮時也同樣會被海水淹沒。因此這個出入口必須高於海水漲潮後的位置，也就是說只有在洞穴頂部才有可能。說白石夏希被『帶著』其實不太適合，我認為這個人應該只是在這個出入口，將屍體拋入洞穴內而已。」

「所以說這個出入口一定是在屍體正上方的穴頂，你才會推測我可能利用這個出入口離開而逃過一劫。」趙紫湘總算明白為什麼冷言能夠找到自己的原因。

趙紫湘被救出來之後，描述了當時的情形。她和燈光師因為來不及離開，被漲潮的海水逼回落石區。燈光師在水中被鐘乳石卡住，無法逃脫而溺死。趙紫湘不會游泳，所以想辦法捉住鐘乳石讓身體浮在水中。但是水面越來越高，趙紫湘也越來越接近穴頂。本來她以為自己也會在整個洞穴都充滿海水之後被淹死，但是最後卻很幸運地在穴頂「摸」到一個可以過得去的洞口。因為當時她身邊並沒有照明設備、眼鏡也掉了，惡水之中只能靠雙手觸摸，所以根本不知道自己到了什麼地方。

在這段說明的過程，陸續又上了幾道料理。冷言特別有印象的是一道切成骰子狀的生牛肉，服務生還替每個人準備了一個烤牛肉用的石板烤盤。

「找到湘湘小姐之後，算是間接證明我的這些推論。這時候我注意到一件連我自己都覺得很驚訝的事。」冷言將牛肉放到烤盤上之後，繼續進行下個階段的推論，「接著要再度回頭來看北方島嶼這邊。前面提過，我認為有一個『一開始就在洞穴外』的人把探險隊的垂降繩解開。因為從紀錄內容來看，當時應該沒有人離開洞穴。但是之後竟然有人駕著探險隊的船回到鬼雪島，而且白石夏希還被發現死在鬼雪島的洞穴裡。這些後續事件最初給我的聯想，是探險隊中有人帶著白石夏希離開洞穴，從北方島嶼回到了鬼雪島。」

根據紀錄內容，最後可能還活著的只有五十嵐力哉和小林真讓其中一人。另外就是高燒昏迷，原以為是白石夏希的小澤雪。

「但是這個想法很快就被我自己否定了，我認為不可能有人從洞穴裡逃出來。」冷言說，「首先，垂降繩已經被解開，要從洞口出去除非有人在外接應。至於是不是有另一個出口的可能性，從吳教授尋找出口的過程來看，即使有也不是這麼容易找到。於是我開始思考，如果沒有人離開的話，情況會變成如何？船的問題容易解決，可能是被那名『一開始就在洞穴外』的人駕回鬼雪島。至於白石夏希的情況，我左思右想，無論如何都只得到一個結論。」

大概是覺得口乾，冷言先停下來喝了一口水才繼續說。

「我認為北方島嶼和鬼雪島的洞穴是相通的！」

這件事其實在吳教授被救出來的時候大家就已經知道，不過這時候聽到冷言親口說出推理的過程，眾人還是忍不住倒抽一口氣。

救援隊是在救出趙紫湘的時候，無意間發現已經奄奄一息的吳瑞祥。當時他還是沒有放棄，不斷對著面前的無線電發出聲音求救，才有機會被發現。吳教授從高空墜落的時候，掉落在懸崖邊一塊凸出的岩石上。幸虧高度不高，雖然摔斷了腿，性命卻保住了。

他擔心北方島嶼所發生的事會不見天日，所以把ＰＤＡ用密封袋裝著，丟入底下的地底河流。裝著ＰＤＡ的密封袋順著河水流到外面，被搜救隊的人發現才得以救出鬼雪島以及北方島嶼洞穴裡的人。

因為在北方島嶼的洞穴入口遲遲無法找到，所以當吳教授獲救的時候，所有人都非常驚訝，也才得知原來兩座島嶼的地下洞穴是相通的。也由於吳教授獲救，在他的說明下，終於找到北方島嶼的洞穴入口。

「不過令人意外的是，原本應該是被方力挖開的洞口，找到的時候卻已經又被人刻意隱藏了起來。這件事因為還和其他很多謎團有關，所以我會在最後一起說明。」冷言說，「其實更早之前就已經有跡象顯示兩座島嶼是相通的，只是我沒能及時發現。如果早一點發現，也許劉宏翔就不會死了。」

茱蒂在地下廣場失蹤的時候，劉宏翔曾經試圖用無線電和她聯繫。當時無線電確實接通了，但是卻沒有人回應。在救出茱蒂之後得知她當時並沒有帶著無線電，所以當時無線電接通的對象就相當耐人尋味。事後回想起來，也許無線電那頭接通的是在北方島嶼的人。

「鬼雪島的地下洞穴至少在落石區和地下廣場這兩處有通道和北方島嶼連接。所以白石夏希並不是離開北方島嶼的洞穴，搭船回鬼雪島，而是透過這個通道來到鬼雪島。劉宏翔也是因為這樣才會被殺害。」

「所以兇手是在北方島嶼上的人嗎？」關野夜問這個問題的時候，因為過於激動，整個人都快要貼到冷言身上了。

「是的，我認為殺害探險隊成員以及劉宏翔、襲擊茱蒂和吳教授的人，應該是北方島嶼探險隊的其中一名隊員。」冷言說。

「如果不算生死未卜的小澤雪，兇手不就是五十嵐力哉或者小林真讓其中一人。因為按照紀錄，活著的只剩下這兩人其中一人。」關野夜說，「是五十嵐力哉還是小林真讓呢……」

關野夜這句話像是說給自己聽的，她似乎是想在冷言說出真兇之前搶先一步想出答案。

接著上來的是味噌湯和白飯，如果前面的菜色還不夠填飽肚子，吃了這道菜大概就差不多了。不過在場的只有導演佐伯涼介扒了幾口飯，冷言喝了半碗湯，其他兩個女生則是直接把餐盤推到旁邊，想留點肚子等下一道甜點。

「在確定真兇之前，還有幾件事別忘了。吳教授透過岩壁上的小孔看見一名皮膚白皙的裸體女子、臉部被搗爛的探險隊員、在殺人現場不斷靠近教授的影像、在地底峽谷的奇異歌唱者。」冷言提醒道。

「我覺得那好像是教授的錯覺，畢竟在那樣的環境受困了那麼久。按照你的推理，那名裸體女子應該是白石夏希才對。但是她被發現的時候，衣服還是穿得好好的。而且地底峽谷的歌唱者，應該也是教授聽錯了吧。」關野夜說。

「但是教授蝙蝠機上的資料確實如紀錄所說，有一個越來越靠近他，像是人蹲在地上的影像。而且我一開始就說了，我的推理前提是相信吳教授對事實的認知。」

「聽起來你好像打算先說明這些事。」關野夜說，「好吧，雖然我很想先知道兇手是誰，不過在甜點上來之前你就先說明一下這些事吧。」

「這道甜點說不定會比主菜來得更精采喔。」

冷言想了一下之後這麼說。

3

在甜點端上桌前，先上了一道抹茶麻糬。綠色的麻糬淋上抹茶醬汁，旁邊還放了一杯熱抹茶。冷言靜靜地把麻糬吃掉，喝了一口熱茶。其他三人則是邊吃邊用日語熱烈交談著。事實上，冷言還沒想到接下來的事應該要怎麼開頭，所以這段沉靜的時間剛好讓他可以稍作準備。

在統計學上有個名詞叫做「虛無假設」，雖然從實際的意義來看是完全扯不上關係，但是冷言在進行這段推論的時候，就是很自然會想到這個名詞。如果單從字面上來解釋，接下來一連串說明的立論基礎確實像是「虛無假設」。

「接下來要說的事可能沒辦法像剛剛一樣有條理，因為大部分是出自我個人的假設。也就是說萬一我的假設錯誤，一切推論都會崩盤。」冷言最後決定以這段話作為開頭。

其他三人聽了之後立刻安靜下來，佐伯涼介更是收起盤在餐桌底下的雙腳，改為跪坐。

「事件的說明到目前為止其實沒解決的謎團比解決的還多，有些甚至不知道算不算是謎團。不過如果我的假設正確，所有事情都可以一併說明。因為我覺得說明起來可能會太過雜亂，所以我事先寫了一張備忘錄，上面記載了目前尚未解決的謎團。」

冷言拿出晚餐前自己在房間寫的備忘錄放在餐桌中央，趙紫湘很盡責地立刻重謄了一份日文版給佐伯涼介看。

備忘錄上記載著目前尚未釐清的謎團，冷言在一旁輔助著說明。

「鬼雪島這邊尚未解決的謎團有：高恩煥落海失去意識前，感覺好像有人抱住他；茱蒂被襲擊昏迷之後，身上的衣服被換掉；工作人員的食物被偷這幾件事還沒得到解決。」冷言邊指著備忘錄邊說，「北方島嶼這邊的謎團更多：探險隊進入洞穴前，教授手上無線電不斷發出的怪聲；水池裡可能是被飼養的洞穴魚；皮膚白皙的裸體女性和臉被搗爛的死者剛剛提過了；洞穴中不斷靠近教授的影像和地底峽谷的歌唱者剛剛也說過了。備忘錄上只記載了和我的假設相關的謎團，還有一些沒列出的謎團要等到最後再說明。」

「已經這麼多了，還有沒列出的啊！」關野夜看著備忘錄說。

「其他是和真兇身分以及犯罪動機有關的謎團，但是必須先把上面這些事情說明清楚才行。」

「你就說說看你的假設是什麼，我們三個洗耳恭聽呢。」

冷言把剩下的抹茶一口喝完，開始說明前，他腦中又不自覺蹦出了「虛無假設」這個不相干的名詞。

「我反覆不斷思考了鬼雪島和北方島嶼上發生的所有事件，雖然隱約得知真兇身分，但是備忘錄上記載的謎團我怎麼樣也想不出答案。如果兇手只有一個人的話，不可能做得到所有的事情。最後我反過來思考，如果我先有解答再來驗證答案的正確性，也許會有不一樣的結果。所以，我就大膽地作了一個假設。」

「有共犯嗎？你是不是假設案子有共犯？」關野夜又抑制不住興奮地問。

不只是她，冷言的開場白也引起其他人的興趣，臉上表情明顯都起了變化。

「共犯的可能性我曾經想過，但是考慮到動機，我認為應該不是共犯。而且如果有共犯，共犯必須比探險隊更早進入北方島嶼的洞穴內，我也認為不可能。」冷言回答，「這時候我想起一開始到鬼雪島上的目的：製作電視節目『鬼雪島的地底人傳說』。於是，我假設在地下洞穴當中有地底人存在，以承認地底人存在為前提回頭看看能不能解釋謎團。」

「為什麼？比起地底人的話，有共犯的機會不是更高嗎？」關野夜問。

「這是動機的問題。」冷言說，「高恩煥落海失去意識之前，感覺到有人抱住他。我們發現他的時候，他是在一處漲潮前不會被海浪打到的岩石遮蔽處。那個位置不是隨著海水漂流就可以到達的地方，怎麼想都應該是有人刻意將他放在那裡。茱蒂的情況也是相同，如果她身上濕掉的衣服沒被換下，很可能會失溫死亡。高恩煥自己不小心落海那就算了，茱蒂很明顯是受到襲擊。如果是共犯，應該不會去幫助被害者。」

「那個裸體女性將被害者的臉搗爛又怎麼解釋？」

「在我的假設前提下，我可以提出一個解釋。」冷言說，「不過我必須再重伸一次，這部分的推理是建立在我異想天開的假設上。如果針對單一問題深入追究的話，還是可以提出很多不同說法，但是這些說法卻不一定能夠解釋所有問題。」

冷言將桌上的備忘錄翻面，用筆在上面畫了四個圓。每兩個圓之間彼此相交，四個圓在中心處有一小塊共同交疊的區域。

「這四個圓代表四個不同的問題。假設每個問題都有五個符合的答案，每個答案成立的機率都是百分之二十。中間交疊的部分是不同問題間相同的答案，同一個答案在兩個問題間同時成立的機率是百分之二十乘以百分之二十，也就是百分之四。同一個答案要在四個問題之間都成立的話，機率是百分之零點一六。基於這樣的想法，雖然假設有點異想天開，但因為能夠解釋所有問題，我反而覺得可能性很高。當然，前提是所有問題都是同一個答案。」

「所以說你的假設就是四個圓交界的這一個小區域。」

冷言點了點頭說：「這是我唯一想得到的答案。」

「我了解了。」關野夜說，「但是假設有地底人存在要怎麼解釋被害者的臉被搗爛呢？」

「教授在紀錄當中描述，說他是透過岩壁上的一個小孔無預期看見這一幕。但他的描述是看見了『有一個人的臉被搗爛』以及『有一名裸體的女性』，並沒有很明確地說『裸體女性殺了人並且將這個人的臉搗爛』。我認為也許他看見的不是完整的行兇過程，而是行兇場景的片段。」冷言說，「真兇和『裸體女性』不是同一人，而是在真兇行兇之後，裸體女人才出現在現場。」

「這樣解釋起來不是反而更複雜了嗎？」關野夜問，「裸體女性當時就在現場，被害人的臉被砸爛也幾乎是同時發生的事。即使沒有親眼看見過程，懷疑裸體女性就是兇手不是比較合理嗎？」

「我也知道這樣乍聽之下很勉強，但是如果考慮到當時探險隊其他人的位置，我的推測也許反而才是比較合理的。」

當時吳教授獨自爬過狗洞前往洞穴深處，探險隊的兩名女性成員都留在原地。目前已經知道最後還留下來的是小澤雪，離開的是白石夏希。因為吳教授回到原處的時候，只剩下小澤雪還在。從時間上推算，即使白石夏希在吳教授進入狗洞後不久就尾隨其後進入，也來不及在教授目擊現場之前到達現場。

「教授爬過的狗洞有一個分岔點，紀錄上寫著從這個分岔點到殺人現場的距離，比到教授目擊現場的盲穴還要長。不管白石夏希是基於什麼理由在教授進入狗洞後也跟著進入，從時間上來看，裸體女性不太可能是她。」冷言說，「既然裸體女性不是白石夏希也不是小澤雪，探險隊又沒有其他女性成員。也就是說這名裸體女性應該是一開始就在洞穴裡的人。」

「聽你這麼推論起來，好像真的是這樣……」

冷言接著說：「我會認為真兇另有其人，主要就是基於這名女性不是探險隊成員這一點。

教授跌落地下峽谷前看到和他穿著相同制服的人，這個人應該就是真兇。但是我的推論也只能到此為止，我無法證明到底死者的臉是不是被這名女性搗爛，或者她為何會裸體。這部分只能猜測，確實的情況必須等找到真兇才知道。」

「對不起，我想稍微打斷一下。」趙紫湘又難得地主動開口，「剛剛聽下來的感覺，你的意思是那個女人就是地底人嗎？」

「咦！對耶！」關野夜像恍然大悟一般，「名偵探，那女人就是地底人嗎？」

冷言遲疑了一下，最後用彷彿下定決心的表情點頭回答：「我是這麼認為。」

說明到這裡，最後一道甜點也送上來了。是包著巧克力冰淇淋和新鮮香蕉的可麗餅，橫躺在瓷盤的可麗餅皮上有糖漿的拔絲，旁邊用芒果醬繪製了一個心形圖案。

「所以從岩洞裡探出頭來的就是地底人囉。」關野夜拿出祖父給她的舊照片來看，她一直很小心地把照片收在皮夾裡，「我還以為地底人應該長得更奇怪一點。」

「其實我一直在思考地底人究竟是住在地底下的人類，還是原本就住在地底下的生物演化成接近人類的形態。」冷言說，「我回台灣之後，調查了很多關於洞穴生物的資料。二〇〇九年有一篇報導，在巴拿馬藍山（Cerro Azul）的洞穴曾經出現過一隻奇怪的生物。目擊這隻生物的巴拿馬青少年撿起石塊攻擊它，之後拿棍棒將它毆打至死，屍體丟在湖邊的岩石上。這隻生物的照片在網路上可以找到，它全身包覆著白色光滑的皮膚，和身體相較之下，頭部的比例顯得很小。從遠處看，外型很像人類。有動物學家認為這可能是突變的樹懶，也有人認為可能是人類。我覺得這隻生物看起來很像電影『魔戒』裡的咕嚕，不過這也很有可能是造假的新聞。」

「造假？」

「對，也許那是人造的假道具也說不定。我雖然試著追蹤後續的報導，但目前為止還沒有看到新消息。」

冷言用湯匙小心切下一小塊包著冰淇淋的餅皮，沾了芒果醬一起吃。

「了解洞穴這種生態環境的人一定會產生疑惑，像人類這麼大型的生物真的能夠在這樣的極地環境中生存嗎？」大約吃了半份甜點之後，冷言又接著說，「洞穴環境因為氧氣和食物的來源不穩定，所以洞穴生物為了減少能量的浪費，體型自然不會太大，代謝也會減緩。但是如果能夠確保食物來源，我認為說不定真的有生物能夠演化出較大的體型。解釋了這麼多，我想說的只有一件事。就是教授看見的那名女性也許並不是人類，而是外型類似人類的某種生物，像我剛剛舉的巴拿馬洞穴怪物這個例子一樣。這是我認為那名裸體女性，或者說那個生物不是兇手的第二個理由。」

「怎麼好像開始有點科幻的味道。」關野夜說，「不過我好喜歡這種感覺喔。」

「話先說在前頭，我自己比較傾向於相信那名裸體女性是人類。只是調查過程中曾經找到這樣的資料，所以提出這個想法當作參考，一方面也可以說明為什麼那名女性會裸體。如果那不是人類的話，基本上應該就不會穿著衣服。」冷言說，「不過既然我認為那是人類，當然對於裸體的理由也有我的看法……」

這時候關野夜放在桌上的手機突然顯示有人來電。雖然她已經切換到無聲無震動的模式，但是不斷閃爍的液晶螢幕還是讓人無法忽視手機的存在。

「對不起，我接起來說幾句話就掛斷。」

關野夜雖然覺得這通電話來得真不是時候，但從來電者判斷，應該是通重要的電話，只好勉為其難接聽。

冷言趁著這個空檔，吃光剩下的甜點。過程中，他一直覺得這道甜點的味道很熟悉，吃到最後好不容易才想起來。

「這個芒果醬的味道和前菜當中的某一道好像。」冷言突然想起懷石料理不知道是不是也使用前菜這個名稱。

趙紫湘詢問了服務生，交談過後她拿起寫著今晚料理內容的單子給冷言看。

「這道菜用了新鮮芒果，服務生說和製作芒果醬用的芒果是同一個產地。」趙紫湘指著單子上用漢字寫著「旬菜」底下的一道菜說。

服務生接著解釋主廚對整套餐點的想法，不過冷言只對「以芒果的酸帶出整套料理的味覺，再以芒果的甜作總結。」這句話比較有印象。

「開頭和結尾都是芒果啊……和這次案子的感覺好像。」冷言自言自語說道。

本以為關野夜會很快結束的電話，沒想到花了比預期來得久的時間。只見關野夜兩隻眼睛越瞪越大，讓在場其他三人都對電話內容感到相當好奇。

這通電話講了將近十分鐘才結束，關野夜掛斷電話之後神情變得相當激動。

「是誰打來的？」趙紫湘問。

「節目部的人打來的，說要召開緊急會議。」

「為什麼這麼突然，不能等到明天嗎？」

「不行，叫我等可能我也等不了。」關野夜說，「他們說政府派到鬼雪島的研究團隊找到地底人了！而且我們的節目取得獨家報導的權利！」

於是除了冷言之外的三人都被緊急召回電視台開會，事件最終的全貌也必須等到之後才得以揭開。

4

一六六一年四月，鄭成功率軍攻打台灣，打算以台灣為根據地，繼續與清朝對抗。當時荷蘭聯合東印度公司在台灣設置大員商館，總攬台灣全島的行政事務。鄭成功攻打台灣時，大員商館的最高負責人為揆一。

其實早在一六五九年九月就有鄭成功打算攻台的傳言。當時鄭成功兵敗南京，一些潰敗的鄭軍士兵逃到台灣。加上異常的貿易、船隻集結往來現象，鄭成功攻台的流言早就甚囂塵上。得知這些傳言的揆一時時處於精神緊張的狀態。一六六〇年，揆一獲得確切的消息說鄭成功將組艦隊攻台，立即派了一艘求援船專程前往荷蘭東印度公司設置於巴達維亞的商館求援。巴達維亞認為揆一太過神經質，數年來鄭成功攻台謠傳持續不斷，身為長官不應輕信謠言，弄得人心惶惶。儘管如此，仍應揆一的要求派遣一支強大的救援艦隊於七月十七日啟航前往台灣。

數個月過後，鄭成功並未進攻台灣。於是憤怒的艦隊司令官留下部分士兵和船艦，於一六六一年二月二十七日離台。此行除了救援艦隊無功而返外，鄭成功攻台一事亦成為「狼來了」的童話故事。巴達維亞方面也不再信任揆一這個說謊的小孩。

因此，當增援艦隊離開兩個月後的四月，鄭成功真如傳聞般攻打台灣時，巴達維亞方面甚至還在召開評議會，決議今後不再出兵援台。等到巴達維亞總督得知鄭成功攻打台灣的消息，已經是六月份的事了。

前往巴達維亞通知當局鄭成功攻台消息的是「瑪利亞號」的船長克拉松・班尼斯。五月一日，鄭軍與荷蘭海軍爆發激烈海戰。揆一下令戰艦「赫克托號」和「格拉弗蘭號」、通信船「瑪利亞號」，以及運輸船「白鷺號」攻擊鄭軍船艦。當時巴達維亞方面派遣過來運送物資的「葛羅雷號」，事先並不知道鄭、荷兩方已經開戰，因此被捲入這場激烈的海戰當中。

經過一番激戰，「赫克托號」火藥庫爆炸，船艦沉沒。「格拉弗蘭號」、「瑪利亞號」、「白鷺號」也受到鄭軍重創，伺機衝出重圍，逃往南邊。逃出的「瑪利亞號」於是前往巴達維亞求援，通知當局雙方開戰的消息。被捲入海戰的「葛羅雷號」本來就不是用來戰鬥的船，船上配備的大砲、彈藥以及水手都不利於這場激烈的海戰。因此「葛羅雷號」很快就負傷累累，被鄭軍船艦逼往北方逃竄。

如果當時「葛羅雷號」是逃往南方，也許就不會有後續的事件發生。因此這艘「葛羅雷號」可說是這次事件的起點，也證明了挑動一根歷史的弦，對後世的影響會有多大。

「葛羅雷號」的船長叫做瓦爾肯，一六一五年生於瑞典斯德哥爾摩。瓦爾肯的父親也是荷蘭東印度公司運輸船的船長，所以瓦爾肯十五歲就加入公司成為水手，一直在父親的船上做事。

二十八歲那一年，瓦爾肯和故鄉的一名女孩凱瑟結婚，之後便定居在巴達維亞。父親退休後，瓦爾肯接替父親船長的位置，成為運輸船「葛羅雷號」的船長。

瓦爾肯和凱瑟有兩個女兒，十四歲的茉莉和十二歲的阿夏琳。也許因為父親是船長的關係，茉莉和阿夏琳很喜歡跑到船上玩。船靠岸停泊的時候，瓦爾肯會帶兩個女兒到船上到處逛。大女兒茉莉經常要求父親帶她出海，但是瓦爾肯總是以她年紀太小為由拒絕。

這一次「葛羅雷號」靠岸，因為馬上要補充物資運往台灣。所以船一進港，瓦爾肯就忙著補充船上的物資，沒有時間帶兩個女兒在船上逛。當時的茉莉和阿夏琳不可能了解世界局勢為何，只是覺得這次船上的水手們好像特別忙碌。也因為如此，兩人商討許久的計畫才得以實現。

其實茉莉和阿夏琳兩個人從很早以前就計畫偷偷躲在船上，隨著父親出海。但是平常船上巡邏很嚴格，兩人曾經試過幾次都被逮到。這次姊妹倆看機不可失，趁水手們忙著將貨物搬運上船，無暇顧及兩人的空檔躲進貨艙。

這次運往台灣的物資，有部分是貿易貨物，部分則是為了因應鄭成功攻台傳聞的軍事補給。因此貨艙裡堆滿了貿易用的香料、獸皮、黃金等貨物，以及槍械、砲彈等軍火。茉莉和阿夏琳找了一個裝滿獸皮的木箱，把獸皮取出分散到其他木箱，兩人便躲了進去。

以年紀來看，茉莉和阿夏琳的偷渡計畫算是十分周詳。兩人怕船剛出航沒多久就被發現送回，所以打算在貨艙裡躲上幾天。這艘「葛羅雷號」上的構造，兩姊妹非常熟悉，躲個幾天不成問題，唯一的問題就是飲食該如何解決。因此，兩人帶了幾天份的麵包和水，替換的衣物也帶了。只要能夠撐過幾天，就算被發現，船應該也不會回頭送她們回去。

一感覺到船的搖晃，茉莉和阿夏琳就躡手躡腳爬出木箱。兩人讓揣在懷中的水和麵包散落一地，開心地互相擊掌。姊妹倆夢想已久的航行，就在今天實現了。

「姊姊，接下來要怎麼辦？」

「我們要在這裡躲到食物吃完，到時候就算被爸爸發現，也沒時間把我們送回去。」

於是兩人在貨艙裡躲躲藏藏過了四天，第四天夜裡被船上的水手發現時，麵包和食物也吃得差不多了。

發現兩人的是一名負責打雜的水手，趁著夜晚溜進貨艙偷交易用的葡萄酒喝時，發現了兩人。那時姊妹倆已經把帶上船的食物吃完，正打算從貨物當中找食物。

水手在得知茉莉和阿夏琳的身分後，將兩人帶到船長室。這時已是深夜，大部分水手都就寢了。船長室裡除了船長瓦爾肯之外，副船長和和一名測量員也在。

看到茉莉和阿夏琳兩姊妹後，瓦爾肯臉色大變。船長室裡的三人本來正在討論進入南海海域，萬一遇上海盜時的對策，氣氛之凝重不難想像。茉莉和阿夏琳可以說是選了個最不適當的時間被發現，她們從來沒有看過父親此時的表情。

「妳們兩個為什麼會在船上？」瓦爾肯的口氣和平常帶兩姊妹上船逛時完全不一樣。面對父親的質問，姊妹兩人根本不敢說話。茉莉低聲啜泣，阿夏琳則是放聲大哭。將兩姊妹帶來船長室的水手一時之間不知該怎麼辦，在一旁拚命抓頭。

「船長，茉莉和阿夏琳也是好奇，別太責怪她們了。」副船長出面替兩個小女孩求情。瓦爾肯畢竟是個疼愛女兒的慈父，看兩人不斷哭泣的可憐模樣，態度也軟化了下來。

「還有時間送她們回去嗎？」瓦爾肯轉頭問副船長。

「要回巴達維亞船隻必須逆風前進，一來一回可能要超過一個星期。我們接到的命令是立刻將軍用物資送到台灣交給大員長官，可能沒有時間讓我們多花這一個星期。」

「說來說去都怪揆一那個膽小鬼，整天擔心鄭成功會攻打台灣。光為了這件事，不知道開了多少會議。就算真要開戰，以荷蘭海軍的水準，怎麼可能打不過鄭成功。」

「聽說評議會裡已經有撤換揆一的聲音出現了，我們大概也是最後一次運送物資給揆一吧。」

「還有幾天會進入南海海域？」

「如果一直順風航行的話，大約十天左右，可能會更快。」

「那裡目前海盜活動的情形如何？」

「我想應該不至於會遇到海盜。萬一真的遇上了，『葛羅雷號』的裝備應該還是足以應付。」

瓦爾肯再度低頭看了看兩姊妹。兩人已經停止哭泣，不過還是控制不住抽噎。瓦爾肯將兩人拉到眼前，露出兩人熟悉的眼神說：「妳們兩個乖乖待在爸爸的房間裡，一步也不准離開。媽媽知道妳們偷跑上船嗎？」

「我留了一封信給媽媽。」茉莉說。

「回去我再和媽媽商量要怎麼處罰妳們。」

於是兩姊妹在航行期間就被留在船長室裡，禁止到處走動。

「葛羅雷號」行經南海海域時相當順利，並沒有遇到在南海一帶出沒的海盜。船航行了四十幾天，一六六一年五月一日抵達台灣的時候，鄭軍和荷軍正展開激烈海戰。「葛羅雷號」在毫無準備的情形下，無端被捲入海戰。

「葛羅雷號」靠近港口時，戰艦「格拉弗蘭號」正被三十艘鄭軍船艦圍攻，展開接舷戰。鄭軍兩艘船艦靠上「格拉弗蘭號」尾部，企圖爬上船艦作戰。瓦爾肯見狀，命令船員將「葛羅雷號」駛近，企圖幫助「格拉弗蘭號」脫困。鄭軍見到「葛羅雷號」參戰，立刻分出船艦迎戰。鄭軍船艦用同樣的方式靠近「葛羅雷號」，扣住船尾，從船艦後方爬上。

原本砲火橫飛的海戰即刻變成血肉廝殺的肉搏戰。

爬上「葛羅雷號」的鄭軍頻以火箭射向船艦，船上火苗四起，火焰一度延燒到貨艙。瓦爾肯和手下的士兵奮勇抵抗，想辦法將繫著兩船的纜索割斷，集中船上的砲火猛轟。鄭軍又以火船衝向「葛羅雷號」，企圖火攻。瓦爾肯命令士兵用大砲和竿子將火船推開，衝開火船。

突然，一聲巨響。同樣被鄭軍圍攻的另一艘戰艦「赫克托號」發生爆炸，爆炸處升起漫天濃煙。待煙霧散去，「赫克托號」及其周圍的鄭軍戰艦全數沉沒。

受重創的荷軍船艦於是伺機衝出重圍。「格拉弗蘭號」、「瑪利亞號」、「白鷺號」逃向南方，其餘較小的艦艇則逃向熱蘭遮城，受城上炮火掩護。瓦爾肯見其他船艦撤退，本想尾隨「格拉弗蘭號」逃出鄭軍船艦的包圍。結果南方的退路被兩艘追擊的船艦截斷，「葛羅雷號」只好轉向北方撤退。

逃向北方的瓦爾肯，原本打算將船直接航向台灣北部的雞籠（即今日之基隆）。但是「葛羅雷號」上原本當作補給用的軍火在剛才的海戰中已經消耗得差不多，剩下的貨物則是原本要運往日本進行貿易的。經過幾番的考慮，瓦爾肯決定先在雞籠儲水、補充基本軍火後，將船直接航向日本。

由於和鄭軍激烈的戰鬥，「葛羅雷號」上的水手死傷過半。即使在雞籠補充了物資和水手，「葛羅雷號」從船行速度就能感覺到疲態，竟然花了比平常多一倍的時間才到達沖繩島西側海域。

這天是個無風的日子，從五月一日逃出海戰算起已經過了十七天。瓦爾肯站在甲板上盯著船首像發呆。「葛羅雷號」的船首像是一名合掌祈禱的少女，意思是祝福航海平安順利。長髮垂肩的少女穿著薄衫、闔著眼，半邊乳房裸露。瓦爾肯對著船首像祈禱「葛羅雷號」可以平安到達日本，茉莉和阿夏琳可以安全回到巴達維亞和母親團聚。

祈禱的話還沒說完，瓦爾肯眼前的船首像突然爆炸。炸飛的碎片劃過瓦爾肯的臉頰，鮮血立刻從綻開的傷口冒出。此時副船長急急忙忙跑過來，瓦爾肯才注意到整艘船已經進入備戰狀態。

「船長，我們被海盜襲擊了。」

瓦爾肯環視周邊海面，一艘大型平底帆船出現在右後方海域。另外兩艘小型帆船在「葛羅雷號」兩側進行包夾。剛才船首像就是被其中一艘小型帆船上的海盜用槍擊毀，只差一點點子彈就直接貫穿瓦爾肯的頭。

「從船的形式來看，是清朝的海盜。」

瓦爾肯立刻加入戰鬥。他知道此時他必須比任何一名士兵更要打起精神，否則整艘船的人可能都會喪命。他將船上的大砲都集中在船尾對付海盜的主艦，火槍則分配在船的兩側對付機動力高的小型帆船。

經過大約半小時的激戰，雖然多發砲彈成功擊中海盜主艦，但是「葛羅雷號」船尾受損更加嚴重。兩艘小型帆船上的海盜利用繩索攀住船緣，打算登上「葛羅雷號」。後方主艦也已經追擊到水手可以站在船上用槍互相射擊的距離。「葛羅雷號」上的士兵大多在先前的海戰中受了傷，一旦戰鬥演變成肉搏戰，對瓦爾肯這方相當不利。

「船長，怎麼辦？」副船長問，「萬一海盜攀上我們的船，依照目前士兵們的狀況，很可能會全軍覆沒。」

瓦爾肯仔細評估了戰況，兩艘小型帆船上的海盜已經有大半都登上「葛羅雷號」，正和士兵展開戰鬥。後方主艦的纜索也已經扣住「葛羅雷號」，演變成肉搏戰只是時間的問題。

「我們要放棄『葛羅雷號』。」這是瓦爾肯最後下的判斷。

「放棄？」副船長一時沒有聽懂船長的話。

「對，我們搶下海盜那兩艘小船逃走。小船機動性高，海盜追不上。」

「船上的貨物要怎麼辦？」

「現在要以士兵們的性命為優先考量，貨物能夠搬上小船就盡量搬，其他的海盜要搶就給他們吧。等到了日本再想辦法和巴達維亞聯繫。」

「船長，茉莉和阿夏琳還在船長室裡，要怎麼辦？」

「搶到船後，找個士兵把她們帶上船。萬一救不了她們，就只能怪她們運氣差了。」

決定搶船後，大部分士兵都轉而攻擊小型帆船攀上來的海盜，船尾只留少部分士兵以大砲拖延主艦靠近的速度。勉強搶下小船後，士兵們開始將貨艙裡的貨物丟到小船上，士兵們也開始往小船移動。這時候主艦的海盜已經陸續登上「葛羅雷號」。撤退到小船的士兵大約有四十人，還不到當初從巴達維亞出發時的一半。瓦爾肯和副船長分別留在不同的小船上，指揮帆船往北方逃逸。茉莉和阿夏琳在士兵們的保護下，也順利登上了瓦爾肯所在的小船。

另一方面，搶下「葛羅雷號」的海盜並沒有打算放過瓦爾肯等人。海盜們立刻將大砲砲口轉向兩艘小船，開始進行砲擊。兩艘船依照船長瓦爾肯的指示，分別朝不同方向逃逸。海盜們似乎一艘都不打算放過，「葛羅雷號」緊追著瓦爾肯的船，主艦則去追趕副船長的船。

出發前瓦爾肯就下達指令給副船長，萬一在海戰中失散了，就分別前往日本會合。海盜的小型帆船上只配置了兩門大砲，即使不停朝著追趕過來的船艦發射，火力相較之下只能算是零星。因此小船上的大砲也只用來稍微拖延海盜的追趕，大部分的士兵都盡全力在增加船的速度。

小型船的機動力畢竟還是比大型船高出許多，沒多久就逃出追趕船艦的射程外。而且原本以為可能會在海戰中分散的兩艘船，最後還會合一起朝北方航行。

「你那邊還有多少士兵存活？」瓦爾肯站在船的側邊，朝另一艘船上的副船長問。

「大約有二十人。船長，你那邊呢？」

「我這邊也大約是二十人。」

「這樣啊，還不到出發時的一半呢……」

「沒想到會在這裡遇上海盜。」瓦爾肯搖了搖頭，「更沒想到鄭成功真的攻擊台灣了。」

「大概是和清朝的作戰失利，想拿下台灣當作根據地吧。」

「先到日本再說吧，到時候再想辦法和巴達維亞取得聯繫。」

這時候，副船長船上一名士兵跑了過來。

「副船長，發現一名海盜。」那名士兵說，「被他逃進彈藥庫裡了。」

話剛說完，副船長所在的那艘小船突然爆炸。站在船邊的瓦爾肯被爆炸波及，整個人震退到船桅上，一頭敲上船桅昏厥了。

於是，接下來發生的事，一直要等到瓦爾肯醒過來後才從存活的士兵口中得知。

瓦爾肯張開眼睛的時候，最先感覺到的是臉上的灼熱感。隨之而來是刺眼的光線，以及後腦劇烈的疼痛。他費力撐起上半身，指間細沙滑過的觸感，讓他注意到自己正躺在一片沙灘上。他花了點時間適應強光，開始可以看清楚周圍的景物。

他發現身邊躺著茉莉和阿夏琳，兩個小女兒胸口都規律起伏著，讓他安心不少。茉莉和阿夏琳兩人天生有著和一般人不同的外型，大概是出自於補償心態，瓦爾肯特別疼愛兩人。

再仔細看看周圍，和他同船的士兵們正忙著把漂在海中的貨物搬上沙灘。一名眼尖的士兵見他醒來，趕緊跑過來。

「船長，你還好吧？」

「發生什麼事了？」

「副船長指揮的船爆炸，我們的船被波及，兩艘船都沉沒了。」

聽士兵這麼一說，瓦爾肯才想起自己昏厥前發生的爆炸。詳細詢問下，瓦爾肯才知道他昏厥後發生的事。根據士兵所說，爆炸應該是副船長船上發現的那名海盜引爆彈藥庫造成。除了將瓦爾肯震飛的那次，在副船長的船沉沒前還有第二次更大的爆炸。因為兩艘船靠得太近，第二次的爆炸波及瓦爾肯的船，船側木板被炸破了一個洞。

「副船長那艘船上的士兵應該是全部罹難。我們的船因為船底進水，也撐不了多久，所以我們想辦法把船航向最近的一個小島。幸虧剛好在琉球群島附近的海域，船沉前發現了這個小島。現在大家都盡量搶救還漂在海上的貨物，有部分士兵受了傷，暫時先在沙灘上休息。」

聽完士兵的報告，瓦爾肯才發現自己臉上和胸口都經過簡單的包紮。

「我知道了，你先去幫忙吧。」

士兵向瓦爾肯敬禮後小跑步離開。

瓦爾肯看著身邊已經熟睡的茉莉和阿夏琳，心中開始為接下來的事盤算著。現在連搶來的船都沉了，剩下的士兵也還不到二十人。萬一一直沒有貿易船經過，可能會被困在這座島上一段時間。於是瓦爾肯決定先清點物資，然後偵查這座島島上有沒有居民。

時間已經接近傍晚，太陽逐漸沒入海平面。從海上搶救起來的物資經過清點，只夠維持所有人在島上生活約一星期。萬一這是座無人島，一個星期內又沒有船隻經過的話，就必須想辦法在島上尋找食物來源。

今天大家已經夠疲累了，瓦爾肯決定先讓大家休息一晚，明天再進行偵查。因為怕被海盜發現，今晚並沒有生火。士兵們就著月光，用泡過海水的麵包果腹，度過這一夜。有幾名士兵振作起精神，苦中作樂唱著家鄉的歌謠。茉莉和阿夏琳還不知道事態的嚴重，隨著士兵們的歌聲跳起舞。瓦爾肯索性帶頭打拍子，露出了今天的第一個笑容。不管白天發生多少事，至少這一刻瓦爾肯的心情放鬆了許多。

據說人類是從猿猴演化來的。猿猴因為環境的變遷，在天擇以及突變的作用下，漸漸演化成人類。人類有了高度智慧之後，從順應環境的被動狀態反客為主，進而創造環境。長久以來，人類似乎也習慣了去改變自己生活著的這個世界。或者說，習慣了被人類改變過後的這個世界。好像車子本來就應該會跑、飛機就應該會飛。

但是如果有一天，人類被迫回到被改造前的世界，甚至是比改造前更加嚴苛的世界，會變成怎麼樣呢？改變了演化的方向，人類有可能因此回頭演化成猿猴嗎？

明知得不到答案，冷言還是花了很多時間思考這個問題。

液晶電視的畫面上用顯眼的字體打出「地底人傳說」的標題。開場先播放了一段瓦爾肯率領「葛羅雷號」逃離鄭軍和荷蘭軍海戰戰場，逃往北方的影片。這段節目是在「箱根吟遊」那晚緊急開會後決定錄製的，會在關野夜的新節目開播前一週播放，目的是為了拉抬收視率。會這麼做當然是因為發現了貨真價實的地底人，電視台不可能放過這個大好機會。一週後關野夜的新節目實際播出時，確實也創下同時段節目收視率的新紀錄。

冷言現在看的是趙紫湘帶來給他的ＤＶＤ，因為沒有字幕，所以趙紫湘留下來幫忙翻譯節目內容。這個特別加開的節目，邀請了兩位台灣的來賓，是不久前冷言才在台南見過面的林博士和江教授。

趙紫湘此行除了帶來節目錄影資料之外，另一個目的是希望冷言把當時還沒釐清的謎團說明清楚。而冷言有一些還無法說明的部分，剛好可以從趙紫湘的資料裡補足。

「在電視上看到林博士和江教授感覺還真奇怪。」冷言笑著說。

「是嗎？我倒不覺得和在現場看有什麼不一樣。」

趙紫湘雖然還是一貫的冷調語氣，不過神情卻不似冷言剛認識她時嚴肅。

這已經是一個月前播出的節目了，聽說關野夜現在正在北海道追尋傳說中的野人。關野夜讓趙紫湘放了一個月的長假，所以沒有跟著前往北海道，回到台灣來。

「這麼說也對啦……」

「小夜小姐怎麼肯放妳一個月的長假，這不是妳企劃的節目嗎？」冷言問。

「這就表示我的企劃書做得很清楚，即使我不在也能夠確實實行。」

即使表情感覺變溫和了，對話內容還是和一開始一樣沒什麼進展呢……冷言忍不住在心裡這麼想。

「不過……多虧了你，鬼雪島的企劃才能這麼順利，謝謝你。」趙紫湘調整坐姿朝冷言鞠了個躬。

突然被慎重地道謝，冷言把眼睛從電視移到趙紫湘臉上，他這時候才發現趙紫湘沒戴眼鏡。正想著自己怎麼會到現在才察覺這件事的時候，又看到她的眼睛正盯著自己看。

「不、不用客氣。」冷言突然覺得兩人之間的氣氛有點微妙。

節目正進行到林博士說明他發現瓦爾肯寫給妻子的信，也就是那封用古荷蘭文寫成的信的經過。他和江教授會受邀參加節目，是因為日本政府派遣的探索隊在地下洞穴中發現了大量用古荷蘭文寫成的文件。日本政府透過學術單位的介紹，剛好邀請到兩人參與翻譯的工作。

那已經是三個多月前的事了。

陸續發生失蹤以及死亡的意外之後，電視台人員決定撤離鬼雪島。日本政府得知鬼雪島這邊的情形，立刻接手後續包括搜救以及地下洞穴探索的所有事項。

探索隊發現除了鬼雪島和北方島嶼之外，地下洞穴還連接了好幾個無人島，並且發現了生活在這些地下洞穴中的「地底人」。

「可以請江教授向觀眾說明一下這些地底人的背景嗎？」趙紫湘把節目上關野夜正在說的話逐字翻譯給冷言聽。

「發現這些『地底人』老實說我個人非常震驚。」江教授在節目上說的是中文，所以不需要翻譯。不過聽說節目在日本當地播出的時候是日語配音，趙紫湘帶過來的是還沒有經過後製的原始檔案。

大概是上節目比較緊張，冷言覺得螢幕上的江教授和林博士與當時見面時的感覺不太一樣。如果不是趙紫湘在旁邊，他早就忍不住頻頻想發笑的衝動。

「這些所謂的『地底人』其實就是住在地底洞穴中的人類。」江教授繼續進行說明。

探索隊發現的地底人是一批已經在洞穴中生活了三百多年的人類。要了解這些地底人，必須從所有事件的起點，也就是瓦爾肯所率領的這艘「葛羅雷號」談起。

好不容易從海戰中逃走之後，「葛羅雷號」在前往日本的途中又遭遇海盜。最後瓦爾肯和存活下來的水手以及他的兩個女兒漂流到一座無人島上。根據所得到的資料來看，他們最初抵達的無人島應該是位於鬼雪島北方的島嶼，而不是鬼雪島。

由於一直等不到救援，這些人必須想辦法在無人島上生活。漂流到島上的時候，有部分貨物也一起到了島上。這些人就以這些物資為基礎，開始漫長的無人島生活。

瓦爾肯因為習慣了寫航海日誌，所以他也逐日記下了在島上所發生的事情。根據他所留下來的日誌，漂流到島上的一共有十六人。如果「葛羅雷號」是在平常的情況下出海遇難，因為船上只有男性，大概就不會有後續的故事。但是因為最後這次出海前，瓦爾肯的女兒茉莉與阿夏琳偷偷上了船，才會發展出地底人至今為止三百五十年的歷史。

漂流到無人島上的船員們一開始大致都還能尊重船長瓦爾肯。但是當物資逐漸耗盡、眾人意識到有可能會在無人島上生活一輩子之後，人類潛在的求生本能就逐漸顯露出來。島上有一些可以食用的水果和野生動物，海裡面也可以捕到魚，如果人數不多其實食物的供應應該足夠。但是島上的人太多了，能夠得到的食物不夠十六個人食用。為了搶奪食物，最後演變成彼此殘殺的局面。這場食物爭奪戰中雖然又有一些人犧牲，但是以這座小島的生態系而言，人類的數量還是太多。

瓦爾肯預想到可能會演變成這種局面，於是他在察覺其他人的異狀之前就一直在島上找尋藏身之處，避免茉莉和阿夏琳被捲入。他就是在這時候發現島上有地下洞穴的入口。

「瓦爾肯的日誌上這樣寫著：『我帶著茉莉和阿夏琳以及幾個親信在事態更嚴重之前躲進了洞穴裡，以此地為據點，和島上的其他人對抗。』」江教授唸出他翻譯的日誌片段。

躲在洞穴裡生活的幾個人除了在夜晚會出來島上找尋和偷取生活在島上的人的食物之外，白天在洞穴內也會進行探索，因此發現有通往其他島嶼的出入口。漸漸地，洞穴裡的人只前往其他島嶼尋找食物，不再和生活在這座島上的人爭奪食物。

節目這時候告一段落，開始穿插播出一些地底人的目擊報告，尾田平次和渡邊川的故事被安排在這時候播出。

「地底人都是白化症的患者這件事你是什麼時候知道的？」因為現在播放的片段冷言之前就已經看過，所以趙紫湘趁這時候問幾個她自己想知道的問題。

「我最早只是推測，因為渡邊川的目擊報告看到浮在水面上的是一顆白色的人頭，吳教授看到的裸體女性也是全身白色。確切的時間我也無法說清楚，不過大概是因為這兩件事讓我聯想到白化症這種遺傳性疾病。」

「所以你假設有地底人存在的時候，其實就認為那是人類，並不是其他的大型生物？」

「一開始我並沒有偏向任何一種可能。只是在我的假設中，如果地底人是人類的話，我認為有可能是患了白化症的人類。」

白化症是一種基因異常的遺傳性疾病，巴拿馬的San Blas印第安人稱白化症者為「月亮的孩子」。因為患者無法自行合成黑色素，所以頭髮及皮膚會呈現白色，有些還會有眼睛方面的問題。由於皮膚缺乏黑色素，患者容易被陽光灼傷或造成皮膚癌，所以才被稱為「月亮的孩子」。

「我會懷疑地底人可能是白化症患者，還有另外一個重要的理由。」冷言說，「白化症患者很怕照射到紫外線，眼睛視力也不佳，有些即使受矯正，視力仍在法定盲人的範圍。洞穴生活形態剛好符合這樣的體質。白天的時候可以隱身洞穴中，夜晚才出來活動。而且因為天生視力不佳，在洞穴中也不特別需要光線。有些洞穴生物為了適應洞穴生活，身體色素和眼睛在演化過程中甚至逐漸退化。」

關於白化症這件事，在瓦爾肯的日誌當中也有記載。

瓦爾肯的兩個女兒都是白化症患者。在無人島上過了幾年之後，兩個女兒陸續和跟隨瓦爾肯的水手生下小孩。瓦爾肯的日誌只到這裡為止，後續雖然有人接著記載，但內容相當零星。不過從地底人存活了三百五十年的歷史來看，不難推測後來發生了什麼事。

「因為茉莉和阿夏琳都是白化症患者，所以他們的小孩可能都帶有白化症的基因。」冷言說，「既然他們的後代一直延續到現在，表示後代之間應該有通婚的行為，而且極有可能是近親之間的通婚。」

「近親通婚！」從語氣可以聽出趙紫湘對這個名詞的反應很激烈。

「因為他們人數本來就不多，所以近親通婚的可能性非常高。而白化症又是一種必須避免近親通婚的遺傳性疾病，所以可能兩、三代之後的子孫就全部都是白化症了。」

節目再度回到談話現場。

「洞穴中除了發現地底人之外，還發現了大量的金、銀、錢幣。林博士是這方面的專家，可以請您說明一下為什麼洞穴當中會有這些東西嗎？」這是重新回到現場後，關野夜提出的第一個問題。

「這也是我覺得非常有趣的一件事，歷史上很多著名的財寶也許都是像這樣子消失的。」林博士回答。

「『葛羅雷號』從海戰中逃出之後，在前往日本的途中，曾經在雞籠短暫停留，瓦爾肯那封給妻子的信就是這時寫下的。當時駐勤雞籠的商務員和瓦爾肯是好朋友，得知鄭成功攻打大員的消息之後顯得相當緊張。在瓦爾肯的追問之下，問出這名商務員私藏了大量和日本、中國交易得到的金銀以及錢幣。兩人商量後，決定由瓦爾肯將這些私藏先運往日本，等之後在日本會合再商量該怎麼處置。

船遇難之後，由於根本無法預知會被困在無人島上，船員們優先搶救的也都是這些金銀，所以才會留下這麼多金銀在地下洞穴中。

「既然證實了有地底人，上次在『箱根吟遊』還沒解釋的謎團是不是就可以說明了。」趙紫湘趁節目空檔提問。

「嗯，那些矛盾的救援行為都是地底人做的。甚至砸爛被害者的臉也是出於善意的行為。」

高恩煥落海後，將失去意識的他帶到海水拍打不到的地方。茱蒂被襲擊之後，幫她換掉濕透的衣服。還有地底峽谷的歌聲、蝙蝠機裡不斷向教授靠近的影像、無線電發出的「唧唧」聲、食物被偷等等，都是地底人做的。即使是砸爛被害者的臉這件事，也在和地底人接觸過後得知那是為了不讓被害者這麼痛苦。

「說到砸爛被害人的臉這件事，妳已經聽過第一手資訊，應該比我更清楚吧。」冷言說。

「聽說那個裸體女人會出現在那裡是因為要洗澡，那裡竟然有地下溫泉，夠扯吧。」趙紫湘說，「她洗澡的時候發現有個人奄奄一息，就快死了。因為他們生活的世界缺乏藥物，也沒有什麼醫療概念，對於生重病快死的人都是盡快讓他解脫。所以她順手拿起一旁的岩石就往那名被害者頭上砸。會把臉砸爛據說是湊巧，因為她根本看不清楚，用手確定頭部的位置就砸下去了。」

地底溫泉這件事冷言其實有猜想過，只是還沒有機會說出來。這是在「箱根吟遊」泡溫泉時的突發奇想，他認為在溫度極低的洞穴裡裸體，說不定是因為有溫泉可以洗澡。

「對了，吳教授他們一開始進入洞穴時，發現的大量頭骨是怎麼回事？」冷言問。

「那個地方據說是地底人的墓地。」趙紫湘回答，「至於為什麼只有頭骨而沒有其他部位的骨頭，好像是有原因的。」

在洞穴裡，食物來源的確保相當困難，為求活命而吃人肉的慘劇，歷史上時有所聞。剛開始的時候，如果無法取得足夠的食物，有些地底人就會以死者的肉充當糧食。但有些人怎麼樣也無法吃人肉，於是就把屍體帶到小島上，設下陷阱捕捉前來啄食屍體的海鳥或野生動物。於是就慢慢演變成地底人的一種習俗，他們會將死者的頭切下放在墓地，身體放到小島上當作捕食其他動物的餌食。吳教授等人在地底人的墓地所看到的頭骨就是這樣來的。

「還有那顆讓前輩不斷批評電視台做法的頭骨，好像也查出是誰的了。」趙紫湘說。

經ＤＮＡ檢驗後，得知那顆從海上漂流來的頭骨主人應該是一名叫做吉川美緒的女性。也就是當年尾田平次在無人島醒來後，一直找不到的姑姑。

「解開繩索和把船划回鬼雪島也都是地底人做的嗎？」

冷言指的是把吳教授等人垂降入洞穴內的繩索解開，以及把北方島嶼的船划回鬼雪島這兩件事。

「嗯，這兩件事也是他們做的。」趙紫湘說，「不過我聽說做這些事的是地底人當中比較激進的一派。」

目前存活的地底人人數約十多人，生活上雖然互助，但是發生事情的時候還是會有意見分歧。在電視台前往鬼雪島拍攝節目之前，他們已經有過好幾次和外界接觸的經驗，因此內部很自然形成排外和放任兩種意見。

排外的一派不希望和外界接觸，想要保有目前的生活環境。就是排外這一派的人將繩索解開，將小船划回鬼雪島。老人尾田平次在海邊看到划船的人其實就是這些人。他們的目的是不希望北方島嶼上的洞穴出入口被發現，所以解開繩索之後，還費了一番工夫隱藏入口，探索隊數度重回北方島嶼時才會一直找不到入口。

放任一派的意見則是認為沒必要特別隔絕和外界的接觸，救人的行動就是這一派的人做的。

「妳還記不記得吳教授的紀錄裡提到一條地下河流，那條河流和大海是相通的嗎？」

「好像是。」趙紫湘回答，「聽說那些地底人有時候會把在洞穴裡的錢幣丟進河裡，有一部分就隨著河流流到大海。」

ＰＤＡ就是這樣隨著地下河流出洞穴，被藤原清吾發現。他同時間發現的錢幣也都是這樣隨著河流流出來的。這條地下河流也會把一些洞穴魚帶出洞穴，渡邊老人當年想來捕捉給女兒當禮物的白魚就是洞穴魚。順帶一提，吳教授他們在洞穴裡發現的洞穴魚確實是地底人養在水池裡的。

電視上播放的節目結束了，冷言把ＤＶＤ從播放器裡退出來。

「有件事……」趙紫湘欲言又止。

「什麼事？」

趙紫湘低著頭，用很小的聲音說：「我……我想請你吃飯，謝、謝謝你救了我。」

「現在嗎？」

「只、只要是你方便的時間就可以，反正我有一個月的長假。」

「對了，要不要也找吳教授和施田前輩一起來，順便幫吳教授去去霉氣。」

「我聽說他被日本警察帶去問話，後來怎麼樣了？」

「還好只是虛驚一場。」冷言說，「本來他們認為吳教授是兇手，ＰＤＡ的紀錄完全是他自己造假的內容。不過因為疑點太多，只能將教授先列為關係人。」

「這樣啊……幸虧教授沒事……」

其實這時趙紫湘心中考慮的是要不要一起邀請吳瑞祥和施田。雖然戀愛經驗不多，但這方面冷言並不是笨蛋，他知道趙紫湘是鼓起很大的勇氣才主動提出邀約。不過第一次單獨約會就讓女孩子請客，他還是覺得不太習慣。

「我今天晚上剛好要和他們見面，妳一起來吧。教授和前輩的部分由我出錢請客，妳只要付我的就好。然後這個週末我請妳看電影，謝謝妳特地幫我帶ＤＶＤ來。」冷言說，「電影院他們兩個老人家可能不習慣，我們自己去就好。」

趙紫湘點點頭，冷言很難想像她竟然會出現這麼靦腆的表情。

「還有最後一件事。」趙紫湘說，「小夜交代我要問你真兇的事情，她想知道你是怎麼看出兇手的身分。」

這個問題讓冷言想起在「箱根吟遊」那晚吃的懷石料理。

「剛好就是以芒果開頭、以芒果結尾。」冷言說。

「你在說什麼啊？」

「真兇的身分只要用很簡單的消去法就可以知道了。」

「這個我知道啊，我們討論到最後不是剩下五十嵐力哉和小林真讓其中一人嗎？但是因為吳教授有臉盲症的關係，無法分辨是誰死了。」

「不對，其實教授分辨出來了。」冷言說，「我們回想一下教授的紀錄當中，除了他自己之外其他五人的情況：小澤雪發高燒昏迷被留在原地、白石夏希確定死亡、臉被砸爛的是一個臉上沒有鬍子的人、最後一個死亡的是個滿臉鬍碴的人。根據這些訊息一個個消去之後，最後只留下一個人，這個人被認為是兇手。但是因為教授分辨不出臉上沒有鬍子的死者是五十嵐力哉或是小林真讓，所以兇手的身分成謎。」

「我們上次的討論是這樣沒錯。」趙紫湘說。

「問個題外話，妳的男性朋友當中有沒有人鬍子長得很快，早上才刮過鬍子，晚上鬍碴就會扎手？」

「我沒有關係好到會讓他的鬍碴來扎我手的男性朋友。」趙紫湘的語氣似乎又恢復了先前的冷調。

「我是想強調有些男性鬍子長的速度很快。」冷言解釋，「妳還記不記得教授他們剛發現洞穴入口的時候，方力故意惡作劇要大家別亂動，說是怕地盤崩塌？」

「我記得。」

「教授在這裡形容方力笑的時候『嘴巴幾乎被落腮鬍遮住，只看得到他的鬍子在動』。」冷言接著說，「但是他發現方力屍體的時候，卻說『這人從腮幫子到下巴都是短鬍碴』。一個是鬍子多到嘴巴幾乎看不見，一個是滿臉短鬍碴，這兩種形容很明顯是不一樣的。」

「你的意思是……」

「我不是說這次的案子和上次的懷石料理感覺很像嗎？」

「以芒果開頭、以芒果結尾。難道……」趙紫湘總算了解冷言的意思，「吳教授又認錯人了！」

「沒錯，所以我才會提出有些男性鬍子長得很快這件事。」冷言說，「那天是他們進入洞穴後的第三天，鬍子長得快的差不多已經有短鬍碴，吳教授誤把留著短鬍碴的某人認成是方力了。」

「所以兩個死亡的男性原本都是沒有鬍子的，消去法的結果最後剩下的兇手……」

冷言點了點頭說：「真兇就是方力！」

只剩我一個人回美國了。

這是茱蒂在機場和冷言見面時說的第一句話，在目前的狀況下回想起來更令人覺得欷歔。

冷言正在和關野夜通國際電話，她把方力被逮捕後的情況告訴冷言。

一直到被逮捕之前，方力獨自一人在洞穴裡生活了將近三個月。這期間當然偶爾還是會離開洞穴到島上找食物，但是大部分時間都留在洞穴裡，就像已經生活在洞穴裡三百五十年的地底人一樣。除了躲避追捕之外，方力主要是想將洞穴裡的金、銀找地方藏好。他知道只要這次的事情經過報導，不久之後一定會有大批人馬湧進來探索這個地下洞穴群，所以想在這之前先把東西藏起來。

方力是在和日本大學合作進行洞穴探勘的時候，發現在鬼雪島這一區的島嶼之間有地下洞穴相通，以及洞穴中有地底人的事。他瞞著劉宏翔和茱蒂自己偷偷進行調查，打算一個人將這些發現寫成論文發表。沒想到調查過程中，竟然發現地下洞穴中藏著大量十七世紀的金、銀。這讓他改變主意，決定獨吞這些財寶。

從洞穴中將財寶運出的計畫原本進行得相當順利，實際上有一部分黃金已經被方力運走。然而就在這時候方力接到電視台邀請，參加鬼雪島的地底人節目企劃。

幾次和節目企劃人員討論的過程中，他都試圖阻止拍攝計畫進行。關野夜收到的恐嚇信就是方力拿去投在信箱裡的。幾次之後，方力知道無法阻止節目拍攝，於是提出要和電視台簽訂合約。合約強調如果有任何有學術價值的發現，必須讓他們優先發表。萬一地下洞穴和財寶的事真的曝光，也可以先以合約為由爭取一些時間。

方力說殺人並不在原定計畫內。

他一開始並不知道鬼雪島和北方島嶼也有通往地下洞穴的入口，因此放心地帶隊前往北方島嶼。即使是一開始在北方島嶼發現洞穴的時候，他也還不緊張。他認為反正進入洞穴後是他負責帶著隊伍前進，而地底人根據他這一段時間以來的了解，並不會主動和進入洞穴內的外人接觸。因此只要看苗頭不對，隨便找個理由把隊伍帶離開洞穴就好。

沒想到他們發現的地方剛好是地底人的墓地，他一垂降入洞穴內就看到一大堆頭骨。帶著隊伍在洞穴中前進時，原以為會主動躲開外人的地底人，竟然還主動找他們攀談。雖然後來知道地底人是希望他們可以離開，但是當時發現地底人的五十嵐力哉和小林真讓根本是止不住的興奮。

方力說他自己也不太記得為什麼決定要殺人，等到回過神來，第一個死者五十嵐力哉已經倒在地上。吳教授透過小孔看見的，就是五十嵐力哉的臉被一名女性地底人砸爛的現場。

大部分行兇的經過和冷言推論的都差不多。

「你單憑吳教授認錯人這一點就斷定方力是兇手嗎？」關野夜在電話中詢問。

「最主要是這一點，不過當然還發現了其他事情來支持這個推論。」冷言說，「妳還記得吳教授發現第二具屍體，誤以為那是方力時的情況嗎？」

「不太記得，我不像你幾乎把教授的紀錄都背起來了。」

冷言沒有理會關野夜的揶揄，接著說：「教授發現屍體之後，即使認為兇手可能在附近，卻還是冒著被襲擊的危險把死者背包裡可用的物資帶走。連教授這種探穴的門外漢都知道在洞穴裡物資的重要性，為什麼兇手殺人之後沒有把東西帶走。如果不是兇手非常熟悉這裡的環境、知道這些東西用不到，那就是兇手有其他取得物資的方法。」

「非常熟悉洞穴環境的人就只有方力了。」

「沒錯，所以這一點加強了我對方力的懷疑。」

方力先後殺害五十嵐力哉和小林真讓之後，原本打算從其他島嶼的出口離開。但是方力並沒有來過北方島嶼的地下洞穴，花了很多時間找路，最後總算在地底峽谷找到他釘在岩壁上的攀岩釘。

「教授在峽谷上方發現的繩索，就是方力之前進行探索時釘的。」關野夜說，「追殺教授的人也是方力。」

「方力有沒有說為什麼要殺害白石夏希？」冷言問。

「他把白石夏希誤認成是吳教授了。」關野夜說，「吳教授在進入狗洞之前曾經和方力通過一次話。方力說他故意不告訴教授狗洞當中有分岔路，想讓教授在裡面迷路。但不知什麼原因，白石夏希在教授之前就先到達。方力本來在找出去的路，發現後面有人過來，以為是教授，動手殺害之後才發現是白石夏希。」

方力說他殺害白石夏希之後，把屍體投進一個水潭中。他所說的水潭就是連接鬼雪島和北方島嶼兩處的地底通道，也就是鬼雪島地下洞穴發生坍方的地方。因為屍體被投入的時候是漲潮，方力才會以為那是水潭，並沒有發現底下和鬼雪島相通。

「那茱蒂和劉宏翔呢？他們明明是一起工作的夥伴，為什麼方力還是動手殺害他們？」

「關於這點，他的解釋也很模糊。聽說警方一開始問他的時候，他還否認出手襲擊茱蒂和劉宏翔，對於劉宏翔死亡的事還表現得很訝異。但是警方讓他看了劉宏翔屍體的照片之後，他才改口說也許真的是他殺的。」

「為什麼說也許？」

「他說人在地下洞穴這種環境待久了，多少會有一些瘋狂的舉動。他只記得有一段時間好像在玩打地鼠的遊戲。本來他以為自己在作夢，聽了警方的描述後回想起來，那時大概是因為看到有人從水潭裡冒出頭來，很自然就拿起石頭砸下去。」關野夜氣憤地說，「我覺得這不可能吧！他一定在隱瞞什麼。我想他應該本來就和劉宏翔他們有仇，譬如三角關係或利益衝突之類的，只是剛好藉機尋仇。」

「我認為他說的也許是事實。」因為冷言自己曾經有過這樣的經驗，所以他可以了解方力的意思，更能夠體會他的感覺。「對了，警方後來是怎麼找到他的？」

「哼！這件事超諷刺的。」冷言透過電話可以清楚聽到關野夜輕輕哼了一聲，「聽說方力被找到的時候，是和地底人在一起過著原始的生活。」

正確來說，方力是探索隊發現地底人的同時，一起被找到的。他被找到的時候，據說精神狀態已經不太正常，像行屍走肉般和地底人生活在一起。結果別說什麼藏黃金，他就連生活自理都有問題。

被探索隊帶回日本之後，方力在醫院接受了一陣子的療養，才漸漸恢復到可以正常溝通的程度。關野夜告訴冷言的訊息，是目前為止警方從方力那裡得到的資料。雖然警方打算進一步驗證方力的自白，不過大致上是接受了他的說法。

「搜索隊後來找到小澤雪了嗎？」

「嗯，找到的時候已經死了，聽說是因為傷口感染的關係。」

「對了，湘湘帶回去的ＤＶＤ你看了嗎？」

「看了，聽說節目收視率破紀錄，恭喜妳啊。」

「這都是託你的福，小冰表姊介紹的人果然很可靠。」

冷言本想說些客套話，但又覺得這樣太虛偽。他不喜歡帶著面具面對真心想往來的人，於是改口說：「這次的案子能夠讓我寫成小說發表嗎？」

「可以啊，我本來也想要拜託你寫。正式出版的時候，我可以免費幫你宣傳。」

「那就先謝謝妳了。」冷言說。

後來兩人又閒聊了幾句，雖然還有些話想講，但是關野夜因為還有工作，今天只好先到此為止。

掛斷電話，冷言打開桌上休眠的筆記型電腦，繼續剛才的工作。其實他從鬼雪島回到台灣之後，就開始著手記錄這次的案件。目前已經進行到最後的階段，剛剛和關野夜的談話剛好讓他可把最後的部分完成。

才繼續打了沒幾個字，電子郵件的提示音就響了起來。冷言心想大概是垃圾信件，本想先寫到一個段落再打開來看。雖然這麼想，但是只要意識到電子信箱裡有封未讀的信，腦袋就是無法靜下來思考。

又打了不到幾個字，冷言就改變主意打開電子郵件來看。

是茱蒂寄來的信！

點進去信件之後讓冷言感到非常訝異，螢幕上的信件內容只有短短的兩個字。

Help Me!

第二屆「島田莊司推理小說獎」決選入圍作品評語

日本推理小說之神／島田莊司

作者在《反向演化》也就是「返祖歸宗」這個奇妙題目背後所隱藏的意圖，具有很深的謀略，激發讀者的諸多感想。

我在《遺忘．刑警》的評論中也曾經提到，經過一百五十年的歲月發展，推理小說作家在寫作上逐漸定型化、類型化，本作品似乎用這個書名對此提出了質疑。

在愛倫坡和柯南．道爾的時代，「本格推理」還處於未分化的混沌中，內容包羅萬象，包括奇幻小說、海洋冒險小說、探險小說、宇宙科幻，就像是百貨公司的樓層般五花八門，偵探小說只是大家族中的成員之一。

以目前的觀點來看，當時屬於偵探文藝小說領域的作品，才剛明確打出自己的招牌，明言將不採取「進化論」科學所創造的「自然主義」方法，還不具有范達因式的智力遊戲性質，因此，也不具備目前的禁忌意識和排他體質。

在那個時代，出現了第一次世界大戰的預兆，知識分子的內心殘留著大航海時代感性的殘渣，這類小說也成為冒險小說，就連福爾摩斯和昆恩也經常受邀前往兇手也在其中的宅第，或是參加在那裡舉辦的茶會，一旦說出兇手的姓名，就成為賭上性命的「冒險」。

在那個時代，曾經吸引我們的無數偵探故事，包括范達因創作的作品在內，都具有冒險劇的趣味。富有魅力的偵探，富有魅力的配角的一舉一動，往往令我們陶醉、興奮得忘乎所以。那是那個時代的真實體驗，也不會出現一些文不對題的評論，說什麼偵探故意要帥，試圖走文藝路線，或是認為符號化、疏於遊戲性是旁門左道。

《反向演化》正是把我們帶回了那個時代。除了陳述故事內容的發展，小說種類本身，也就是在外表上，也成功地返祖歸宗。這部作品的名字正是如此向我們宣言。

這部小說除了是一部尋找兇手的小說，更是一部洞窟冒險小說，令讀者回想起少年時代的那份愉悅。在黑暗的可怕房子裡，當朋友離奇死亡，在死亡背後似乎可以嗅到怪物的存在，這樣的設定就足夠吸引讀者了。

黑暗中為什麼會隱藏著異形？作者提供了一個令人驚訝的理由。對這個創意感到驚訝、佩服的讀者，絕對會同意這是一部優秀的作品。

「本格推理」在漫長的發展歷史中，藉由鑽研的過程，獲得了無數技巧，讀者也藉由大量閱讀這類作品，培養了相同的技巧。如果作品的手法只是追溯過去，或許冒險小說的讀者能夠接受，但當今的推理小說讀者或許無法苟同。

異形的生物，尤其是當牠們具有足夠的智慧時，會建立屬於它們的王國，並加以發展。回顧它們的歷史，已經有類似的經驗，也獲得了明確的形象和手段。這也是一種返祖歸宗。

如果可以在出人意表的故事情節中結合令高手也嘖嘖稱奇的未知體驗世界，想必這部作品更有可看性。

虛擬街頭漂流記

寵物先生 著

首獎

「假想」世界和「現實」世界，西門町的「過去」和「現在」，「人類」和「人工智慧」，以及「兇手」和「偵探」——作品中所配置的對稱性在彼此產生共鳴的同時，戲劇化地描寫出成為「謎——推理」的終點，也就是揭開眞相那一幕的悲哀構圖。
本作品是二十一世紀本格推理的指標作品，也讓華文推理獲得了可以和日本匹敵的地位。

——【日本知名推理評論家】玉田誠

在這個虛擬幻境裡，所有的感覺都只是假相！
只有眼前那具蒼白的軀體，是唯一的真實……

人為的創造永遠抵不過天降的破壞，西元二〇二〇年的西門町正是最好的證明——六年前一場大震災，讓西門町從此一蹶不振，曾經繁華的都市地標，最後卻成了衰敗的象徵。
眼看現實的榮景已無法挽回，政府於是委託一家科技公司，以二〇〇八年的西門町為背景，開發一個「看起來真實、觸摸起來真實、聽起來真實」的虛擬商圈VirtuaStreet，沒想到計畫還在最後測試階段，這個虛擬的空間裡，竟然發生了一件再真實不過的殺人案！
報案者是VirtuaStreet的天才設計人大山和部屬小露。兩人在做測試時，因為系統的數據出現問題而進入虛擬世界調查，結果看到了一具趴在街角的「屍體」！警方調查後發現，死者是後腦遭重擊而亡，然而，現實世界裡的陳屍地點是一個從內反鎖的房間，虛擬世界裡也找不到任何兇器。更奇怪的是，系統顯示案發當時，VirtuaStreet內只有死者一人——
不！除了死者以外，還有另外兩個人，那就是屍體的發現者，最清楚這整個虛擬實境的大山和小露……

第1屆
島田莊司
推理小說獎
決選入圍作品

THE FIRST SOJI SHIMADA
MYSTERY FICTION AWARD

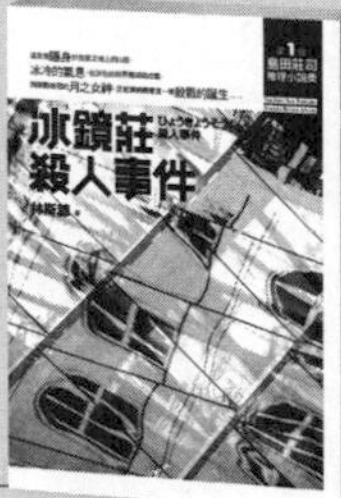

冰鏡莊殺人事件

林斯諺 著

陷阱，你或許可以逃開；但，精心編織的謊言呢？

知名企業家紀思哲，意外地收到了怪盜Hermes的挑戰書，上面不但言明將盜走他收藏的康德手稿，甚至還大膽預告了下手的時間。紀思哲決定親手逮捕這個囂張挑釁的Hermes，並邀請眾多賓客來到他位於深山中的別墅「冰鏡莊」。其中，也包括了業餘偵探林若平。但是來到「冰鏡莊」後，敏銳的林若平馬上嗅到一股不對勁——這山莊裡所有的人其實都各自隱瞞了一些秘密。

時間一分一秒過去，預定的時刻終於來臨，但Hermes不但沒現身，就連珍貴的手稿也好端端地放在桌上。就在眾人以為是開玩笑之際，一具具屍體卻陸續被發現了：躺在紫色棺木裡、死狀猙獰的女人、中彈而死的男人、被麻繩勒頸窒息的女人……

快遞幸福不是我的工作

不藍燈 著

這不是阿駒第一次快遞情歌，但肯定是最驚駭的一次！

常有人問他，「情歌快遞」究竟是什麼工作？他通常回答不出來，就像他現在瞪著眼前的屍體一樣，一個赤裸女人的頭破了個大洞，斜躺在按摩浴缸裡，紅紅白白的血和腦漿從她破掉的腦袋裡流得全身都是……

阿駒被當成頭號殺人嫌疑犯，扭送到警局去了！他立刻急叩好友Andy來幫忙！他頭腦冷靜、思緒縝密，還是法律系的高材生，是自己唯一的一根救命浮木！果然，Andy不但把阿駒保了出去，還跟小平頭警官混成了麻吉，挖到了許多內幕！據可靠消息指出，死者個援交妹，目前涉嫌最重的有三個人。但其實，兇手是誰阿駒根本不在乎，他只想知道，陷害他去「發現屍體」的那個缺德鬼，究竟是誰？……

國家圖書館出版品預行編目資料

反向演化 / 冷言著.--初版.--臺北市：皇冠文化.
2011〔民100〕.11
面；公分（皇冠叢書；第4154種）
（JOY；130）
ISBN 978-957-33-2836-0（平裝）

857.81　　　　100015515

皇冠叢書第4154種
JOY 130
反向演化
作　　者—冷言
發 行 人—平雲
出版發行—皇冠文化出版有限公司
台北市敦化北路120巷50號
電話◎02-27168888
郵撥帳號◎15261516號
皇冠出版社(香港)有限公司
香港上環文咸東街50號寶恒商業中心
23樓2301-3室
電話◎2529-1778　傳真◎2527-0904
出版統籌—盧春旭
責任編輯—金文蕙
美術設計—王瓊瑤
行銷企劃—林泓伸
印　　務—江宥廷
校　　對—邱薇靜・洪正鳳・金文蕙
著作完成日期—2011年2月
初版一刷日期—2011年9月

法律顧問—王惠光律師

讀者服務傳真專線◎02-27150507
電腦編號◎406130
ISBN◎978-957-33-2836-0
Printed in Taiwan
本書定價◎新台幣250元/港幣83元